U0093422

國際學術研討會

古龍武俠小說 領先時代半世紀

【記者賴素鈴／報導】江湖代有才人出，這廂古龍凋零二十載，那廂今朝懸賞百萬獎新秀，浪淘不盡，唯有武俠熱愛，不隨時間變易，在學術研討會上更見分明。以「一代鬼才：古龍與武俠小說」爲主題，淡江大學第九屆文學與美學國際學術研討會昨起在國家圖書館，展開爲期兩天的議程，紀念武俠小說家古龍逝世二十周年，新生代學者與古龍故舊齊聚一堂，以文論劍話武俠。

日前與淡大中文系教授林保淳共同發表《台灣武俠小說發展史》，武俠小說評論家葉洪生昨天在專題演講中，直批胡適1959年底發表「武俠小說下流論」是「胡說」，學界泰斗的不當發言以及隨即展開的「暴雨專案」，反而促成1960年起台灣武俠新秀的繁興，「武俠小說迷人的地方，恰恰在門道之上。」，葉洪生認定，武俠小說審美四原則在文筆、意構、雜學、原創性，他強調：「武俠小說，是一種『上流美』。」

集多年心血完成《台灣武俠小說發展史》，葉洪生認爲他已爲從十歲起迷上武俠小說的半世紀畫上完美句點，並且宣布他「以後決心退出武俠論壇，封劍退隱江湖」。

雖然葉洪生回顧武俠小說名家此起彼落，套太史公名言「固一世之雄也，而今安在哉？」，認爲這是值得深思的嚴肅課題，昨天意外現身研討會而備受矚目的溫世禮，則爲了紀念同是武俠迷的哥哥溫世仁，推出第一屆「溫世仁武俠小說百萬大賞」，即日起至今年10月3日截止收件，經兩階段評選後於明年12月7日公布首獎得主，預料將會是一場武林新秀的龍虎爭霸戰。

看明日誰領風騷？風雲時代出版社發行人陳曉林眼中的古龍，其實領先他的時代半世紀，以致如今雖然古龍逝世20年，陳曉林認爲大家對古龍的了解仍然有限，預言未來世代更能和古龍的後設風格共鳴。

昨天這場研討會，也凸顯武俠小說作爲一項文學研究門類，仍有待開發學習空間。多位與會者都指出，武俠小說的發表、出版方式和管道具考證難度，學術理論與論文格式的建立待加強。而武俠名家的版權之爭、市場競爭力，也增加出版推廣困難，古龍武俠小說的版權糾紛、司馬翎作品的版權官司也成爲研討會的場外話題。

與

第九屆文學與美

古龍兄為人慷慨豪邁、跌蕩自如，變化多端，文如其人，且復多奇氣，惜英年早逝。余與古兄當年交好，且喜讀其書，今既不見其人，又無新作可讀，深自悼惜。

金庸

一九九六、十、十一 香港

武林外史
（二）

古龍精品集17

武林外史(二)

九 江湖奇男子

天色陰霾，風冷，僻道之旁荒祠中，燃著堆火，十七八條大漢，圍坐在火堆旁，四下空樽零亂，大漢們拍手而歌：「熊貓兒，熊貓兒，江湖第一遊俠兒，比美妙手空空兒，劫了富家救貧兒，四海齊誇無雙兒……」

歡笑高歌聲中，突聽荒祠外一人應聲歌道：「說他是四海無雙兒，倒不如說是醉貓兒。」一條人影，淩空翻了四個斛斗，落在火堆旁，正是那濃眉大眼，豪邁瀟灑的熊貓兒。

大漢們齊地大笑長身而起，道：「大哥回來了。」

還有人問道：「大哥可是得手了麼？」

熊貓兒目光四轉，顧盼飛揚，大笑道：「兄弟們幾曾聽過有空手而回的熊貓兒。」

他伸手拍了拍火堆旁一條黃面漢子的肩頭，道：「吳老四，你眼睛果然不瞎，那兩人果然有些來路不正，腰裡也果然肥得很，只是這兩人武功之高，只怕是做夢也想不到的了。」

那漢子吳老四笑道：「武功再高，又怎能擋得住大哥你的空空妙手？」

熊貓兒仰天大笑，道：「說得有理，且待我將這次收穫之物，拿出來大家瞧瞧，單只這一票，只怕已可使北門口那十幾家孤兒寡婦好好生活下去了。」

伸手一拍腰畔，笑聲突頓，面色突變，一隻伸入懷裡去的手，再也拿不出來，大漢們又驚又奇道：「大哥怎地了？」

熊貓兒怔在當地，口中不住喃喃道：「好厲害，好厲害……」

火光下只見他額上汗珠，一粒粒迸了出來，突又仰天大笑道：「好身手，好漢子，我熊貓兒今日能見著你這樣的人物，就算栽了個大跟斗，也是心甘情願的。」

吳老四道：「大哥你說的是誰？」

熊貓兒一挑大拇指，道：「說起此人，武功之高，固是天下少有，風度之佳，更是我平生僅見，我若是女子，那必定是非此人不嫁的。」

吳老四更是奇怪，道：「他究竟是誰？」

熊貓兒道：「他就是那兩條肥羊中的少年人。」

大漢們齊地一怔，吳老四吶吶地說道：「大哥如此誇獎於他，他想必是不錯的了，但，……但不知……」

瞧了瞧熊貓兒那隻伸在懷裡還縮不回的手，他頓住了語聲。

熊貓兒笑道：「你此刻心中已是滿腹疑雲，卻又不便問出口來，是麼？但我卻不妨告訴你，不但我自那人身上偷來的銀票已被那少年偷回去了，就連我自己的荷包，也落入那少年的手中，這豈非偷雞不著蝕把米。」

這種丟人的事，若是換了別人，怎肯在自己手下弟兄面前說出來，但熊貓兒卻說出來了，而且說時還在笑得甚是高興。

大漢們面面相覷，作聲不得。

熊貓兒笑道：「你等作出此等模樣來則甚？能遇著這樣的人物已屬有福，丟些東西算什麼，何況那東西本就是人家的。」

吳老四吶吶道：「但……但大哥的荷包……」

熊貓兒道：「那荷包也不算什麼，可惜的只是我以腰間這柄寶刀手琢的一隻貓兒，但……」

大漢們見他丟了什麼東西都不心疼，但一想起此物，面色竟然變了，顯見此物在他心中必定珍貴異常。

面色突變，失聲道：「不好，還有件東西也在荷包裡。」

吳老四忍不住道：「什麼東西？」

熊貓兒默然半晌，苦笑道：「那東西雖然只是我自個破廟裡拾得來的，但……但……」

他仰天長長嘆了口氣，接道：「但它卻是位姑娘的貼身之物。」

吳老四期期艾艾，像是想問什麼，又不敢問出口。

熊貓兒道：「你等可是想問我那女子是誰？是麼？」

吳老四忍不住笑道：「那位姑娘不知是否大哥的……大哥的……」

這句話他還是吶吶地不敢說出口，但大漢們已不禁齊地笑了起來。

熊貓兒大笑道：「不錯，那位姑娘確是我心目中最最動人，最最美麗的女子，但是她究竟姓甚名誰，是何來歷，我都不知道。」

吳老四眨了眨眼睛，道：「可要小弟去爲大哥打聽打聽？」

熊貓兒苦笑道：「不必……唉，自從我那日見過那女子一面之後，她竟似突然失蹤了，我在道上來回找了數次，都瞧不見她的影子。」

他方自頓住語聲，便要轉身而出。

大漢們齊地脫口問道：「大哥要去哪裡？」

熊貓兒道：「我好歹也要將那荷包要回，也想去和那少年交個朋友，你們無事，便在這裡等著。」

話未說完，人已走了出去。

吳老四望著他背影，喃喃嘆道：「我走南闖北也有許多年來，卻當真從未見過熊大哥這般豪邁直腸的漢子，咱們能做他的小兄弟，真是福氣，這種人天生本就是要做老大的，他要找人，我好歹得去幫他一手。」說著說著，也走了出去。

還未到黃昏。

熊貓兒三腳兩步，便已趕至大路，爲了要在路上尋找沈浪與金無望，他自己未曾施展他那絕好的輕功。

他走了盞茶時分，但見個青衣婦人，佝僂著身子，一手牽著個女子，一手牽著隻小驢，蹣跚而來。驢上的和走路的兩個女子，醜得當真是天下少有，就連熊貓兒也忍不住去瞧了兩眼。

這兩眼瞧過，他突然發現這青衣婦人便是那日自己遇著的那動人的少女時，在破廟中烤火的。

他皺了皺眉，微一遲疑，突然擋住了這三人一驢的去路，張開了兩隻大手，笑嘻嘻道：「還認得我麼？」

那「青衣婦人」上上下下，瞧了他幾眼，陪笑道：「大爺可是要施捨幾兩銀子？」

熊貓兒笑道：「你不認得我，我卻認得你，那日你本是一個人，如今怎會變成了三個？那位姑娘你可曾瞧見過？」

青衣婦人身旁的朱七七，一顆絕望的心，又砰砰跳動了起來，她還認得這無賴少年，她想不到這無賴少年還會來找她，但聞青衣婦人道：「什麼一個、三個？什麼姑娘？大爺你說的話，我可全不懂，大爺你要給銀子就給，不給我可要走了。」

熊貓兒瞪眼瞧著她，道：「你真的不懂，還是假的不懂，那日與你在破廟中烤火的姑娘，你難道忘了麼？就是那眼睛大大，嘴巴小小……」

青衣婦人似乎突然想起來了，道：「哦！大爺你說的原來是那位烤衣服的姑娘呀，唉！她可生得真標緻，只是……只是那天晚上，她就跟著和大爺你打架的那位道爺走了，聽說是往東邊去，大爺你大概是找不著她了。」

熊貓兒失望的嘆息一聲，也無法再問，方自回轉身，突覺這青衣婦人身旁的一個奇醜女子，瞧他時的神情竟有些異樣。

他頓住足，皺了皺眉，覺得有些奇怪，但他並沒有仔細去想，而青衣婦人卻已嘮嘮叨叨地牽著驢子走了。

朱七七一顆心又沉落下來，從此她再也不敢存絲毫希望。

熊貓兒搖了搖葫蘆，葫蘆裡酒已空了，他長長嘆了口氣，意興十分蕭索，十分惆悵，也說不出是何滋味。

突聽身後有人喚道：「大哥。」

原來吳老四已匆匆趕來，口中猶在喘著氣，模樣似乎有些神秘，熊貓兒不覺有些奇怪，問道：「什麼事？」

吳老四指著那「青衣婦人」的後影，悄悄道：「那兩……個兩個肥羊就是因爲給這婦人的銀票，才露了白的。」

熊貓兒道：「哦……」

吳老四道：「小弟眼尖，瞧見他們給這婦人的銀票，票面寫的是朱筆字，那就是說這張銀票最少也在五千兩以上。」

熊貓兒心頭一動，動容道：「你可瞧清楚了？」

吳老四道：「萬萬不會錯的。」

熊貓兒濃眉微皺，道：「若僅僅是在路上施捨貧苦，萬萬不會出手便是一張五千兩以上的銀票，想來這婦人必定與那兩人關係非淺，那兩人既是江湖奇士，這婦人也必定不會是平凡之輩，但她卻偏要裝成如此模樣，這……這其中必有蹊蹺。」

突然轉身，向那「青衣婦人」追去。

他腳步漸近，青衣婦人似是仍未覺察。

熊貓兒目光四轉，突然出手如風，一把向這青衣婦人肩頭抓了過去，他五指已貫注真力，只要是練武之人，聽得他這掌勢破風之聲，便該知道自己肩頭若是被他抓住，肩骨立將粉碎。青衣婦人仍似渾然不覺，但腳下突然一個踉蹌，身子向前一跌，便恰巧在間不容髮的剎那之間，將這一抓躲過。

熊貓兒大笑道：「果然是好武功。」

青衣婦人回過頭來，茫然道：「什麼好武功？大爺你說的話，我又不懂了。」

熊貓兒道：「無論你懂與不懂，且隨我去吧。」

青衣婦人道：「哪……哪裡去？」

熊貓兒笑道：「我瞧你如此貧苦，心有不忍，想要施捨你。」

青衣婦人道：「多謝大爺好意，怎奈老婦還要帶著兩個侄女趕路……」

熊貓兒突然大喝道：「不去也得去。」

一躍上了驢背，反手一掌打在驢屁股上，那驢子吃痛不過，放開四蹄，落荒奔去。青衣婦人怔了一怔，神色大變，大罵道：「無賴回來。」

熊貓兒大笑道：「我本就是無賴，你那一套，用來對付俠義門徒，別人只怕還對你無可奈何，但你用來對付無賴，嘿嘿，無賴才不吃你這一套。」

那驢子雖瘦弱，但說話之間，已是奔出二十餘丈。

青衣婦人頓足大呼道：「強盜……救人呀……」

熊貓兒遙遙大呼道：「不錯，我就是強盜，但強盜本不怕好人，好人都是怕強盜的，你喊破喉嚨也是無人敢來救你。」

他去得更遠，眼見就將奔出視線之外。

青衣婦人終於忍不住了，咬一咬牙，攔腰抱起那白飛飛，也不顧別人吃驚詫異，提氣縱身，向前追去。

「她」輕功身法，果然非尋常可比，手裡縱然抱著個人，但接連三四個縱身，已在二十丈開外。

熊貓兒雙腿緊挾驢背，一手扶著面前那「醜女」——朱七七，一手拍著驢子屁股，大笑道：「怎樣，你功夫還是被我逼出來了。」

青衣婦人恨聲道：「逼出來又怎樣？你還想活命？」

她又是幾個縱身，眼見已將追及奔驢。

那知熊貓兒卻突然抱起朱七七，自驢背上飛身而起，大笑道：「你追得上我再說。」

突地一掠三丈，將驢子拋在後面，只因他深信這青衣婦人要追的絕不是驢子，而是驢子上的「醜女」。

若是俠義門徒，這種事確是不便做出，但熊貓兒卻是不管不顧，只要目的正當，只要能達到目的，他是什麼事都敢做的。

青衣婦人實未想到這無賴少年竟有如此輕功，自己竟追不著他，「她」又是著急，又是憤怒，大喝道：「停下來，咱們有話好說。」

熊貓兒道：「說什麼？」

青衣婦人道：「你究竟想要怎樣？放下我的侄女，都好商量。」

這時兩人身形都已接近那荒祠。

熊貓兒笑道：「停下也無妨，但你得先停下，我自然停下，否則你縱然追上三天三夜，也未必能追得著我，這點你自己也該清楚。」

青衣婦人怒罵道：「小賊，無賴。」

但是終於不得不先頓住身形，道：「你要什麼？說吧。」

熊貓兒在「她」五丈外遠近停下，笑道：「我什麼也不要，只要問你幾句話。」

青衣婦人目光閃動，早已無半點慈祥之意，恨聲道：「快問。」

熊貓兒道：「我先問你，給你銀票的那兩人究竟是誰？」

青衣婦人道：「過路施捨的善人，我怎會認得？」

熊貓兒笑道：「你若不認得他，他會送你那般鉅額的銀票？」

青衣婦人神情又一變，厲聲道：「好！我告訴你，那兩人本是江洋大盜，被我窺破了秘密，是以用銀子來封住我的嘴，至於他兩人此刻哪裡去了，我卻真的不知道了。」

熊貓兒咯咯笑道：「那兩人若是江洋大盜，你想必也是他們的同黨，像你這樣的人，身邊怎會帶兩個殘廢的女子同行，這其中必有古怪。」

青衣婦人怒道：「這……這你管不著。」

熊貓兒仰天笑道：「我熊貓兒平生最愛管的，就是些原本與我無關的閒事，今日若不將你制住，諒你也不肯說出實話。」

語聲微頓，突然大喝道：「弟兄們，來呀。」喝聲方了，荒祠中已衝出十餘條大漢。

熊貓兒將朱七七送了過去，道：「將這女子藏到隱秘之處，好生看管……」

大漢們應聲未了，熊貓兒已飛身掠到青衣婦人面前，道：「動手吧。」

青衣婦人獰笑道：「你真的要來送死？好。」

「好」字方出口，一瞬之間，已拍出三掌，「她」顯然已不敢再對這無賴少年太過輕視，肋下雖還挾著白飛飛，這三掌卻已盡了全力。

熊貓兒身軀如虎，游走如龍，倏地閃過三招，笑道：「念你是個婦人，再讓你三招。」

青衣婦人神情更是凝重，厲聲道：「話出如風，莫要反悔。」

左腳前踏，身軀半轉，右掌緩緩推了出去，口中厲聲又道：「這是第一招。」

只見「她」五指半曲，拇指在掌心暗扣食指，似拳非拳，似掌非掌，出手更是緩慢已極，這一招已施出一半，對方還是摸不透「她」究竟擊向哪一個方位。

熊貓兒索性凝立不動，雙目逼視在「她」這一隻手掌之上，目光雖凝重，但嘴角卻帶著那滿不在乎的笑容。

青衣婦人掌到中途，突然一揚，直擊熊貓兒左耳。中指、無名指、小指亦自彈出，去勢有如閃電。

那左耳部位雖小，卻是對方萬難想到「她」會出手攻擊之處，換句話說，也正是對方防守最弱之一處。

熊貓兒果然大出意料之外，匆忙中不及細想，身子向右一倒，那知青衣婦人早已算準了他閃避此招時，下身必定不致移動，閃避的幅度必定不大，熊貓兒身子一倒，「她」食指已急速彈出，用的竟是內家「彈指神通」一類的功夫，掌勢未到，已有一縷細風直貫熊貓兒耳穴。

那耳穴裡更是人體全身上下最最脆弱之一處，平日若被紙捲一戳，也會疼痛不堪，何況青衣婦人此刻自指尖逼出的一縷真氣，看來雖無形，其實卻遠比有形之物還要尖銳，只要被它灌入耳裡，耳膜立將碎裂。

熊貓兒當真未想到「她」竟使得出如此陰損狠毒的招式，若非心腸毒如蛇蠍之人，委實做夢也想不出這樣的招式來。

他百忙中縮頭、甩肩、大仰身，倏地後退數尺，但那銳風來勢是何等迅急，他躲得雖快，額角還是不免被銳風掃著，皮肉立時發紅。

熊貓兒又驚又怒，大喝道：「這也算做一招麼？」

他喝聲方起，青衣婦人已如影隨形般跟來，他喝聲未了，青衣婦人第二招已攻向他下腹要害。

這一招出手更是陰毒，此刻熊貓兒身子尚未站直，新力未生，舊力已竭，青衣婦人只當這第二招已可將他送終。

那知熊貓兒體力之充沛，卻非任何人所能想像，體內真力，竟如高山流水，源源不絕。只見他胸腹間微一吸氣，身子「唰」的又後退數尺，腳跟著力，凌空一個翻身，又回到青衣婦人面前。

青衣婦人見他不但能將自己這兩招避過，而且身法奇詭，來去如電，目中也不禁露出驚惶之色，厲聲道：「還有一招，你接著吧。」

她手掌又自緩緩推出，看來又與第一招一般無二。

熊貓兒冷笑道：「方才本已該算三招，但再讓你一招又有何妨。」

這句話說來並不短，但他話說完了，青衣婦人掌勢也不過方自使出一半，熊貓兒身形峙立如山，雙目凝視如虎，只等她此招使出，便要還擊殺手。

但聞青衣婦人輕叱一聲：「著。」

她手掌竟停頓不動，右足卻突然撩陰踢出。

這一招又是攻人意料不及之處，熊貓兒全力閃身，堪堪避過，青衣婦人衣袖中突然又有數十道細如銀芒的游絲，暴射而出，只聽滿天風聲驟響，閃動的銀芒，威力籠罩了熊貓兒身前左右三丈方圓之處，這一下熊貓兒自身的武功縱然再高，只怕也是難以閃避的了。

一旁觀戰的大漢們，方才見到熊貓兒迭遇險招，屢破險招，已是又驚又喜，聳然動容，此刻更不禁爲之驚呼出聲。

就在這一刹那間，熊貓兒掌中葫蘆突然揮出，那滿天銀芒，竟有如群蜂歸巢般，全被這葫蘆吸了過去。

青衣婦人大驚失色，大漢們驚呼變作歡呼。

熊貓兒長身站定，縱聲狂笑道：「好歹毒的暗器，好歹毒的手法，幸好遇著我熊貓兒，乃是專破天下各門各派暗器的祖宗。」

青衣婦人顫聲道：「你……你這葫蘆是哪裡來的？」

熊貓兒大笑道：「你管不著，且接我一招。」

笑語聲中，他手裡葫蘆如天雷般當頭擊下。

青衣婦人急退數尺，竟未還手。

熊貓兒笑道：「你爲何不打了，動手呀。」

青衣婦人狠狠地望著他，咬牙道：「不想今日竟遇著你……你這葫蘆。」頓了頓足，說道：「也罷。」便待轉身而逃。

熊貓兒長笑道：「你要走，只怕還未見如此容易。」

寒光一閃，短刀離腰，有如經天長虹一般，攔住了青衣婦人的去路。

青衣婦人目光盡赤，突然舉起肋下的白飛飛，迎著刀光拋了出去，熊貓兒吃了一驚，挫腕收刀，以雙臂將白飛飛挾住，但就在這片刻間，青衣婦人已掠出數丈，再一縱身，便逃得無影無蹤了。

吳老四沿著道旁而行，突見那施捨銀票的兩隻「肥羊」，正在一株樹下，向個敞著衣襟的大漢不住盤問。

只見那個年紀較長的面色陰沉，形容詭異，驟看彷彿是具死屍似的，教人見了，忍不住心裡直冒寒氣。

那年紀較輕的，卻是神情瀟灑，嘴角帶笑，教人見了，如沐春風一般，不由得想與他親近親近。

吳老四心中一動，忖道：「熊大哥正在找他們，莫非他們也在找熊大哥，這倒巧了，只可

惜他們問的卻非咱們的兄弟。」

當下大步趕了過去，笑道：「兩位可是要找人麼？」

在樹下問話的自是沈浪與金無望，兩人上下打量了吳老四一眼，沈浪目光一亮，笑道：「我等要找的人，朋友莫非認得？」

吳老四道：「兩位且說說要找的是誰？」

沈浪將那玉貓托在掌心，送到吳老四面前，笑道：「便是此人。」

吳老四暗中大喜，便待伸手去搶玉貓，但他手一動，沈浪手已縮了回去，吳老四只得乾笑數聲，道：「兩位要找別人，小的只怕還不認得，但此人麼……」

沈浪喜道：「你認得？他在哪裡？」

吳老四道：「兩位隨我來。」轉身大步行去。

冬日晝短，夜色早臨。

那荒祠之中，火堆燒得更旺，四壁又添了五六隻火把，使這孤立在積雪寒風中的荒祠，溫暖如風。

熊貓兒箕踞在角落裡一隻蒲團上，正瞧著火堆旁那兩個「醜陋」而「殘廢」的女子呆呆出神。

他總感覺這兩個少女有些異樣，雖然他直到此刻還未發現這兩個女子是經過易容改扮的。江左司徒家的易容之術，果然妙絕人間。

他只覺得這兩個女子，心裡似有許多話，卻說不出口，便自目光中流露出來，那目光是如此焦急，如此迫切，卻又有些羞澀，有些歡喜。——朱七七真未想到命運竟是如此奇妙，將自己救出魔掌的，竟是這曾被自己恨之入骨的無賴少年。而沈浪……唉，沈浪又不知哪裡去了。

那奇妙的酒葫蘆正放在熊貓兒膝邊，葫蘆上沾滿著細如牛芒般的尖針，在火光下閃爍著爛銀般的光芒。

熊貓兒目光移向這酒葫蘆，用根柴片，挑起了一根尖針，仔細瞧了半晌，面色突然微變。

就在這時，吳老四直闖進來，呼道：「大哥，小弟爲你帶客人來了。」

熊貓兒皺眉道：「什麼人？」

他問完話，轉過身，便已瞧見金無望與沈浪。

金無望面容仍自陰沉，沈浪面容仍自帶笑。

他將玉貓雙手奉上，熊貓兒雙手接過，兩人俱未說話，只是微微一笑，所有的言語俱已都包含在這一笑中。

於是，沈浪又自取出那玉璧——朱七七瞧見沈浪來了，心房似已停止了跳動，此刻瞧見玉璧，面頰卻不禁一紅。

她已有些知道這玉璧彷彿是那日在自己脫衣烤火時失落了的，卻再也不知道這玉璧怎會到了沈浪手中。

只見熊貓兒伸手要去接那玉璧，沈浪卻未給他。

熊貓兒笑道：「這玉璧似乎也是在下的。」

沈浪微微笑道：「兄台可看見璧上刻的兩個字麼？」

熊貓兒道：「自然看到，上面刻的是沈浪兩字。」

沈浪道：「兄台可知道這兩字是何意思？」

熊貓兒眨了眨眼睛，道：「自然知道，這沈浪兩字，乃是在下昔日一位知心女友的名字，在下為了思念於她，便將她名字刻在玉璧上，以示永生不忘。」

朱七七在一旁聽得又是好氣，又是好笑，暗道：「這少年端的是個無賴，為了要得這玉璧，竟編出這等漫天大謊，而且說得和真的一樣。」

沈浪也不禁失笑，道：「如此說來，在下便是兄台那知心女友了。」

熊貓兒呆了一呆，道：「這……這是什麼話？」

沈浪道：「沈浪兩字，原是在下的姓名。」

熊貓兒呆在那裡，臉上居然也有些發紅，但瞬又大笑起來，道：「好，好，我偷也偷不過你，騙也騙不過你，算我服了你，好麼？」

沈浪但覺此人無賴得有趣，灑脫得可愛。

只見熊貓兒笑聲漸住，忽又皺眉道：「但據我所知，這玉璧並非你有之物，上面卻又怎會刻著你的名字？莫非……莫非那位姑娘，是你的……」

沈浪趕緊截口道：「不錯，那位姑娘乃是在下的朋友，在下此來，便是為了尋訪於她，但望兄台告知她的下落。」

熊貓兒並不作答，只是呆望著沈浪，喃喃道：「那位姑娘既然將你的名字刻在貼身的玉璧上，想來對你必定情深意重……唉，好得很……唉。」

沈浪是何等人物，眼珠一轉，便已瞧出這少年必定對朱七七有了愛慕之心，是以此刻才有如此失魂落魄的模樣。

一念至此，他更斷定這少年必然知道朱七七的下落，當下輕「咳」一聲，又自追問著道：「那位姑娘……」

熊貓兒這才回過神來，強笑道：「不瞞你說，那位姑娘我也不過只見過一面，這玉璧便是那次被我拾來的，此後我便再也未曾見過她。」

他噓了口氣，接道：「更不瞞你說，這些天來我也曾四下去探望過她的下落，但她卻似失蹤了，還有人說她已被斷虹子帶走。」

沈浪凝視著他，知道他說的並無虛假，於是尋找朱七七的這最大的一條線索，又告中斷了。

他垂下頭，沉聲嘆息，卻急壞了火堆旁的朱七七。

她真恨不得放聲大呼：「呆子，你們這些呆子，我就在這裡，你們難道看不出麼？」

她身旁的白飛飛，目光反而比她安詳——一直都比她安詳得多。

金無望目光卻一直凝注在看酒葫蘆，瞧得甚是仔細，他目光中竟似有些驚詫之色，此刻突然問道：「這葫蘆你是哪裡來的？」

熊貓兒嘴角閃過一絲神秘的笑容，不答反問，道：「你莫非知道這葫蘆的來歷？」

金無望「哼」了一聲，道：「不知道也就不問了。」

熊貓兒道：「你既知道它的來歷，便不該問了。」

金無望又「哼」了一聲，果然未再追問。

沈浪聽得他兩人打啞謎般的問答，也不禁將注意之力轉到那酒葫蘆上，瞧了幾眼，目中突然也有光芒閃動。

這時金無望已又問道：「你可是與一個青衣婦人交過手了？」

熊貓兒還是不答，又反問道：「你認得她？」

金無望怒道：「究竟你在問我，還是我在問你？」

熊貓兒哈哈大笑道：「這話我確是不該問的，你若不認得她，又怎會問我？不錯，我已與她交過手了。」

他目光逼視金無望，緩緩接道：「我不但已與她交手，還知道她便是江左司徒的後人。火堆旁那兩位……兩位姑娘，便是我自她手中奪來的，那葫蘆上沾著的，也就是江左司徒家之獨門暗器，毒性僅次於『天雲五花綿』的『煙雨斷腸絲』。」

金無望面色微變，一步掠到火堆旁，俯首下望。

白飛飛不敢瞧他面容，朱七七卻也回瞪著他。

熊貓兒道：「江左司徒，除了暗器功夫外，易容之妙，已久著江湖，只是我卻看不出她兩人也曾被易容……」

金無望冷冷道：「若是被你看出，就不妙了。」

沈浪心頭一動，突然道：「兄台既有這專破天下各門各派暗器，以東海磁鐵所鑄，號稱

『乾坤一袋裝』的神磁葫蘆，想必也曾習得司徒易容術的破法，不知兄台可否一施妙手，將這兩位姑娘的真面目顯示出來，讓我等瞧瞧。」

熊貓兒笑道：「原來你也知道『乾坤一袋裝』的來歷，只可惜我卻無兄台所說的妙手，這兩位姑娘縱是天仙化人，咱們也無緣一睹她們的廬山真面目。」

吳老四忍不住接口道：「易容之術還不好解？且待小弟用水給她洗上一洗，若是洗不掉，最多用刀子刮剖，也就是了。」

熊貓兒失笑道：「依你如此說來，江左司徒家的易容術，豈非有如台上戲子的裝扮一樣了，司徒易容術名滿天下，哪有你說的這麼不值錢，你用刀子亂刮，若是刮破了她們原來的容顏，這責任又有誰擔當？」

吳老四赧顏一笑，不敢再說話。

朱七七卻聽得又是著急，又是氣惱。

她又恨不得放聲高呼：「你們用刀子來刮吧，刮破了我的臉，也沒關係……」

金無望凝注著她的眼睛，緩緩道，「這女子非但已被易容，而且還曾被迫服下司徒變的癱啞之藥，我瞧她心裡似有許多話說，卻又說不出口來……」

熊貓兒突然找來個破盆，盛了盆火堆中的灰燼，送到朱七七面前，又找了根細柴，塞在她手裡。

朱七七目中立刻閃爍起喜悅的光芒。

熊貓兒道：「咱們說話，你想必能聽得到的，此刻你心裡想說什麼話，就用這根細柴寫在

爐灰上吧……」

朱七七不等他說完，已顫抖著手掌——她危難眼看已將終結，此刻她心頭之興奮激動，自是可想而知。

那知，她竟連寫字的能力都已沒有，她本想先寫出自己的名字，那知細柴在灰上劃動，卻畫得一團糟，誰也辨不出她的字跡。

到後來她連那個細柴都把握不住，跌在灰上，朱七七又急又惱，恨不得一刀將自己這隻手割下。

她想撕抓自己的面目，卻無氣力，她想咬斷自己的舌頭，也咬不動，她想發瘋，卻連發瘋也不可能。

她甚至連放聲痛哭都哭不出來，只有任憑眼淚流下面頰。

沈浪、金無望、熊貓兒面面相覷，都不禁爲之失聲長嘆，就連四下旁觀的大漢，心頭也都不覺泛起黯然憐惜之意。

熊貓兒嘆道：「且待我再試試另一個……」

白飛飛喉音雖已黯啞，但身子並未癱軟，只因她本是柔不禁風的少女，是以根本不必再服癱啞之藥。

熊貓兒將灰盆送到她面前，她便緩緩寫道：「我是白飛飛，本是個苦命的孤女，卻不知那惡婦人爲何還要將我綁來，將我折磨成如此模樣。」

熊貓兒眨了眨眼睛，突然問道：「你本來可是個絕美的女子？」

白飛飛眼波中露出了羞澀之意，提著柴筆，卻寫不下去。

熊貓兒笑道：「如此看來，想必是了，與你同樣遇難的這位姑娘，她可是生得極爲漂亮？她叫什麼名字？」

白飛飛寫著：「我不認得她，也未看過她原來的模樣。」

熊貓兒沉吟道：「如此說來，她遇難還在你之先？」

白飛飛又寫道：「是，我本十分可憐她，那知我……」

她沒有再寫下去，別人也已知道她的意思。只見她目中淚光瑩然，也忍不住流下淚來。

熊貓兒回首道：「如今我才知道，那惡毒的婦人，想必是要迷拐絕色美女，送到某一地方，只是生怕路上行走不便，是以將她們弄成如此模樣。」

沈浪嘆息點了點頭，暗道：「這少年不但手腳快，心思也快得很。」

熊貓兒道：「她兩人昔日本是絕色美女，咱們總不能永遠叫她們如此模樣，好歹也得想個法子，讓她們恢復本來模樣才是。」

金無望閉口不語。

沈浪嘆道：「有何法子？除非再將那位司徒門人尋來……」

熊貓兒微一尋思，突然笑道：「我在洛陽城有個朋友，此人雖然年少，但卻是文武雙全，而且琴棋書畫，絲竹彈唱，飛鷹走狗，醫卜星相，各式各樣千奇百怪的花樣，他也無一不通，無一不精，咱們去找他，他想必有法子的。」

沈浪笑道：「如此人物，小弟倒的確想見他一見，反正我等也正要去洛陽城探訪一事，只是……不知兄台與他可有交情？」

熊貓兒道：「此人非但是個酒鬼，也是個色狼，與我正是臭味相投，你我去尋訪於他，他少不得要大大的破費了。」

朱七七悲痛之極，根本未聽得他們說的是什麼話，只覺自己又被抬到車上，她也不知這些人要將自己送去哪裡。

車上還有個童子她認得他的，他卻不認得她了，竟遠遠地躲著她，再也不肯坐到她身旁。

熊貓兒用塊布將敞篷車蓋起，車馬啓行，直奔洛陽。

車馬連夜而行，到了洛陽，正是凌晨時分。

他們等了盞茶多時分，城門方開，金無望策馬入城。

沈浪道：「如此凌晨，怎可騷擾人家？」

熊貓兒笑道：「我在洛陽城還有個朋友，他家的大門，終年都是開著的，無論什麼人，無論何時去，都不會嚐著閉門羹。」

沈浪微笑道：「此君倒頗有孟嘗之風。」

熊貓兒拊掌大笑道：「此人複姓歐陽，單名喜，平生最最歡喜的，便是別人將他比做孟嘗，他若聽到你的話，當真要笑倒地上了。」

金無望冷冷道：「看來閣下的狐朋狗友，倒有不少。」

熊貓兒也不理他，搶過鞭子，打馬而行，凌晨之時，長街寂寂，熊貓兒空街馳馬，意氣飛揚。

突聞一條橫街之中，人聲喧嘩，花香飄散。

熊貓兒揚起絲鞭，指點笑道：「這便是名聞天下的洛陽花市了，遠自千里外趕來此地買花的人，卻有不少，尤其洛陽之牡丹，更是冠絕天下。」

沈浪笑道：「我也久聞洛陽花市之名，今日既來此間，本也該買些鮮花才是，怎奈……縱有買花意，卻無戴花人，還是留諸來日吧。」

兩人相顧大笑，車廂裡的朱七七卻聽得更是欲醉。

她此刻若能坐在沈浪身旁，讓沈浪下車買花，親手在她鬢邊綴上一朵嬌艷的牡丹，便是立刻叫她去死，她也心甘情願了。

而此刻她明知穿過花市，便是囚禁方千里、鐵化鶴等人的密窟，她腹中空有滿腹機密，卻說不出口來，那鬢邊簪花的韻事，自更不過是遙遠的夢境罷了，車行顛簸，她淚珠又不禁滾下面頰。

這時忽然有兩輛白馬香車，斜地駛來，駛入花市。

車廂外銅燈嶄亮，車廂裡燕語鶯聲，不時有簪花佩玉的麗人，自車帷間向外偷偷窺望，眼波橫飛，巧笑迎人。

風捲車幔，朱七七不經意地自車後瞥了一眼，心頭不覺又是一跳，這香車白馬，赫然正是那日載運鐵化鶴等人入城的魔車。

只聽熊貓兒縱聲笑道：「只望見繡轂雕鞍佳人美，卻不知香車繫在誰家門？看來我也只得空將此情付流水了。」

沈浪笑道：「兄台如此輕薄，不嫌唐突佳人？」

熊貓兒道：「此花雖好，怎奈生在路邊牆頭，你若是肯輕千金買一笑，我就可攀折鮮花送君手，吾兄豈有意乎？」

沈浪拊掌道：「原來你還是識途老馬。」

熊貓兒大笑道：「今日的江湖俠少年，本是昔日的章台走馬客，你豈不知肯捨千金買一笑，方是江湖奇男子。」

兩人又自相顧大笑，朱七七又不禁吃了一驚。

囚禁了許多英雄豪傑的神秘魔窟，難道竟會是王孫買笑的金粉樓台？那些個身懷絕技的白雲牧女，難道竟會是投懷送抱的路柳牆花。

這實是她再也難以相信的事。

馬車終於到了那終年不閉的大門前，歐陽喜見了熊貓兒果然喜不自勝，當下擺開酒筵，爲他洗塵。

熊貓兒匆匆爲沈浪、金無望引見過了，便自顧飲啖。

歐陽喜笑道：「你這隻貓兒，近日已愈來愈野，終年也難見你，今日裡闖到我家來，除了貪嘴外，莫非還有什麼別的事？」

熊貓兒笑罵道：「你只當我是來尋你這冒牌孟嘗的麼。嘿嘿，就憑你這點肥肉酸酒，還休想將我這隻野貓引來。」

歐陽喜道：「你去尋別人，不被趕出才怪。」

熊貓兒放下杯筷，道：「說正經的，我今日實是爲一要事，尋訪王憐花而來，卻不知他近日可在洛陽城中？」

歐陽喜笑道：「算你走運，他恰巧未離洛陽。」

語聲微頓，突又笑道：「說起他來，倒有個笑話。」

熊貓兒道：「王憐花笑話總是不少，但且說來聽聽。」

歐陽喜道：「日前冷二先生來這裡做買賣時，突然闖出位富家美女，我們的王公子想必又要施展他那套攀花手段了，卻不知……」

他故意頓住語聲，熊貓兒果忍不住問道：「卻不知怎樣了？」

歐陽喜哈哈笑道：「那位姑娘見著他，卻彷彿見了鬼似的，頭也不回地跑了，這只怕是他一生中從未遇著的事，卻便宜了賈剝皮，他本賣了個丫鬟給這位姑娘，她這麼一走，賈剝皮竟乘亂又將那少女偷偷帶走了。」

熊貓兒也不禁放懷大笑，正想問他那位姑娘是誰。

沈浪卻已先問道：「不知那冷二先生，可是與仁義莊有些關係？」

歐陽喜嘆道：「正是，這冷二先生，爲了仁義莊，可算仁至義盡，江湖中都知道冷二先生做買賣的手段天下無雙，一年中不知要賺進多少銀子，但冷二先生卻將銀子全送進仁義莊，自己省吃儉用，連衣裳都捨不得買一件，終年一襲藍衫，不認得他的，卻要當他是個窮酸秀才。」

沈浪慨然道：「不想冷氏三兄弟，竟俱是人傑……」

話猶未了，突聽一陣清朗的笑聲自院中傳來。

一個少年的話聲道：「歐陽兄，你家的家丁好厲害，我還在高臥未醒，他卻說有隻貓闖來，定要我來趕貓，卻不知我縱能降龍伏虎，但見了這隻貓也是頭疼的。」一個狐裘華服的美少年，隨著笑聲，推門而入。

熊貓兒大喝一聲，凌空一個翻身，越過桌子，掠到這少年面前，一把抓住他衣襟，笑罵道：「一個自吹自擂的小潑皮，你除了拈花惹草外，還會什麼？竟敢誇自有降龍伏虎的本領，也不怕風大閃了你的舌頭。」

那少年笑道：「不好，這隻貓兒果然愈來愈野了。」

熊貓兒大聲道：「近日來你又勾引了多少個女子？快快從實招來。」

那少年還待取笑，一眼瞧見了金無望與沈浪，目光立被吸引，大步迎了上去，含笑抱拳道：「這兩位兄台一位如古柏蒼松，一位如臨風玉樹，歐陽兄怎地還不快快爲小弟引見引見。」

歐陽喜嘻笑之間，竟忘了沈浪的名字，金無望的名字，他更是根本就不知道，只得含糊道：「這位金大俠，這位沈相公，這位便是王憐花王公子，三位俱是人中龍鳳，日後可得多親近親近。」

金無望冷冷「哼」一聲，沈浪含笑還揖。

於是眾人各自落坐，自又有一番歡笑。

歐陽喜道：「王兄，這隻野貓，今日本是來尋你的，卻不肯說出是爲了何事，你此刻快些問問他吧。」

王憐花笑道：「野貓來尋，終無好事，難怪這幾日我窗外鴉喧雀噪，果然是閉門家中坐，禍從天上來了。」

熊貓兒笑道：「這次你卻錯了，此番我來，既不要銀子，也不要酒，只是將兩個絕色佳人，送來給你瞧瞧。」

沈浪暗笑忖道：「這貓兒看來雖無心機，卻不想他要人做事時，也會先用些手段，打動人心，再教人自來上鈎。」

王憐花大笑道：「你找我會有如此好事，殺了我也難相信，那兩位絕色佳人，還是留給你自己瞧吧，小弟唯恐敬謝不敏了。」

熊貓兒笑罵道：「好個小人，豈能以你之心，度我之腹，此番我既已將佳人送來，你不瞧也要瞧的，只是——」他眨了眨眼睛，頓住語聲。

王憐花笑道：「我知道你眼睛一眨，就有花樣，如今花樣果然來了，反正我已上了你的鈎，你這『只是』後有些什麼文章，還是快些作出來吧，也省得大家著急。」

沈浪、歐陽喜俱不禁爲之失笑，熊貓兒道：「只是你想瞧瞧這兩位佳人，還得要有些手段。」

王憐花道：「要有什麼手段，才能瞧得。」

熊貓兒道：「你且說說你除了舞刀弄槍，舞文弄墨，吹吹唱唱，看天算卦，和醫人肚子痛

這些花樣外，還會些什麼？」

王憐花道：「這些還不夠麼？」

熊貓兒道：「非但不夠，還差得遠。」

王憐花搖頭笑道：「好個無賴，只可惜我不知你爹爹生得是何模樣，否則我也可變作他老人家，來教訓教訓你這不肖之子。」

熊貓兒猛地一拍桌子，大聲道：「這就是了。」

王憐花、歐陽喜都被他駭了一跳，齊地脫口道：「是什麼？」

熊貓兒道：「你還會易容之術，是麼？……嘿嘿，莫搖頭，你既已說漏了嘴，想補可也補不回來了。」

王憐花苦笑道：「卻又怎樣？」

熊貓兒道：「那兩位絕色佳人，如今被人以易容術掩住了本來的絕色，你若能令她們恢復昔日顏色，我才真算服了你。」

王憐花目光一閃，道：「那兩位姑娘是誰。」

熊貓兒道：「這……這我也不清楚，我只知她們姓白。」

王憐花目中光芒立刻隱沒，似是在暗中鬆了口氣，喃喃道：「原來姓白……」

突然一笑，接道：「老實說，易容之術，我也只是僅知皮毛，要我改扮他人，我雖不行，但要我洗去別人易容，我還可試試。」

熊貓兒大喜道：「這就夠了，快隨我來。」

朱七七與白飛飛已被安置在一間靜室之中，熊貓兒拉著王憐花大步而入，沈浪等人在後相隨。

朱七七一眼瞧見王憐花，心房又幾乎停止跳動，全身肌膚都起了悚慄，她委實做夢也未想到熊貓兒拉來的竟是這可怕的惡魔。

那時她落在「青衣婦人」手中時，她雖然已覺這人並不如「青衣婦人」可怕，但此刻她方自逃脫「青衣婦人」的魔掌，又見著此人，此人的種種可怕之處，她一剎那便又都想了起來。

她只有凝注著沈浪，她只有在瞧著沈浪時，心頭的懼怕，才會減少一些，只恨沈浪竟不瞧她。

熊貓兒道：「你快仔細瞧瞧，她們臉上的玩意兒你可洗得掉？」

王憐花果然俯下頭去，仔細端詳她們的面目。

朱七七又是驚恐，又是感慨，又是歡喜，只因她深信這王憐花必定有令她完全恢復原貌的本事。

但她卻實也未想到造化的安排，竟是如此奇妙，竟要他來解救於她，她暗中咬牙，暗中忖道：「蒼天呀蒼天，多謝你的安排，你的安排確是太好了，只要他一令我回復聲音，我第一件事便是揭破他的秘密，那時他心裡卻不知是何滋味？」一想到這裡，連日裡她第一次有些開心起來。

她生怕王憐花發現她目光中所流露的驚怖、歡喜感慨，這些強烈而複雜的情感，趕緊悄悄閉起了眼睛。

王憐花在她兩人面前仔細端詳了足有兩盞茶時分，動也未動，熊貓兒等人自也是屏息靜氣，靜靜旁觀。

只見王憐花終於站起身子，長長嘆了口氣，道：「好手段……好手段……」

熊貓兒著急問道：「怎樣了？你可救得了麼？」

王憐花先不作答，卻道：「瞧這易容的手段，竟似乎是昔年江左司徒家不傳秘技……」

熊貓兒大喜，擊節道：「果然不錯，你果然有些門道……你既能看得出這易容之術的由來，想必是定能破解的了。」

王憐花道：「我雖可一試，但……」

他長長嘆息一聲，接道：「爲這兩位姑娘易容之人，實已將易容之術發揮至巔峰，他將這兩張臉，做得實已毫無瑕疵，毫無破綻……」

熊貓兒忍不住截口道：「如此又怎樣？」

王憐花道：「在你們看來，此刻她們這兩張臉，固是醜陋不堪，但在我眼中看來，這兩張臉卻是極端精美之作品，正如畫家所畫之精品一般，實乃藝術與心血之結晶，我實不忍心下手去破壞於它。」

熊貓兒不覺聽得怔住了，怔了半晌，方自笑罵道：「狗屁狗屁，連篇狗屁。」

王憐花搖頭嘆息道：「你這樣的俗人，原不懂得如此雅事。」

熊貓兒一把拉住了他，道：「這是雅事也好，狗屁也好，我全都不管，我只要你恢復這兩位姑娘原來的顏色，你且說肯不肯吧。」

王憐花苦笑道：「遇著你這隻野貓，看來我也只得做做這焚琴煮鶴，大煞風景的事了，但你也得先鬆開手才是。」

熊貓兒一笑鬆手，道：「還有，她兩人此刻已被迷藥治得又癱又啞，你既然自道醫道高明，想必是也能解救的了。」

王憐花沉吟道：「這……我也可試試，但我既如此賣力，你等可也不能閒著，若是我要你等出手相助，你等也萬萬不能推諉。」

說這話時，他目光有意無意，瞧了沈浪一眼。

沈浪笑道：「小弟若有能盡力之處，但請兄台吩咐就是。」

王憐花展顏而笑，道：「好，一言爲定。」

他目光當即落在歐陽喜身上。

歐陽喜失笑道：「這廝已在算計我了……唉，反正是福不是禍，是禍逃不過，我的王大公子，你要什麼？說吧。」

王憐花笑道：「好，你聽著……上好黑醋四罈，上好陳年紹酒四罈，精鹽十斤，上好細麻紗布四疋……」

歐陽喜道：「你！你究竟是想當醋娘子，還是想開雜貨舖。」

王憐花也不理他，接道：「全新銅盆兩隻，要特大號的，全新剪刀兩把，小刀兩柄，炭爐四隻，銅壺四隻，也都要特大號的，火力最旺之煤炭兩百斤……還有，快叫你家的僕婦，在半

個時辰內，以上好乾淨的白麻布，爲我與這位沈相公剪裁兩件長袍，手工不必精緻，但卻必需絕對乾淨才可。」

眾人聽他竟零零碎碎的要了這些東西，都不禁目定口呆。

熊貓兒笑道：「聽你要這些東西，既似要開雜貨鋪，又似要當收生婆，還似要作專賣人肉包子的黑店東，將這位姑娘煮來吃了。」

歐陽喜笑道：「卻坑苦了我，要我在這半個時辰裡爲他準備這些亂七八糟的東西，豈非要了我的命了……」

他口中雖在訴苦，面上卻滿是笑容，只因王憐花既然要了這些令人驚奇之物，想必自然有令人驚奇的身手。

而這「易容之術」，雖然盡人皆知，但卻大多不過是自傳聞中聽來而已，歐陽喜雖是老江湖了，但也只到今日，才能親眼瞧見這「易容術」中的奇妙之處，當下匆匆走出，爲王憐花準備去了。

不出半個時辰，歐陽喜果然將應用之物，全部送來，爐火亦已燃起，銅壺中也滿注清水已煮得將要沸騰。

王憐花取起一件白布長袍，送到沈浪面前，笑道：「便相煩沈兄穿起這件長袍，爲小弟作個助手如何？」

沈浪道：「自當從命……」

熊貓兒忍不住道：「我呢？你要我作什麼？」

王憐花笑道：「我要你快快出去，在外面乖乖的等著。」

熊貓兒怔了一怔，道：「出去？咱們不能瞧瞧麼？」

歐陽喜笑道：「他既要你出去，你還是出去吧，咱們……」

王憐花道：「你也得出去。」

歐喜陽也怔住了，道：「連……連我也瞧不得。」

王憐花正色道：「小弟施術之時必需澄心靜志，不能被任何人打擾，只因小弟只要出手稍有不慎，萬一在兩位姑娘身上留下些什麼缺陷，那時縱是神仙，只怕也無術回天了，是以不但你兩人必需退出，就連這位金大俠，也請暫時迴避得好。」

歐陽喜與熊貓兒面面相覷，滿面俱是失望之色。

金無望卻已冷「哼」一聲，轉身退出。歐陽喜與熊貓兒知道再拖也是拖不過的，也只得嘆著氣走了。

王憐花將門戶緊緊掩起，又將四面簾幔俱都放下，簾幔重重，密室中光線立時黯了下來，四下角落裡，似乎突然漫出了一種神秘之意。而那閃動的爐火，使這神秘之意更加濃重。

沈浪靜靜地站著，靜靜地望著他，火爐上水已漸漸沸騰，蒸氣湧出，發出了一陣陣「絲絲」的聲響。

王憐花突然回身，凝注沈浪，道：「小弟請他們暫時迴避，爲的自是不願將『易容術』之秘密，洩漏出去，此點沈兄想必知道。」

沈浪笑道：「不錯。」

王憐花沉聲道：「歐陽喜與熊貓兒俱是小弟多年好友，而兄台與小弟，今日卻是初次相識，小弟不願洩秘於他兩人，卻有勞兄台相助，這其中自有緣故，以兄台之過人智慧，此刻必定已在暗中奇怪。」

沈浪微微一笑，道：「在下正想請教。」

王憐花笑道：「這只因小弟與兄台雖是初交，但兄台之照人神采，卻是小弟平生所未曾見過的，委實足以令小弟傾倒。」

沈浪笑道：「多承誇獎，其實在下平生閱人雖多，若論慷慨豪邁，灑脫不羈，雖數熊兄，但若論巧心慧智，文采風流，普天之下，當真無一人能及兄台。」

他語聲微頓，目光閃動，突又接道：「除此之外，兄台想必另有緣故，否則也不……」

王憐花不等他話說完，便已截口笑道：「不錯，小弟確是另有緣故，是以才對兄台特別親近。」

沈浪道：「這緣故想必有趣得很。」

王憐花笑道：「確是有趣得很。」

沈浪道：「既是如此有趣，不知兄台可願說來聽聽？」

王憐花先不作答，沉吟半晌，卻接道：「方才歐陽喜爲小弟引見兄台時，並未說及兄台的大號，是麼？」

沈浪笑道：「歐陽兄想必是根本未曾聽清小弟的名姓，或是聽過後便已忘了，這本是應酬場中極爲常見之事。」

王憐花道：「但兄台的姓名，小弟卻可猜出來的。」

沈浪笑道：「兄台有這樣的本事？」

王憐花微微一笑，道：「兄台大名可是沈浪。」

沈浪面上終於露出了驚奇之色，道：「不錯，你果然猜對了，……你怎會猜出小弟的姓名，莫非是……早已有人在兄台面前提起過小弟了麼？」

兩人言來語去，朱七七在一旁聽得既是吃驚，又是羞急，又有些歡喜，既不願王憐花說出沈浪的名字，又想聽王憐花說出沈浪的名字，既不願王憐花向沈浪出手，又恨不得沈浪一拳將王憐花打死。

她忍不住睜開眼睛，瞧著王憐花，究竟要如何對待沈浪，究竟要說出什麼話來？

只聽王憐花笑道：「兄台若要問小弟怎會知道兄台的大名，這個……日後兄台自會知道的。」

轉過身子，將醋罈開啓，再也不瞧沈浪一眼，但手掌卻不免有些顫抖。

朱七七暗中鬆了口氣，心頭亦不知是失望，還是慶幸？此刻她心情之複雜，連她自己也分辨不清。

王憐花將銅壺的壺口對住了白飛飛，那一陣陣熱氣直衝到白飛飛面上，白飛飛也只得閉起眼睛。

過了約摸盞茶時分，王憐花道：「有勞沈兄將壺蓋啓開。」

沈浪一直在靜靜地瞧著他，此刻微笑應了，伸手掀起壺蓋，那熾熱更甚於火炭的青銅壺蓋，他竟能滿握在掌中，竟似毫不在意。

王憐花似乎未在瞧他，但神色間卻已有了些變化——這變化是驚奇，是讚佩，是羨慕，還是妒忌？也許這四種心情，都多少有著一些。

他將醋傾入銅壺中，又過了半晌，壺中衝出的熱氣，便有了強烈的酸味，這蒸餾的酸氣，使白飛飛眼睛閉得更緊了。

這樣過了頓飯功夫，半罈醋俱已化作蒸氣，白飛飛嘴角僵硬的肌肉，已有些牽動，而且已沁出些唾沫。

王憐花放下醋罈，取起酒罈，將酒傾入壺中，酸氣就變爲酒氣，酒氣辛辣，片刻間白飛飛眼角便沁出了淚水。

滿室火焰熊熊，沈浪與王憐花額上都已有了些汗珠，王憐花又在兩隻盆中注滿了酒、醋與清水，口中道：「麻煩沈兄將這位姑娘的衣衫脫下，抬進盆裡。」

沈浪呆了一呆，吶吶道：「衣衫也得脫下麼。」

王憐花道：「正是，此刻她毛孔已爲易容藥物所閉塞，非得如此，不能解救。」

說話間自懷中取出三隻小小的木瓶，自瓶中倒出些粉末，分別傾入兩隻銅盆，忽又笑道：「堂堂的男子漢，連女人的衣衫都不敢脫麼？」

沈浪轉首望去，只見白飛飛一雙淚光盈盈的眸子裡已流露出混合著驚惶、羞急與乞憐的光芒。

他輕嘆一聲，道：「事急從權，不得不如此，但請姑娘恕罪。」緩緩伸出手掌，解開了白飛飛肋下的衣鈕。

熊貓兒與歐陽喜在門外逡巡徘徊，走個不停，滿面俱是焦急之色，那心情真的和枯守在產房外，等著看自己妻子頭胎嬰兒降生的父親有些相似，金無望雖能坐著不動，但目光也已有些失去平靜。

只聽房中傳出一陣陣撥動炭火聲，嗤嗤水沸聲，注水入盆聲，刀剪響動聲，還似乎有些洗滌之聲。

熊貓兒忽然笑道：「聽這聲音，他兩人竟似在裡面殺豬宰羊一般，那兩姑娘，不知要被他們如何擺佈……」

歐陽喜苦笑道：「他若肯讓我進去瞧瞧，要我叩三個頭，我都心甘情願。」

熊貓兒點頭嘆道：「誰說不是，只可惜……」

突聽門裡傳出一聲驚呼一聲輕叱，竟是沈浪的聲音。

金無望霍然長身而起，便待闖入門去，卻被熊貓兒一把拉住了。

金無望怒道：「你要怎地？」

熊貓兒笑道：「兄台何必緊張，以沈兄那樣的人物，還會出什麼事不成？金兄若是胡亂闖進去，王憐花一怒之下，說不定將剩下的一半事甩手不管了，那時便該當如何是好？那兩位姑娘豈非終生無法見人了？」

金無望沉吟半晌，冷「哼」一聲，甩開了熊貓兒的手，大步走回原地坐下，他想像沈浪這樣的人，的確是不會出什麼事的。

但這時，門內卻又響起了一陣手掌相擊聲，響聲急驟，有如密珠相連，金無望不禁又為之變色，再次長身而起。

歐陽喜亦自皺眉道：「這是什麼聲音？」

熊貓兒沉吟道：「只怕是王憐花在為那兩位姑娘推拿拍打。」

歐陽喜連連頷首道：「不錯……不錯……」

金無望口中雖未言語，但心裡自也接受了熊貓兒的猜測，但他身子才自坐下，門裡又傳出一聲驚呼。

這次驚呼之聲，卻是王憐花發出的。

歐陽喜面色變了，也待闖將進去。

但他也被熊貓兒拉住了。

十 妙手復嬌容

歐陽喜忽聽門裡的王憐花發出了驚呼之聲，不由得說道：「王兄素來鎮靜，此刻居然驚呼出聲，莫非……」

熊貓兒截口笑道：「莫非怎地?王憐花正在出手解救那兩位姑娘，沈兄還會對他怎地不成，何況他兩人初次相識，非但素無仇隙，而且還顯有惺惺相惜之意……嘿嘿，只怕你是一心想要進去瞧瞧，才故意找個藉口吧。」

歐陽喜失笑道：「好貧嘴的貓兒，你難道不覺得那驚呼奇怪麼?」

熊貓兒笑道：「那只怕是他兩人被那兩位姑娘的美艷所驚，忍不住叫了出來，尤其王憐花這色魔，此刻只怕連骨頭都酥了。」

歐陽喜搖頭笑道：「這艷福也只他倆人分享了，你乾急又有什麼用呢?」

門關得很緊，除了較大的響動、失聲的驚呼外，沈浪與王憐花說話的聲音，門外並無所聞。

歐陽喜探首窗外，日色已漸漸升高，他又忍不住要著急了，不住搔耳頓足，自言自語，喃喃道：「他兩人怎地還不出來，莫非……莫非出了事麼……」

沈浪方自解開白飛飛第一粒衣鈕，白飛飛已將眼睛緊緊閉了起來，手腳也起了一陣陣輕微的顫抖。

她面容雖已被弄得醜怪異常，但在眼簾闔起前，眼波中所流露的那種嬌羞之色，卻委實令人動心。

這種柔弱少女的嬌羞，正是朱七七所沒有的。

此刻她雖已闔起眼簾，沈浪似乎還是不敢接觸到她眼睛，輕巧地脫去了衣衫，連指尖都未接觸到她身子。

白飛飛長衫下竟無內衣。

忽然之間，白飛飛那瑩白如玉，柔軟如天鵝，玲瓏如鴿子的嬌軀，已展露在沈浪的眼前。

她的胴體並無那種引人瘋狂的熱力，卻帶著一種說不出的，惹人憐愛的嬌弱，那是一種純情少女所獨有的風韻，動人情處，難描難敘。

沈浪要想不瞧已來不及了，這一眼瞧下，便再也忍不住有些癡迷，一時之間，目光竟忘了移開。

他雖是英雄，但畢竟也是個男人。

朱七七聽得沈浪要脫下白飛飛的衣衫，眼睛便狠狠地盯著他，此刻瞧見他如此神情，目光中便也忍不住露出妒恨之色。

她含恨自語：「沈浪呀沈浪，原來你也是個好色之徒，我如此對你，將別的男人全不瞧在眼裡，但你見到別的女子，卻是如此模樣，我……我又何苦如此對你……」

轉眼一望，王憐花竟也站在角落裡，背向著沈浪與白飛飛，居然連眼角也未偷偷來瞧一眼。

此刻他乾咳一聲，道：「衣衫已脫下來了麼？好，如此便請沈兄將她抱入盆裡，用小弟方才新裁的紗布，將她從頭到腳，仔細洗滌兩遍……先用左邊盆中之水，洗完了，再換右面的一盆，千萬弄錯不得。」

沈浪回過頭來，著急道：「但……但兄台你為何不動手？」

王憐花也不回頭，只是微微笑道：「姑娘們的處子之身，是何等尊貴，此番雖因事急從權，不得不如此，但能少一人冒瀆於她，還是少一人好，沈兄以為是麼……她既已是沈兄的人了，便只得請沈兄一人偏勞到底了。」

沈浪著急道：「她……她既是小弟的人了……此話怎講？」

王憐花哈哈一笑，避不作答，卻道：「水中藥力已將消散，沈兄還不動手？」

沈浪怔了半晌，只得長嘆一聲，抱起白飛飛的身子放入水中，又自盆邊取起了那一疊新裁白紗。

王憐花背著雙手，緩緩地又道：「這兩位姑娘，想必俱是天香國色，沈兄今日，當真可謂艷福不淺。」

沈浪面上忍不住微現怒容，沉聲道：「兄台如此說話，卻將小弟當成了何等人物？」

王憐花道：「小弟只是隨意說笑，兄台切莫動怒，但……」

沈浪道：「但什麼？」

王憐花緩緩道：「這兩位姑娘既是兄台帶來的，此刻她們的清白之軀，又已都落在兄台的眼中，也已都落在兄台的手中，兄台此後對她兩人，總不能薄情太甚，置之不顧，兄台若是稍有俠義之心，便該將她兩人的終身視爲自己的責任，萬萬不能再對第三個女子動情了。」

沈浪聽得又驚又怒，但王憐花卻又偏偏說得義正詞嚴，沈浪一時之間，竟不知該如何反駁。

這其中只有朱七七知道王憐花如此作是何用意，只因此刻除了她自己之外，誰也不知道她就是朱七七。

王憐花此刻說來說去，只是要以言詞套住沈浪，等到這兩個女子對沈浪糾纏時，好教沈浪無法脫身，他自有法子令這兩個女子對沈浪糾纏的，何況那時的少女若被男子瞧著了自己的清白之軀，本就只有以身相委，更何況沈浪本就是最易令少女歡喜的那型人物。

沈浪被她們糾纏住了，自然無法再對別的女子動情，王憐花所說的那「第三個女子」，自然也就是指的朱七七。

王憐花這一著棋下得端的不差，怎奈智者千慮，總有一失，他算來算去，卻再也算不出這兩個女子中竟有一人是朱七七，他費盡心思想出了這「移花接木」的巧計，怎奈卻反而弄巧成拙。

沈浪不再說話，嘴角居然又泛起了微笑。

王憐花道：「沈兄可是洗好了麼？……好，再請沈兄抹乾她的身子……好，此刻便請沈兄以陽和之掌力，將她『少陰』四側四十六處穴道一一捏打，但沈兄若是怕羞，不妨先為這位姑娘穿起衣服來。」

他話未說完，已有衣服悉索聲響起，接著，便是一陣手掌輕拍聲，沈浪呼吸漸漸粗重，白飛飛也發出了輕微的喘息，銷魂的呻吟……

那「少陰」四側，正是女子身上最最敏感之地，若經男子的手掌捏打，那滋味可想而知。朱七七狠狠瞧著沈浪移動在白飛飛身上的手掌，心裡突然想起了自己那日在地窖中被王憐花手掌拿捏的滋味。

刹那之間，她只覺一陣奇異的暖流，流遍了全身，心頭彷彿也有股火焰燃燒起來，也不知是羞？是惱？還是恨？

白飛飛眼簾閉得更緊，身子顫抖更劇。

王憐花緩緩轉過身，將刀剪在沸醋中煮了煮，面帶微笑，靜靜地瞧著她與沈浪，口中道：「沈兄手掌切切不可停頓……無論見著什麼，都不可停頓，否則若是功虧一簣，那責任小弟可不能擔當。」

沈浪微微笑道：「兄台只管放心，小弟這一生之中，還未做過一分令別人失望的事。」言語之間竟似有些雙關之意。

他又何嘗未覺出白飛飛在他手掌下的微妙反應，他自己又何嘗未因這種奇異的反應而微微動心。

但他面上絕不露神色，竟似有成竹在胸，將任何一件可能將要發生的事，都打定了應付的主意。

只見王憐花走到白飛飛面前，道：「此刻這位姑娘面上的易容藥物，已在外面的酒醋蒸氣與她內發的汗熱之力交攻下，變得軟了。」

他口中說話，雙手已在白飛飛面上捏了起來，白飛飛面上那一層看來渾如天生的「肌膚」，已在他手掌下起了一層層扭曲，使她模樣看來更是奇異可怖，王憐花取了粒藥，投入白飛飛口中，又道：「此刻她體中氣血已流通如常，口中也已可說話，只是……」

忽然一笑，方自接著說道：「只是她此刻在沈兄這雙手掌捏拿之下，已是骨軟神酥，雖能說話，也不願說出口來。」

若是別人聽到此話，這雙手哪裡還能再動下去，但沈浪卻只作未曾聽到，一雙手更是絕不停頓。

王憐花一笑道：「好……」突然用兩根手指將白飛飛眼皮捏了起來，右手早已拿起剪刀，一刀剪了下去。

只聽「喀嚓」一響，白飛飛一塊眼皮竟被他生生剪了下來，白飛飛雖不覺痛苦，沈浪與朱七七卻不免吃了一驚。

王憐花將剪下之物，隨手拋入鹽桶之中，立即拿起小刀，一刀刺入了方才被他剪開的眼皮裡。

沈浪更是吃驚，但白飛飛仍然全不覺痛苦。只見王憐花手掌不停，小刀劃動，白飛飛面上那一層肌膚，隨著刀鋒，片片裂開，一張臉立時有如被劃破的果皮一般，支離破碎，更是說不出的詭異可怖。沈浪雖明知這層「肌膚」乃易容藥物凝成，仍不禁瞧得驚心動魄。

突然間，寒光一閃，王憐花掌中的小刀，竟筆直向沈浪面上劃了過來，白刃破風，急如閃電。

朱七七瞧得清楚，這一驚當真非同小可。

沈浪正自全神貫注，眼見這一刀他是避不過的了。

那知沈浪一聲驚呼，一聲輕叱，胸腹突然後縮，雙足未動，上半身竟平空向後移開了三寸，刀鋒堪堪擦著他面頰掠過，卻未傷及他絲毫皮肉。

朱七七不知不覺間，已爲沈浪流出了冷汗，但沈浪雙手卻仍未停頓，猶在推拿，只是目中已現出怒色，沈浪道：「你這算什麼？」

王憐花居然行所無事，微微一笑，道：「小弟只是想試試沈兄的定力，是否真的無論在任何情況之下，雙手都不會停頓。」

沈浪竟也微微一笑道：「哦！真的麼？」

居然也是行所無事，對於方才之事再也不提一字。

王憐花凝目瞧了他半晌，目中又不禁流露出欽佩與妒忌之意，忽然長長嘆息一聲，道：「兄台一生之中，難道從未將任何事放在心上麼？」

沈浪笑道：「自然有的，只是別人瞧不出而已。」

這話說得仍然溫柔平靜，但王憐花聽在耳裡，不知怎地，心頭竟泛起了一股寒意，暗暗忖道：「有如此人物活在世上，我王憐花活著還有何樂趣……」

心意轉動間，手掌輕拂，一陣柔風吹過，白飛飛面上那片片碎裂的肌膚，立時隨風飄起，自己彷彿長著眼睛似的，一片片俱都落入了那鹽桶之中。

沈浪笑道：「好掌力，好……」

目光瞥見白飛飛的真正面容，語聲突頓，半晌說不出話來。

只見她雙頰玫瑰般嬌紅，仍沁著一粒粒珍珠般的汗珠，長長的睫毛，覆蓋在眼簾上，瓊鼻櫻唇中，卻是嬌喘吁吁……

沈浪方才已見過她裸露的身子，已接觸過她凝脂般的香肌玉膚，卻還不覺怎樣，但此刻瞧見她這脈脈含羞的嬌靨，楚楚動人的風情，心頭卻不禁生出一種異常的感覺，一雙手掌再也不敢接觸她的身子，莫忘了他終究還是個男子，這種心情正是天下任何一個男人都難避免的。

王憐花也瞧得癡了，怔了半晌，長長嘆息道：「果然是天香國色，果然是國色無雙……」

朱七七見到這兩男人瞧著白飛飛的神情，銀牙又不覺輕輕咬起，在心頭暗暗罵著：「男人，男人，天下的男人，沒有一個是好東西。」

她心胸雖然豁達，但這兩個男人，一個是深深愛著她的，一個是她深深愛著的，她見到他們為別人著迷，心裡仍不覺生出妒恨之意——莫忘了她終究是個女子，這心情正是天下任何一個女人都難避免的。

朱七七目光無意間瞧向王憐花，王憐花目光恰巧正向沈浪望了過去，目中又有殺機，朱七七暗驚忖道：「不好……」

心念閃動，王憐花雙掌已向沈浪連環拍出，掌勢之迅急，竟似比朱七七心念的轉動還快幾分。

他此番出手又是突如其來，迅疾無倫。

那知沈浪眼睛雖似未瞧著他，其實卻將他每個動作都瞧得清清楚楚，他手掌方自拍出，沈浪雙掌也已迎了上去。

四掌相擊，只聽一連串掌聲響動，密如連珠，十餘掌擊過，沈浪紋風未動，王憐花卻已驚呼一聲，退出數步。

沈浪道：「兄台這又算什麼？」

王憐花退到牆角，方自站穩，拍了拍那身新裁的雪白麻布衣衫，居然仍是行所無事，笑道：「小弟這不過只是想試試兄台，經過方才那一番推拿之後，內力是否已有了傷損。」

沈浪凝目瞧了他兩眼，微微笑道：「哦？真的麼？多承關心。」

居然也還是若無其事，對方才之事再也不提一字。

朱七七眼睛瞪著他，咬牙暗道：「沈浪呀沈浪，你這呆子，他要你做他助手，就是要趁機害你的，你還不知道麼？你這呆子，你這沒有良心的，有時我真恨不得讓你被人害死才好。」

白飛飛也偷偷地將眼睛睜開了一線，偷偷地瞧著沈浪，她面上紅暈猶未褪去，那一絲如夢如幻的星眸中，流露出的也不知是羞澀？還是愛慕，她——除了瞧著沈浪外，眼波再也未向別人去瞧一下。

王憐花又將醋酒的蒸氣，噴到朱七七臉上。

朱七七眼淚鼻涕，一齊流了出來，這種滋味她雖忍受不了，但想到自己立時便將脫離苦海，一顆心便不由得「砰砰」跳了起來，肉體上再大苦痛，卻已不算做什麼，她已都可忍受了。

然後王憐花又在新盆中注滿了酒、醋、藥物與清水，這次他下的藥物更重，轉首向沈浪笑道：「要治療這姑娘，可比方才那位要麻煩多了，沈兄少不得也要多花些氣力。」

話未說完，又退到牆角之中，面壁而立。

沈浪苦笑道：「還是和方才一樣麼？」

他似乎對別人的要求，從來不知拒絕，對任何事，都能逆來順受。

王憐花笑道：「不錯，還是和方才一樣，要有勞沈兄將這位姑娘在兩盆水裡浸上一浸……」

朱七七眼瞧著沈浪手掌觸及自己的衣鈕，芳心不由得小鹿般亂撞起來，幾乎要跳入嗓子眼裡。

她也不由得緊緊閉起眼睛，只覺自己身子一涼，接著便被浸入溫熱的水裡，她身子蜷曲著，耳中聽得一陣陣動情的喘息與呻吟——她方才也曾暗暗罵過白飛飛，然而此刻這喘息與呻吟卻是她自己發出來的。

她癡癡迷迷，暈暈蕩蕩，如在夢中，如在雲中，如在雲端，也不知過了多久，彷佛漫長無極，又彷佛短如刹那。

終於，她身子又被抱了起來，擦乾了，穿上衣服，這時她身上那種僵硬與麻木已漸消失，她已漸漸有了感覺。

於是，她便感覺到一雙炙熱的手掌在她身上推拿起來，她喘息不覺更是粗重，呻吟之聲更響……

她竟已在不知不覺間發出了聲音，這本是值得狂喜之事，她曾經發誓只要自己一能發出聲音，便要揭破王憐花的奸謀，她也曾發誓要狠狠痛罵沈浪一頓，然而她此刻已是心醉神迷，竟未覺自己能出聲，竟忘了說話。

白飛飛蜷曲在榻角，喘息仍未平復，仍不時偷偷去瞧沈浪一眼，王憐花面壁而立，似在沉思。

這是幅多麼奇異的畫面，多麼奇異的情況，愈是仔細去想，便愈不能相信世上竟有如此巧妙的遇合。

這四人相互之間，關係本已是如此微妙，造物主卻偏偏還要他們在如此微妙的情況下遇在一起。

王憐花默然凝思了半晌，終於緩緩回過身來，拿起了一副新的刀剪，捏起了朱七七的眼皮。

他左手雖然已將朱七七眼皮捏起，右手的剪刀也已觸及她的眼皮，但這一刀卻遲遲不肯剪將下去，只是凝目瞧著沈浪，似已瞧得出神。

沈浪忍不住問道：「兄台爲何還不下手？」

王憐花說道：「小弟此刻心思極爲紛亂，精神不能集中，若是胡亂下手，只怕傷了這位姑娘的容顏。」

沈浪奇道：「兄台心思爲何突然紛亂起來？」

王憐花微微一笑，道：「小弟正在思索，待小弟將這兩位姑娘玉體復原之後，不知兄台會如何對待小弟？」

沈浪笑道：「自是以朋友相待，兄台爲何多疑？」

王憐花道：「小弟方才兩番出手相試，兄台難道並未放在心上，兄台難道並未認爲小弟有故意出手傷害兄台之心。」

沈浪含笑道：「我與你素無冤仇，你爲何要出手害我？」

王憐花展顏而笑，道：「既是如此，小弟便放心了，但望兄台永遠莫忘記此刻所說的話，永遠以朋友相待於我。」

沈浪道：「兄台若不相棄，小弟自不敢忘。」

王憐花笑道：「好……」忽然放下刀剪，走了開去。

沈浪忍不住再次問道：「兄台此刻爲何還不下手？」

王憐花笑道：「兄台既肯折節與小弟訂交，小弟自該先敬兄台三杯。」尋了兩個茶盞，自罈中滿滿倒了兩盞白酒。

沈浪道：「但……但這位姑娘……」

王憐花道：「兄台只管放心，這位姑娘的容顏，自有小弟負責爲她恢復，兄台此刻先暫且住手，亦自無妨。」

他已將兩杯酒送了過來，沈浪自然只得頓住手勢，接過酒杯。

王憐花舉杯笑道：「這一杯酒謹祝兄台多福多壽，更願兄台從今而後，能將小弟引為心腹之交，患難與共。」

沈浪亦自舉杯笑道：「多謝……」

這時朱七七神智方自漸漸清醒，無意間轉目一望，只見沈浪已將王憐花送來的酒送到唇邊。

她方才雖然對沈浪有些不滿，她雖也明知自己此刻只要一出聲說話，王憐花便未必肯再出手，自己或許永遠都要如此醜八怪的模樣，但她見到沈浪要喝王憐花倒的酒，她什麼也顧不得了，情急之下突然放聲大喝道：「放下……」

她也許久未曾說話，此刻驟然出聲，語聲不免有些模糊不清，王憐花與沈浪齊地一驚，沈浪回首問道：「姑娘你說什麼？」

朱七七本來想說的是：「放下酒杯，酒中有毒。」

但她實也未曾想到自己這一出口竟能說得出聲音來。

在做了許多日子的啞巴之後，語聲驟然恢復，她心情的激動與驚喜，自非他人所能想像。

她說出「放下」兩個字後，自己竟被自己驚得怔住了，許久許久，說不出第三個字來。

王憐花目光閃動，突然一步掠去，拍了她頰下啞穴，她再想說話，卻已說不出了，空自急出了一身冷汗。

沈浪皺眉道：「王兄爲何不讓這位姑娘說話？」

王憐花笑道：「這位姑娘實已受驚過巨，神智猶未平靜，此刻語聲一經恢復，身子一能動彈，便說不定會做出些瘋狂之事，小弟方才幾乎忘記此點，此刻既已想起，還是讓她多歇歇得好。」

語聲微頓，再次舉杯，道：「請。」

沈浪微一遲疑，但見王憐花已自一乾而盡，他自然也只有仰首喝了下去——朱七七在一旁已瞧得急出了眼淚。

王憐花又自倒滿一杯，笑道：「這一杯謹祝兄台……」

他善頌善禱，滿口吉言，沈浪不知不覺間，已將三杯酒俱都喝了下去。

朱七七全身都已涼了，那日在地牢之中，這王憐花含恨的語聲，此刻似乎又在她耳邊響起。

「沈浪……沈浪……好啊，我倒要瞧瞧他究竟是怎麼樣的人物……我偏偏要叫他死在我的面前。」

她似乎已可瞧見沈浪七孔流血，翻身跌倒的模樣，她唯願方才那三杯毒酒，是自己喝下去的。

月色漸漸升高，連熊貓兒都等著有些奇怪了。

歐陽喜更是不住頓足，道：「怎地還不出來？」

此刻室中已久久再無異常的響動，但這出奇的靜默，反而更易動人疑心，熊貓兒嘆了口氣，道：「看來這真比生孩子還要困難。」

廳前已開上酒飯，但三人誰也無心享用。

歐陽喜喃喃道：「出了事了，必定是出了事了……」

斜眼瞧了瞧熊貓兒：「怎樣？還要呆等下去。」

熊貓兒沉吟道：「再等片刻……再等片刻。」

金無望突然冷冷道：「再等片刻若是出了事，這責任可是你來承擔。」

熊貓兒道：「我來承擔？……爲何要我來承擔。」

金無望冷笑道：「你既不敢承擔，我此刻便要闖進去。」

他霍然站起身子，但熊貓兒卻又擋住了門戶。

金無望怒道：「你還要怎樣？」

熊貓兒道：「縱然要進去，也得先打個招呼。」

歐陽喜立即敲門道：「咱們可以進去了麼？」

只聽得王憐花的聲音在門裡應聲道：「你著急什麼？再等片刻，便完畢了。」

熊貓兒笑道：「如何？只要再等片刻又有何妨。」

朱七七聽得外面敲門聲響，心頭不禁一喜，只望熊貓兒、金無望等人快些衝將進來，無論如何，總可解救沈浪的危機。

但王憐花答了一句話後，外面立時默然。

朱七七既是失望，又是著急，更是傷心，傷心地瞧了沈浪一眼——這一眼她本不敢瞧的，卻又忍不住瞧了。

但見沈浪好生生的站在那裡，嘴角仍然帶著一絲他那獨有的、瀟灑而懶散的微笑，哪有絲毫中毒的模樣。

朱七七又怔住了，也不知是該驚奇，還是該歡喜，酒中居然無毒，這真是她做夢也未想到的事。

只聽王憐花道：「這最後一點工作，小弟已無需相助，沈兄方才那般出手，此刻必定已有些勞累，何妨坐下歇歇。」

沈浪笑道：「如此就偏勞兄台了。」他果然似已十分勞累，方自坐下，眼簾便自闔起，身子竟也搖晃起來。

然後，他嘴角笑容亦自消失不見，搖晃的身子終於倒在椅背上，亦不知是睡著了，還是已暈死過去。

朱七七一顆心方自放下，此刻見到沈浪如此模樣，又不禁急出了眼淚，只恨不能放聲痛哭出來。

沈浪終於還是中了王憐花的詭計，她方才終究還是未曾猜錯，那三杯酒中畢竟還是有毒的。

王憐花冷眼瞧著沈浪，嘴角泛起一絲微笑，笑得甚是詭秘，然後他便帶著這笑容走到朱七七面前，俯首望著她。

朱七七眼中似乎已將噴出火來——她恨不得目中真能噴出火來，好教這惡毒的人活活燒死。

但王憐花望著她的目光卻是溫柔而親切的，他左手拍開了朱七七的穴道，但右手卻又抵在她啞穴上。

這樣朱七七雖然可以出聲，但呼吸仍是不能暢通，說話的聲音也不能響亮，朱七七索性咬住牙不說話。

那知王憐花卻微微笑道：「朱姑娘，你有話要說，爲何還不說出口來？」

白飛飛眼睛突然睜大了，似要爬起，但王憐花長袖一展，便已拂了她的睡穴。

朱七七更是吃了一驚，顫聲道：「你……你怎知我是朱……朱……」

王憐花截口笑道：「我方才聽得你那呻吟之聲，便已有些猜出你是誰了，只因那呻吟聲我聽來彷彿甚是耳熟，那時我就開始後悔，爲何到這時才想到是你，爲何要將你送到沈浪手上，我自己做的圈套，卻反令自己上當了。」

朱七七又羞又恨——她知道這惡魔確是聽過自己那種呻吟聲的，在地牢中被這惡魔輕薄時的光景，她死也不會忘記。

王憐花接著笑道：「只可惜你的那位沈相公卻未聽過你那種可愛的吟聲，是以他做夢也想不到會是你……」

朱七七嘶聲道：「你這惡魔……你……」

王憐花也不理她，自管接道：「就因他夢想不到是你，所以你方才縱然大聲喊叫，他也未聽出是你的聲音，而區區在下卻聽出了。」

朱七七咬牙道：「你……你這畜牲。」

王憐花笑得更是得意，道：「不錯，我是畜牲，但我這畜牲，卻比你心目中那位大英雄還要強些，這話我早已對你說過，你那時雖然不信，但此刻你只要瞧瞧他的模樣，便該知道一千個沈浪，也比不上一個王憐花的。」

朱七七恨聲道：「詭計傷人，還有臉在我面前誇口，天下男人的臉，都已被你丟光了……你若是憑真本事殺了他，我也服你，如今你這樣的做法，我……我做鬼也不會饒你。」

王憐花笑道：「只可惜你還是活著的，還做不了鬼。」

朱七七嘶聲道：「他既已死了，我立刻就陪著他死。」

王憐花道：「他死了？誰說他死了？」

朱七七怔了一怔，顫聲道：「你……你未曾害死他？」

王憐花笑道：「我若殺了他，你豈非要恨我一輩子，你是我此生中唯一真正喜歡的女子，我怎能讓你恨我？」

朱七七又驚又喜，道：「但他……他此刻……」

王憐花道：「他此刻只是被我藥物所迷，睡了過去，你只管放心，這藥力甚是奇異，全無絲毫不良反應，甚至連他自己醒來時，都萬萬不會知道自己曾被迷倒過，只像是打了個盹兒而已。」

朱七七道：「你……你為何要如此……」

王憐花道：「我如此做法，只是要你知道，我終究是比他強的，他若真像你說的那麼聰明，怎會著了我的道兒？」

朱七七道：「他是君子，自不會提防你的詭計。」

王憐花失聲笑道：「不錯，他是君子，我是小人，但你也是小人，小人與小人，正好成雙作對，你總有一日會知道只有我才是真正與你相配的，你總有一日會回到我身邊，這也許因為你根本配不上他，你為何定要等到那一日，我瞧你還是此刻就跟著我吧，也免得到那日傷心落淚。」

朱七七怒罵道：「放屁！放屁……我寧肯嫁給豬狗，也不會嫁給你這比豬狗還不如的畜牲，你還是死了這條心吧。」

王憐花笑道：「你此刻恨我也好，罵我也好，但你卻千萬莫要忘記，今日此刻，我曾經對你說過些什麼話。」

朱七七恨聲道：「我自然不會忘記，我死也不會忘記，但我若是你，此刻還是將我與沈浪都殺死得好。」

王憐花道：「我為何要殺你？我怎捨得殺你。」

朱七七冷笑道：「你若不殺我，但等沈浪醒來，我便要揭破你的奸謀，揭破你的秘密。我便要沈浪殺了你。」

王憐花大笑道：「我正是要你如此做法，否則我又何苦還要放你？否則我此刻又何苦還要

對你說這些話？」

朱七七見他笑得如此得意，也不覺又有些驚異，道：「你不怕？」

王憐花笑道：「你說出來便知道我怕不怕了……」

突聽沈浪那邊，已發出輕微的響動聲。

王憐花語聲立頓，放鬆了抵住朱七七穴道的手掌，又自捏起了她的眼皮，右手抄起剪刀，一刀剪了下去。

他手法之熟練與迅快，當真非言語所能描敘。

朱七七此刻雖然已可放聲嘶呼，但愛美畢竟是女子之天性，她畢竟還是怕自己的呼聲會將王憐花手裡的刀鋒震得偏了，更怕偏了的刀鋒，會損毀她的容顏——她只有咬牙忍住，閉口不語。

但聞沈浪長長透了口氣，似已長身站起，又似乎怔了半晌，方自失聲一笑，嘆著氣道：「兄台還未完工麼？可笑小弟竟睡著了。」

王憐花雙手不停，口中道：

「沈兄只不過打了個盹兒而已……小弟這就要完事了，兄台不妨過來瞧瞧。」

沈浪笑道：「小弟正是想瞧瞧這位姑娘是誰？」

王憐花道：「那位姑娘既是天香國色，這位姑娘想必亦非凡品……好，沈兄你且睜大眼睛，等著瞧吧。」

他口中說話，掌中剪刀已將朱七七外面那層「臉皮」剪得四分五裂，此刻隨手一拂，朱七七的真面目便出現在沈浪眼前。

沈浪縱然鎮靜，此刻也不禁爲之放聲驚呼出來。

這一聲驚呼傳到門外，金無望再也忍不住了，身形一閃，掠到門前，一掌震開了門戶，飛身而入。

熊貓兒要想攔阻，亦已不及，當下隨著竄了進去，直到榻前，一瞧見了朱七七，他也不禁驚呼出來。

沈浪吶吶道：「朱七七……怎會是你……」

熊貓兒亦是呆若木雞，亦自吶吶道：「是你……原來是你……」

這兩人委實誰也未曾想到，自己踏破鐵鞋無處尋覓的朱七七，竟早已就在自己身旁了。

就在這時，朱七七突然翻身掠起，雙掌齊出，出手如風，分別向王憐花右肩「肩井」、左胸「玄機」兩處大穴點了過去。

王憐花自然早已算定了她必將有此一著，怎會被擊中，身形一轉，便輕輕的避了開去。

熊貓兒與沈浪都不免吃了一驚，雙雙出手——這兩人出手是何等迅急，刹那間便已將朱七七兩隻手腕分別抓住。

沈浪緊捉住她的右腕，沉聲道：「七七，你瘋了麼？怎可向王公子出手？」

朱七七雙腕有如被鐵箍套緊了一般，哪裡還掙得脫，空自急得滿面通紅，雙足亂踢，嘶聲道：「放手！你們這兩隻笨豬，抓住我做什麼？還不快快放手，讓我去剝下這惡賊的皮來。」

王憐花微笑道：「各位請看，在下辛辛苦苦解救了這位姑娘的苦難，這姑娘卻要剝在下的皮……這算什麼？」

沈浪暗笑道：「這只怕是因她神智還未清醒，是以……」

朱七七頓足大罵道：「放屁，你懂個屁，我神智從未比此刻更清醒了，你……你……你才是神智不清的笨豬。」

王憐花道：「姑娘若是神智清醒，爲何恩將仇報？」

朱七七怒道：「你還裝的什麼蒜？若不是你，我怎會落到今日這般地步？我……我……我好歹也要與你拚了。」

王憐花苦笑道：「這位姑娘在說什麼，在下委實聽不懂，沈兄、歐陽兄、貓兄，你們三位可聽得懂麼？」

熊貓兒道：「我實在也不懂，朱姑娘，你……」

朱七七怒喝道：「住口……」

沈浪嘆道：「要住口的本該是你。」

朱七七頓足道：「死人，你這死人，你難道還不知道，這王憐花便是將鐵化鶴、展英松他們綁去的惡魔。」

沈浪吃了一驚，皺眉望向王憐花。

王憐花卻笑了，道：「朱姑娘，你可願再吃些藥麼？在下與姑娘你素昧平生，姑娘又何苦如此含血噴人？」

朱七七道：「素昧平生？含血噴人？你，你，你這惡賊，畜牲，你做了的事，爲何不敢承認？」

王憐花茫然道：「在下做了什麼？在下只不過救了你而已，這難道還救錯了麼？沈兄，你且評評這個理。」

沈浪嘆道：「王兄自然未錯，她只怕是……」

朱七七已急得快要瘋了，雙足亂踢，將一雙白生生的小腿都踢得露出衣襟，她也不管。

沈浪只得將她下身穴道制住，嘆道：「你安靜些好麼？」他制住了她的穴道，又覺有些過意不去，嘆道：「你要知道，我這是爲你好。」

朱七七嘶聲道：「你這死人，方才王憐花爲何未將你一刀殺死，也好教你知道究竟誰錯了，誰是瘋子。」

沈浪苦笑道：「王兄怎會殺死我，你……」

朱七七道：「你還說……死人，笨豬，我咬死你……咬死你……」她張口去咬沈浪，卻又咬不著。

歐陽喜實在看不過了，忍不住道：「姑娘縱然有事要說，也該好生說話才是……」

朱七七呼道：「我不要好生說話，我……我要發瘋，要發瘋……你們索性殺了我吧，我不要活了……」

她說的話全是真的，別人卻將她當作瘋子，她又是著急，又是委屈，哪裡忍得住，終於放聲大哭起來。

眾人面面相覷，一時間俱都作聲不得。

白飛飛忍不住走過來，柔聲道：「姑娘……小姐，莫要哭了，求求你好生說話好麼？你這樣的脾氣，吃虧的是自己……」

朱七七怒道：「我不要你管，我吃虧是我自己的事，你……給我滾開，滾得遠遠的，我不要看見你。」

白飛飛垂下了頭，委屈地走開了，目中也湧出了淚珠。

沈浪嘆道：「她說的話本是好意，你何苦如此？」

朱七七痛哭著道：「我偏要如此，你又怎樣？她是好人，我……我是瘋子，你去照顧她吧，莫要管我。」

白飛飛終也忍不住仆倒在地，放聲痛哭起來。

王憐花已取出粒藥丸，長嘆道：「瞧這姑娘模樣，神智只怕已有些錯亂了，在下這粒丸藥，倒可令她鎮定，便請沈兄餵她服下。」

沈浪瞧了瞧朱七七，只見她目光赤紅，頭髮披散，的確是有些瘋了的模樣，只得接過丸藥，道：「多謝兄台……」

他話才出口，朱七七已放聲大呼道：「我不要吃……不要吃……他這丸藥裡必定有迷藥，我吃了這藥，就是想死也死不了……」

沈浪也不理她，自管將丸藥送到她嘴邊，道：「聽話……好生吃下去……」

朱七七拚命扭住頭，嘶聲道：「我不吃，死也不吃，求求你……求求你莫要逼我，我若是吃了這藥，便永遠也不能說出他的秘密了。」

沈浪微一遲疑，嘆道：「你若是肯安靜下來，好生說話，我就不要你吃，否則……」

朱七七顫聲道：「好。我安靜下來，我好生說話，只要你不強迫我吃這藥，你，你要我做什麼，我就做什麼。」

她委實心膽已寒，只有痛苦地屈服了。

王憐花道：「這丸有毒麼？」

冷笑一聲，取回丸藥，送入嘴裡，一張口吞了下去，仰首望天冷冷笑道：「藥裡有毒，就毒死我吧。」

沈浪長嘆一聲，搖頭道：「朱七七，你還有什麼話說？」

朱七七淚流滿面，道：「求求你，莫要相信他，他一舉一動，都藏著奸計，他……他實是世上最最惡毒的人。」

王憐花冷笑這：「朱姑娘，我究竟與你有何怨恨，你要如此害我？」

朱七七顫聲道：「沈浪，你聽我說，那日我與你分開之後，恰巧瞧見了展英松等人，神智都已癡癡迷迷……」

她抽抽泣泣，將自己如何遇見趕人的白雲牧女，如何躲在車下，如何到了那神秘的庭園，如何遇見了王憐花，如何被那絕美的神秘夫人所擒，如何被送入了地窖等種種情事，俱都說了出來。

她說的俱屬真實，沈浪縱待不信，又委實不得不信。

王憐花冷笑道：「好動人的故事，沈兄可是相信了？」

沈浪雖未答話，瞧著他的雙目中卻已有懷疑之色。

王憐花道：「沈兄難道未曾想想，她所說若是真的，如此機密之事，在下又怎會縱虎歸山，平白放了她？」

歐陽喜忍不住接道：「是呀，在那般情況下，王兄自然怕朱姑娘將機密洩漏，自然是萬萬不肯平白將她放了。」

沈浪仍未說話，懷疑的目光，卻已移向朱七七。

朱七七垂首道：「這其中自有緣故，只因……只因……」

她雖然生性激烈，但叫她說出地窖中發生的那些事，叫她說出那些情愛的糾纏，她委實還是說不出口。

沈浪卻已連聲催促，道：「只因什麼，說呀。」

朱七七咬了咬牙，霍然抬頭，大聲道：「好，我說，只因這姓王的喜歡我，我卻喜歡姓沈的，他被我激不過，便要我將沈浪帶去，所以只得將我放了。」

歐陽喜等人聽得一個少女口中，居然敢說出這樣的話來，都不禁呆住了，熊貓兒目中已有些痛苦之色。

王憐花卻縱聲大笑起來，道：「朱姑娘的話，委實愈說愈妙了……朱姑娘縱是天仙化人，在下也未必愛你愛得那般發狂。」

朱七七嘶聲道：「你還不承認？你三番兩次要害沈浪，豈非便是爲了這緣故，方才你還對我說過，我是你平生唯一真正喜歡的女子……」

王憐花大笑截口道：「方才我還說過？沈兄，你可聽到了麼？」

沈浪苦嘆一聲，道：「未曾聽得。」

朱七七著急道：「他明明說了的，只是……只是你那時已被他藥物所迷，睡著了，他趁機向我說的。」

王憐花搖頭嘆道：「姑娘你方才還說我三番兩次加害沈兄，此刻卻又說他被我藥物所迷……沈兄，在下既要害你，爲何不趁你被迷倒時殺了你……各位都請來聽聽，世上真的會有這樣的人麼？」

衆人俱都默然無語。

朱七七大聲道：「你迷倒他，只是向我說話，只因那時你已認出了我，你怕我終生恨你，所以不敢殺他。」

王憐花道：「那時連沈兄都未認出你，我怎會認出你；何況，縱然退一步說，我已真的認出了你，但我明知你要說出我的秘密，我爲何還要救你，讓你說話，難道我發瘋了？難道我自己要害自己？」

說到這裡，哪裡還有一人相信朱七七說的故事。

朱七七瞧見衆人臉色，又要急瘋了，嘶聲道：「你這惡魔，你究竟在使何鬼計，我怎會知道？」

王憐花笑道：「你自不知道，只因這一切都不過是你在做夢而已，一場荒唐已極，但也十分有趣的大夢。」

朱七七所說的雖是句句實言，怎奈卻無一人相信於她，這種被人冤枉的委屈滋味，當真比什麼都要難受。

她嘶聲大呼道：「我說的話，難道你們都不相信？」

沒有人答話——只因眾人面上的神情，已是最好的回答，朱七七目光四轉，終於忍不住痛哭出聲來。

她哭得雖然傷心，也無人安慰於她。

熊貓兒忽然道：「若要知道朱姑娘所說是真是假，倒有個法子。」

歐陽喜道：「你這貓兒又有什麼怪主意了？」

熊貓兒道：「朱姑娘所說若是真的，想必可帶我們到她所說的那些地方……」

朱七七哭聲未住，已大喜呼道：「不錯，就是這樣，我早說了，我帶你們去，姓王的也莫要走，到了那裡看你還有什麼話說？」

沈浪嘆道：「此事本已無需證明，但爲了要她死心，唉，也只有如此了，卻不知王兄可願相隨一行？」

王憐花微笑道：「沈兄不說，在下也是要去的，只因在下也要瞧瞧，朱姑娘若是無法證明時，她還有什麼話說。」

這時正午已過，繁華冠於中原的洛陽城，街上行人自然不少，沈浪、朱七七等這一行人來到街上，也自然是扎眼得很。

但「中原孟嘗」歐陽喜在這洛陽城中，當真可說是跺跺腳四城亂顫的人物，有歐陽喜在，行人哪裡還敢多瞧他們一眼。

朱七七淚痕才乾，眼睛還是紅紅的，當先帶路而行，她路途自然不熟，走了許久還未認出路徑。

沈浪與熊貓兒一左一右，緊緊跟著她，白飛飛也忍不住跟出來了，垂頭跟在後面，一副可憐兮兮的模樣。

兜了半天圈子，歐陽喜不禁皺眉道：「朱姑娘若是路途不熟，只要說出那地方何在，在下倒可做識途老馬，爲朱姑娘領路前行。」

朱七七寒著臉道：「不用你帶路，也不用你說話。」

又兜了半天圈子，突然轉入一條長街，街道兩旁，有三五家小吃店，一陣陣食物香氣，自店裡傳了出來。

朱七七這時肚子早已餓了，聞得香氣，心頭一動，突然想起那日她自棺材店裡逃出時，亦是飢寒交迫，也曾聞到過這樣的香氣。

再看兩旁市招店舖，入眼都十分熟悉，朱七七大喜之下，放足前奔，猛抬頭，已可瞧見「王森記」三字。

那黑底金字的招牌，是萬萬不會錯了，何況招牌兩旁還有副對聯，對聯上的字句她更已背

得滾瓜爛熟，寫的正是：

「唯恐生意太好，但願主顧莫來。」

再瞧進去，門裡一座高台，櫃上有天平，兩個伙計，一個缺嘴，一個痲子，正在量著銀兩。

這一切情況，俱是她那日逃出時一模一樣。

朱七七忍不住大喜脫口道：「就在這裡。」

沈浪皺眉道：「這棺材舖？」

朱七七道：「就是這棺材舖，萬萬不會錯的。」

王憐花笑道：「這棺材舖確是在下的買賣，朱姑娘家裡若是有什麼人死了，要用棺材，在下不妨奉送幾口。」

朱七七只作未聞，當先衝了進去。

那兩個伙計本待攔阻，但瞧見王憐花，便一齊躬身笑道：「少爺您來了，可是難得，小的們這就去沏茶。」

王憐花揮了揮手，揖客而入，其實他縱不揖客，沈浪與熊貓兒也早已隨著朱七七闖了進去。

門面後，是間敞棚屋子，四面都堆著已做好的或未做好的棺材，一些赤著上身的大漢，午飯方過，正坐在棺材板上喝茶，聊天，抽著旱煙，瞧見王憐花等人來了，自然齊地長身而起，含笑招呼。

刨木花，洋鐵釘，雖然散落一地，但朱七七凝目瞧了幾眼，便已發覺左面一塊石板有鬆動的痕跡。

她忖量地勢，這塊石板正是她那日逃出之處——這種事她自然清清楚楚的記得，再也不會忘記。

她面上不禁泛起笑容——這是她多日來初次微笑，她生怕王憐花要加攔阻，裝做若無其事的模樣，走了過去，走了幾步，她再也忍不住縱身一躍，躍在那方石板上，回首望向王憐花，大聲道：「好了，你還有什麼話說？」

王憐花似乎莫名其妙，皺眉道：「怎樣？」

朱七七笑道：「你還裝什麼糊塗？你明知這方石塊下，便是那地窖密道的入口，我那日便是自這裡逃出來的。」

到了這時，連金無望都不禁爲之聳然動容，狠狠盯住王憐花，那知王憐花卻又大笑起來，道：「妙極，妙極。」

朱七七冷笑道：「妙什麼？虧你還笑得出。」

王憐花笑道：「石板下既有密道，姑娘何不掀開來瞧瞧？」

朱七七道：「自然要掀開來瞧瞧。」

熊貓兒趕上一步，道：「我來。」

朱七七瞪眼道：「這一切都是我發現的，我不許別人動手。」

地上自有鐵錘、鐵鍬，她取了柄鐵鍬，自石縫間挖了下去，將石板一寸寸撬起。

眾人的目光，自然俱都瞬也不瞬，盯著那一寸寸抬起的石板，只聽朱七七一聲輕叱，石板豁然而開。

石板不開，猶自罷了，石板這一開，眾人面上都不禁變了顏色，朱七七驚呼一聲，踉蹌後退──

石板下一片泥土，哪有什麼密道。

王憐花縱聲大笑起來，那笑聲委實說不出的得意。

沈浪皺眉瞧著朱七七，熊貓兒、歐陽喜只是搖頭嘆氣，金無望木然無言，白飛飛眼中卻又不禁流下同情的眼淚。

朱七七怔了半晌，突然發瘋似的，將那四邊的石板，俱都挖了起來，眾人冷冷的瞧著她，也不攔阻。

她幾乎將所有的石板全都掀開，但石板下仍都是一片完好的土地，瞧不出絲毫被人挖掘過的跡象。

王憐花大笑道：「朱姑娘，你還有什麼話說？」

朱七七滿身大汗，一身泥土，嘶聲道：「你這惡賊，你……你必定早已算定咱們要來的，是以早就偷偷的將這裡的密道封死了。」

沈浪苦笑道：「瞧這片地上的苔痕印，便是死人也該瞧得出已有數十年未曾被人動過了，下面必定便是造屋的地基……朱七七，朱姑娘，求求你莫要再危言聳聽，害得咱們也跟著你一齊丟人好麼。」

朱七七捶胸頓足，流淚嘶呼道：「沈浪，真的，我說的一切都是真的，求求你，相信我，我一生中從未有一次騙過你……」

沈浪嘆道：「但這次呢？這次……」

王憐花突然截口笑道：「朱姑娘若是還不死心，在下也不妨再將這塊地整個掀起來，也好讓她瞧個清楚明白。」

沈浪道：「王兄何必如此……」

王憐花笑道：「無妨，事情若不完全水落石出，在下實也難以做人……」

他向大漢們揮了揮手，又道：「大伙兒還不快些動手。」

黃昏之前，地面便已整個翻起，地下果然是多年的地基，這真是有眼睛的人都能瞧得出來的。

沈浪與熊貓兒等人，只有搖頭嘆氣。

王憐花笑道：「朱姑娘，怎樣？」

朱七七「噗」地跌坐了下去，面容木然，癡癡迷迷，只是瞪著眼發怔，連眼淚都已流不出來。

王憐花道：「王憐花在洛陽城裡的棺材店，只此一家，別無分號，各位若是不信，不妨去別處打聽打聽。」

此時此刻，還有誰能不信他的話？他縱然說這些棺材都是圓的，只怕也無人敢說不相信了。

沈浪嘆道：「在下除了道歉之外，實不知還有什麼話能對兄台說，但望王兄念她婦道人家，莫要將此事放在心上。」

王憐花笑道：「有沈兄這樣一句話，小弟便是將房子拆了，又有何妨？沈兄若不嫌棄，便請到寒舍用些酒飯。」

沈浪道：「怎敢驚擾，還是……」

朱七七突然翻身掠起，大聲道：「你不去，我去。」

沈浪苦笑道：「你還要去哪裡？」

朱七七揉了揉眼睛，道：「他家。」

沈浪道：「王公子幾時邀請了你？」

朱七七道：「他請了你，我便要跟去，我……我定要瞧個明白。」

王憐花笑道：「對了，朱姑娘縱不肯去，在下也是定必要請朱姑娘去的，在下好歹也要朱姑娘索性瞧個明白。」

王憐花富甲洛陽，巨室宅院，氣派自是不同凡響。

一進大門，朱七七眼睛就不停東張西望。

王憐花笑道：「寒舍雖狹窄，但後院中倒也頗有些園林之勝，只是小弟才疏學淺，空將園林整治得一團俗氣，想沈兄胸中丘壑必定不凡，沈兄若肯至後院一行，加以指點，園林山石，必定受益良多，小弟也可跟著沾光了。」

沈浪還未說話，朱七七已冷笑道：「咱們正是想去後院瞧瞧。」

沈浪苦笑道：「王兄那番話，也正是要你去瞧個明白，瞧個死心……」

朱七七冷笑截口道：「只有奸詐狡猾的人，才會說拐彎抹角的話，這種話，我聽得懂也要裝不懂的。」當先大步行去。

她橫衝直闖，有路就走，半點也不客氣，似乎竟將這別人的私宅，當做自己家裡，沈浪相隨而行，唯有苦笑搖頭。

但見松木清秀，樓台玲瓏，一亭一閣，無不佈置得別具匠心，再加上松巔亭角的積雪，更令人渾然忘俗。

但庭院寂寂，既無人聲，亦無鳥語，唯有松濤竹韻，點綴著這偌大園林的空寂與幽趣。

朱七七心頭又不免開始急躁，暗道：「那些彪形大漢與白雲牧女們，都到哪裡去了？」

她縱然再狠，也不能說要搜查別人的屋子。

走到盡頭，也有數間曲廊明軒，三五亭台小樓，旁邊也有一排馬廄，馬嘶之聲，自寒風中不時傳來。

但這一切，俱都絕非朱七七那日見到的光景。

朱七七終於停下腳步，大聲道：「你的家不是這裡。」

王憐花笑道：「在下難道連自己的家在哪裡都不知道，而朱姑娘反而知道麼？如此說來，在下豈非變成了呆子。」

朱七七頓足道：「明明不是這裡，你還要騙我。」

歐陽喜忍不住接口道：「王公子居住此地，已有多年，那是萬萬不會錯的，朱姑娘若再不信，在下亦可以身家保證。」

朱七七道：「那……那他必定還有一個家。」

王憐花笑道：「在下還未成親，更不必另營藏嬌之金屋。」

朱七七突然大喝一聲，道：「氣死我了。」

整個人都跳了起來，一躍丈餘，自亭角抓了團冰雪，塞在嘴裡，咬得「吱吱喳喳」作響，別人在一旁瞧著，都不禁要打寒噤，她的臉卻仍紅紅的燒得發燙，她又急又怒，整個人都似要燒了起來，真恨不得倒在雪地裡打幾個滾才對心思。

沈浪苦笑道：「你何苦如此……」

朱七七大喝道：「不要你管我，你走開……」

她突又竄到王憐花面前：「我問你，你是否還有個母親？」

王憐花笑道：「在下若是沒有母親，難道是自石頭縫裡跳出來的不成？……姑娘你問這話，難道你沒有母親麼？」

朱七七只作沒有聽到他後面一句話，又自喝道：「你母親可是住在這裡？」

王憐花道：「姑娘可是要見見家母。」

朱七七道：「正是，快帶我去。」

王憐花笑道：「在下正也要爲沈兄引見引見家母……」

沈浪道：「王兄休要聽她胡鬧，我等怎敢驚擾令堂大人。」

王憐花道：「無妨，家母年紀雖已老了，但卻最喜見著少年英俊之士，沈兄若是不信……喏喏，歐陽兄是見過家母的。」

歐陽喜笑道：「小弟非但見過，而且還有幸嚐過王老伯母親手調的羹湯，她老人家可真是位慈祥的老夫人。」

王老夫人午睡方起，滿頭如銀白髮，梳得一絲不亂，端坐在堂前，含笑接見愛子的賓客。只見她滿面皺紋，滿面笑容，一面談笑風生，一面還不住殷殷叮嚀自己愛子，快些備酒，莫要慢待了賓客。

群人對望了一眼，心裡不約而同暗道：「果然是位端莊慈祥的老婦人。」

但朱七七見了這慈祥的老婦人，卻更急得要瘋了。

她本要放聲大喝：「這不是你的母親。」

但她還未真個急瘋，這句話她無論如何，還是說不出口來，此時此刻，她知道自己只有咬牙忍住，什麼話都不能說了。

她腦海突然變得暈暈沉沉，別人在說什麼，她一句也聽不見，別人在做什麼，她也瞧不清。

好容易捱到時刻——酒飯用過，王老夫人也安歇了，王憐花再三挽留後，沈浪終於告辭而出。

王憐花忽然含笑喚道：「朱姑娘……」

朱七七霍然回頭，道：「鬼叫什麼？」

王憐花笑道：「寒舍的大門，永遠爲朱七七開著的，朱七七心裡若是還有懷疑之處，不妨隨時前來查看。」

朱七七狠狠瞪了他兩眼，居然未曾反唇相譏。

王憐花接口笑道：「朱姑娘怎地不說話了？」

朱七七狠狠跺了跺腳，搶先奪門而出。

沈浪苦笑道：「王兄如此對她，她還有什麼話說。」

風雪寒夜，沈浪也未再堅持離城，於是一行人便在歐陽喜宅中歇下——直到宵夜酒食上來，朱七七還是未曾說話。

她始終皺著眉，低著頭，也不知在想些什麼？無論誰向她說話，她也都不理不睬，彷彿沒有聽到。

歐陽喜忍不住嘆道：「那王憐花雖非君子，但也絕非朱姑娘所說的那般人物，這其中想必有些誤會，沈兄你……」

沈浪含笑截口道：「這個兄台不說，在下也知道的。」

歐陽喜道：「何況他雖然文武雙全，卻從來未曾在人前炫露，除了我輩三兩人外，洛陽城中只知他是個風流自賞的富家公子，誰也不知他身懷絕技，至於江湖中人，他更是從來也不加過問的了。」

沈浪笑道：「這個在下也知道的……」

朱七七突然一拍桌子，大聲道：「你知道個屁。」

沈浪皺眉道：「到了此刻，你還要胡鬧，你那般冤枉人家，若非王公子生性善良，脾氣溫柔，他怎會放過你。」

朱七七恨聲道：「他不放過我？……哼，我才不會放過他哩。」

沈浪道：「你還要怎樣？」

朱七七胸膛起伏，過了半晌突然長長嘆了口氣，道：「我要睡覺了。」

沈浪展顏一笑，道：「你早該睡了……」

一直垂首坐在朱七七身旁的白飛飛，此刻方自盈盈站起，道：「我去服侍姑娘安歇。」

她垂首跟在朱七七身後，走了兩步，朱七七突然回身，大喝道：「誰要你服侍，你走遠些吧。」

白飛飛顫聲道：「但……但……姑娘大恩……」

朱七七冷笑一聲道：「對你有恩的，是姓沈的，可不是我，你還是去服侍他睡覺吧。」反手一推，頭也不回的去了。

白飛飛怎禁得起她這一推，嬌弱的身子，早已跌倒，目中的眼淚，也早已忍不住斷線珍珠般落了下來。

沈浪自然伸手扶起了她，嘆道：「她就是這樣的脾氣，你莫要放在心上，其實……其實……唉！她面上兇惡，心裡卻並非如此的。」

白飛飛含淚點頭，顫聲道：「朱姑娘對我恩重如山，我今生已永遠都是她的人了，她……她無論怎樣對我，都是應當的。」

沈浪凝目瞧了她半晌，平和安詳的面容上，竟也突然現出了一絲激動之色，過了半晌，方自長嘆道：「只是……只是這太委屈你了。」

白飛飛淒然一笑，道：「我生來便是個薄命人，無論吃什麼樣的苦，我都已慣了，何況……何況公子們都對我這麼好，這……這已是我……我……我一生中最幸福的日子……」

她不停的悄悄抹眼淚，但眼淚還是不停地流了出來。

她忍也忍不住，擦也擦不乾。

沈浪又自默然半晌，終於嘆道：「你也去睡吧。」

白飛飛道：「多謝公子。」

她再次盈盈站起萬福轉身，卻始終不敢抬頭——她彷彿不敢接觸到沈浪的目光，她不敢抬頭去瞧沈浪一眼。

她起先走得很慢，但愈走愈快，方自走出簾外，她那幽怨的哭聲已傳了進來，簾外的哭聲，更令人聞之心碎。

歐陽喜長嘆道：「這樣的女子，才是真正的女子，誰若能娶這樣的女子爲妻，那當真是天大的福氣。」

熊貓兒道：「你如此說話，那朱姑娘便不是真正的女子了？」

歐陽喜道：「朱姑娘麼……咳咳……咳咳……」

熊貓兒道：「老狐狸，你不說就不說，咳嗽什麼？其實白姑娘雖然溫柔如水，美麗如花，但朱姑娘也未見就比不上她。」

歐陽喜道：「朱姑娘自也是絕世美人，只是她的脾氣……」

熊貓兒大笑道：「你知道什麼？她那樣的脾氣，只因她心中實是熱情如火，誰若被這樣的女子愛上才是真正的福氣哩。」

歐陽喜笑道：「這是否福氣，便該問沈兄了。」

沈浪微微一笑，顧左右而言其他，這時窗外風雪交加，室內卻是溫暖如春，沈浪凝目窗外，突然喃喃道：「如此寒夜，難道還有人會冒雪出去不成？」

歐陽喜未曾聽清，忍不住問道：「沈兄在說什麼？」

沈浪笑道：「沒有什麼……來，熊兄，且待小弟敬你一杯。」

又自幾杯落肚，熊貓兒突然推杯而起，大笑道：「小弟已自不勝酒力，要去睡了……千金不易醉後覺，一覺醒來愁盡消……哈哈，埋頭一睡無煩惱，夢中嬌娃最妖嬈……」

狂歌大笑聲中，「砰」地推倒了椅子，竟真的踐踏而去了。

沈浪大聲道：「如此盛會，熊兄怎可先走？」

王憐花笑道：「且放這隻醉貓兒去，你我還再痛飲三百杯。」

十一　花市尋幽境

熊貓兒走出房門，目光四轉，見到四下無人，踉蹌的腳步，立刻又變得輕靈而穩定，乜斜的醉眼，也立刻明亮清澈起來。

他腳步一滑，穿過偏廳，穿過長廊，雙臂微振，已掠入風雪中，凌空一個翻身，掠上了積雪的屋簷。

風雪漫天。

四下一片迷濛。

熊貓兒身形微頓，辨了辨方向，便自迎著風雪掠去。

撲面而來的勁風，刀一般颳入他敞開的衣襟，颳著他裸露著的胸膛，他絕不皺一皺眉頭，反將衣襟更拉開了些。

接連七、八個起落後，他已遠在數十丈外，遙遙望去，只見一條人影停留在前面的屋脊上，身形半俯，似乎也在分辨著方向。

熊貓兒悄然掠了過去，腳下絕不帶半分聲息。

眨眼之間，已到了那人影背後，悄然而立。

只聽那人影喃喃道：「該死，怎地偏偏下起雪來，難怪那些積年老賊要說：『偷雨不偷雪。』看來雪中行事，當真不便。」

熊貓兒輕輕一笑，道：「你想偷什麼？」

那人影吃了一驚，整個人都跳了起來，翻身一掌，直拍熊貓兒胸膛，竟不分皂白，驟然出手，便是殺著。

熊貓兒輕呼一聲，道：「不好！」

話未說完，人已仆倒。

那人影一身勁裝，蒙頭覆面，見到自己一招便已得手，反而不覺怔了一怔，試探著輕叱道：「你是誰？」

熊貓兒僵臥在那裡，口中不住呻吟，動也不能動了。

那人影喃喃道：「此人輕功不弱，武功怎地如是差勁……」

忍不住掠了過來，俯下身子，要瞧瞧此人是誰。

雪光反映中，只見熊貓兒雙目緊閉，面色慘白。

那人影一眼瞧過，突又驚呼出聲，喃喃道：「原來是他……這……這怎生是好？」

她顯然又是後悔，又是著急，連語聲都顫抖起來，到後來終於一把抱起熊貓兒的身子，道：「喂，你怎麼樣了……你說話呀，你……你……怎地如此不中用，被我一掌就打成如此模樣。」

她惶急之中，竟未曾覺察，熊貓兒眼睛已偷偷張開一線，嘴角似也在偷笑，突然出手，將那人影覆面絲巾扯了下來。

那人影又吃了一驚，又怔住了，只見她目中都已似乎要急出了眼淚，卻不是朱七七是誰。

熊貓兒輕輕一笑，道：「果然是你，我早已猜出是你了。」

朱七七雙眉一揚，但瞬即笑道：「哦，真的麼？」

熊貓兒笑道：「只是我當真未曾想到，你見我傷了，竟會如此著急，我……我……」

朱七七道：「你高興得很，是麼？」

熊貓兒道：「你肯爲我如此著急，也不枉我對你那麼關心了。」

朱七七嫣然笑道：「我一直都對你很好，你難道一直不知道？」

熊貓兒道：「我……我知道你……」

朱七七道：「我一直在想你……想你死。」

忽然出手，一連摑了熊貓兒五六個耳括子，飛起一腳，將熊貓兒自屋脊上踢了下去。

熊貓兒早已被打得怔住了，竟「砰」地一聲，著著實實地被踢得跌在雪地上，跌得七葷八素。

只見朱七七在屋簷上雙手叉腰，俯首大罵道：「你這死貓，瘟貓，癩皮貓，姑娘我有哪隻眼睛瞧得上你，你居然自我陶醉起來了，你……你……你快去死吧。」

一面大罵，一面抓起幾團冰雪，接連往熊貓兒身上擲了下來，頭也不回的去了。

熊貓兒被打得滿頭都是冰雪，方待呼喚。

那知這時這屋子裡的人已被驚動，幾個人提了棍子，衝將出來，沒頭沒腦的向熊貓兒打了下去。

笑。

熊貓兒也不願回手，只得呼道：「住手，住手……」

那些人卻大罵道：「狗賊，強盜，打死你！打死你！」

熊貓兒竟挨了三棍，方自衝了出來，一掠上屋，如飛而逃，心裡不禁又是氣惱，又是好笑。

他縱橫江湖，自出道以來，幾時吃過這樣的苦頭，幾曾這般狼狽，抬頭去望，朱七七也已走得瞧不見了。

他追了半晌，忍不住跺足輕罵道：「死丫頭，鬼丫頭，一個人亂跑，又不知要惹出什麼禍來，卻害得別人也要爲她著急。」

突聽暗影中「噗哧」一笑，道：「你在爲誰著急呀？」

朱七七手撫雲鬢，自暗影中現出了婀娜的身形，在雪光反映的銀色世界中，她全身都在散發著令人不可逼視的光采。

熊貓兒似已瞧得呆了，吶吶道：「爲你……自然是爲你著急。」

朱七七笑道：「那麼，你鬼丫頭、死丫頭也罵的是我了。」

她一步步向熊貓兒走了過來，熊貓兒不由自主往後直退，朱七七銀鈴般一笑，柔聲道：「你放心，你雖然罵我，我也不生氣。」

熊貓兒道：「好……咳咳，很好……」

他委實說不出話來，胡亂說了幾句，自己也不懂自己說的是什麼，「好」在哪裡，終於也忍不住失聲笑了出來。

朱七七道：「你瞧你，滿身俱是冰雪，頭也似乎被人打腫了，這麼大的孩子了，難道自己都不會照顧自己麼？」

她說得那麼溫柔，好像熊貓兒方才受罪，與她完全沒有關係，熊貓兒笑聲又不覺變成苦笑，道：「姑娘……」

朱姑娘不等他說出話來，已自懷中掏出羅帕，道：「快過來，讓我爲你擦擦臉……」

熊貓兒連連後退，連連搖手道：「多謝多謝，姑娘如此好意，在下卻無福消受，只要姑娘以後莫再拳足交加，在下已感激不盡了。」

朱七七道：「我方才和你鬧著玩的，你難道還放在心上？」

熊貓兒道：「我！」

朱七七嘆了口氣，道：「你呀，你真是個孩子，我看……你不如把我當作你的姐姐，讓姐姐我日後也可照顧你。」

熊貓兒再也忍不住，放聲大笑起來。

朱七七瞪起眼睛，道：「你笑什麼？」

熊貓兒大笑道：「你究竟有什麼事要我做，快些說吧，不必如此裝模作樣，我若有你這樣的姐姐，不出三天，只怕連骨頭都要被人拆散了。」

朱七七的臉，飛也似的紅了，又是一拳打了過來。

但熊貓兒這次早有防備，她哪裡還打得著。

朱七七咬牙，輕罵道：「死貓，瘟貓，你……你……」

熊貓兒接口笑道：「你只管放心，無論怎樣，只要你說要我做什麼，我就做。」

他雖是含笑而言，但目光中卻充滿誠摯之意。

朱七七再也罵不出了，道：「你說的可是真心話？」

熊貓兒笑道：「我說的話正如陳年老酒，絕不羼假。」

朱七七凝目瞧了他半晌，道：「但……但你爲何要如此？」

熊貓兒道：「我……我……」

突也頓了頓腳，大聲接道：「你莫管我爲何要如此，總之……總之……我說出的話，再也不會更改，你有什麼事要我做，只管說出來吧。」

朱七七嘆了口氣，道：「洛陽城裡的路，不知你可熟麼？」

熊貓兒笑道：「你若要我帶路，那可真是找對人了，洛陽城裡大街小巷，就好像是我家一般，我閉著眼睛都可找到。」

朱七七道：「好，你先帶我去洛陽的花市。」

深夜嚴寒，繁華的洛陽花市，在此刻看來，只不過是條陋巷而已，勤苦的花販起得很早，卻也不會在半夜便趕來這裡。

朱七七放眼四望，只見四下寂無人影，只不過偶然還可自冰雪之中發現一些已被掩埋大半的殘枝敗梗。

她四下走來走去，熊貓兒卻只是在一旁袖手旁觀。

朱七七喃喃道：「洛陽城只有這麼一個花市？」

熊貓兒道：「只此一家，別無分號，但姑娘若想買花，此刻卻還嫌太早了些。」

朱七七道：「我不是來買花的。」

熊貓兒瞪起眼睛，道：「不買花卻要來花市，莫非是想喝這裡的西北風麼？」

朱七七目光忽然凝注向遠方，輕輕道：「這其中有個秘密。」

熊貓兒道：「什麼秘密？」

朱七七道：「你若想聽，我不妨說給你聽，但……」

她忽又收回目光，凝注著熊貓兒的臉，沉聲道：「但我在說出這秘密前，卻要先問你一句話。」

熊貓兒笑道：「你幾時也變得如此囉嗦了……問吧。」

朱七七道：「我且問你，我所說的有關王憐花的話，你可相信麼？」

熊貓兒眨了眨眼睛，喃喃道：「王憐花這人，有時確實有些鬼鬼祟祟的，別人問起他的武功來歷，他更是從來一字不提……你無論說他做出什麼事，我都不會驚異。」

朱七七截口道：「這就是了，那日我藏在車底，入洛陽城時，便是自花市旁走過的，車上的少女們還停車買了些鮮花。」

熊貓兒道：「是以今日你便想從這花市開始，辨出你那日走過的路途，尋出你那日的被囚之地……是麼？」

朱七七嫣然一笑，道：「你真聰明。」

熊貓兒大笑道：「總該不笨就是。」

朱七七道：「好，聰明人，先替我去找輛大車來。」

熊貓兒瞪大眼睛，奇道：「要大車幹什麼？」

朱七七搖頭嘆道：「剛說你聰明，你就變笨了，那日我躲在車底下，什麼都瞧不見，只有在暗中記著車行的方向，今日自然也得尋輛大車……」

熊貓兒失笑道：「不錯，這次我真的變笨了，連這點道理都想不通，但……但如此深夜，卻叫我哪裡去尋大車？」

朱七七柔聲道：「像你這樣的男子漢，有什麼事能難得到你？莫說一輛大車，就是十輛，你也可尋得來的，是麼？」

熊貓兒摸了摸頭，道：「但……但……」

朱七七歉然道：「求求你，好麼……求求你。」

她皺著眉，偏著頭，一副楚楚可憐的模樣，世上又有哪個男子能拒絕這種女子的請求？

熊貓兒只得嘆了口氣，道：「好吧，我去試試。」

朱七七展顏一笑，道：「這才是聽話的乖孩子，快快去吧，我在這裡等你……」摸了摸他的臉，在他耳邊又道：「一定要找回來，莫叫我失望。」

熊貓兒苦著臉，搖著頭，終於還是去了。

過了盞茶時分，蹄聲得得，自風雪中傳來，熊貓兒果然趕著輛大車回來了，滿面俱是得意之色。

朱七七拍手笑道：「好，果然有辦法，只不過……這輛大車你是從哪裡尋來的？原來的車把式到哪裡去了？這輛車你莫非是偷來的麼？」

熊貓兒道：「偷來的也好，搶來的也好，總之我已將大車為你尋來了，你還不滿意麼？你還要窮問個什麼？」

朱七七「噗哧」一笑，道：「算你有理。」俯下身子，就要往車底下鑽去。

熊貓兒道：「你這是幹麼？」

朱七七苦笑道：「笨人，我跟你說過多少次了，你難道沒聽見？那天我就是躲在車底下的，所以今天我……」

熊貓兒突然放聲大笑起來，道：「是極是極，我是笨人。」

朱七七道：「你難道不笨？你笑什麼？」

熊貓兒忍住笑，道：「我的好姑娘，那日你怕行跡被人發現，自得躲在車底，但今日你還躲在車底做什麼？你要默記方向，坐在車上還不是一樣，最多閉起眼睛也就是了，難道你定要屈在車底下才過癮麼？」

朱七七的臉立刻飛也似的紅了，紅了半晌，方自撇嘴道：「哼，就算這次你對了，也沒有什麼了不起，如此得意幹什麼？再笨的人，偶然也會碰對一次的。」

熊貓兒道：「誰得意了？」

朱七七跺腳道：「你，你，你得意了，你明明得意的要死，還敢不承認麼？你再不承認，我永遠也不要理你。」

熊貓兒苦笑道：「好，就算我得意了……」

朱七七還是跺腳道：「不要臉，你得意什麼？你憑什麼得意？你……你……你死不要臉！」

熊貓兒怔在那裡，當真有些哭笑不得，口中忍不住喃喃道：「難怪沈浪不敢惹你，這樣的姑娘，簡直連我見了都要頭大如斗。」

朱七七瞪眼道：「你說什麼？」

熊貓兒趕緊道：「沒有什麼，好姑娘，請你快上車吧。」

熊貓兒揚鞭打馬，馬車向前奔去。

朱七七坐在他身旁，閉著眼睛，喃喃唸道：「一，二，三，四，五，六……」數到「四十七」時，忽然張開眼睛，大聲道：「不對不對。」

熊貓兒道：「什麼不對？」

朱七七道：「這輛車走得太慢，比那日的車要慢多了，你快把車趕回去，從花市前，再從頭再走一遍。」

熊貓兒嘆了口氣，道：「是，遵命。」

他果然將車趕回，重新再走。

朱七七口中仍在數著：「一，二，三……」數到「四十七」時，竟又張開了眼睛，大聲道：「不對不對，這次太快了。」

熊貓兒忍不住也大聲道：「你難道不能快些發覺麼？定要走這麼遠後，才……」

朱七七卻伸手掩住了他的嘴，柔聲笑道：「只要再走一次，一次，你難道都不答應？」

熊貓兒瞪了她半晌，終於苦笑道：「我見著你，什麼脾氣都沒有了，莫說一次，就是再走十次，我也認命了。」

說話之間，果然又已將馬車趕了回去。

朱七七笑道：「你真是個好人。」

馬車再次前行，速度總算對了，朱七七一直數到「九十」，便道：「右轉，在那裡再向左轉。」

熊貓兒放眼四望，前面數尺，右邊果然有條岔路。

於是馬車右轉而行，朱七七口中自也又重新數了幾次，這樣轉了幾次，朱七七說要右轉，右面果有道路，說要左轉，左面也有道路，前後雖然有些差別，但大致總算不差，熊貓兒倒也不覺甚是欽佩道：「這丫頭記憶力果然不差，看來她所說的，倒也不像是假話。」

思忖之間，突聽朱七七輕呼道：「到了，就在這裡。」

熊貓兒趕緊勒住韁繩，詫聲問道：「哪裡？」

朱七七張開眼睛，只見此地乃是條石板道路，兩旁高牆夾道，前面有個朱漆大門，石階整潔，門燈閃光，石階兩旁，果然有可容馬車進入的斜道，她一眼瞧過，已不覺喜動顏色，道：「就是那個門。」

熊貓兒面上卻有驚訝之色，道：「你可是說那邊的門？」

朱七七道：「不錯。」

熊貓兒道：「你這次只怕必定錯了。」

朱七七道：「不錯，不錯，萬萬不會錯的。」

熊貓兒沉聲道：「萬萬是錯了，只因這家人我早就認得。」

朱七七吃了一驚，張大眼睛，駭然道：「你認得？莫非果然是王憐花的家……」

熊貓兒截口道：「這地方王憐花雖然來過，但卻絕非他的產業。」

朱七七道：「那麼……這究竟是什麼地方？」

熊貓兒微微一笑，搖頭道：「說不得……說不得……」

朱七七著急道：「爲何說不得，我偏要你說……說呀，說呀，快說呀！」

熊貓兒被逼不過，遲疑半晌，終於道：「好，我說，但你聽了卻真要臉紅。」

朱七七道：「要我紅臉，哪有如此容易。」

熊貓兒輕聲道：「好，我告訴你，這是暗門子。」

要知「暗門子」便是妓院之意，但朱七七全然不懂，怔了半晌，又瞧了幾眼，搖頭道：「這大門明明亮得很，你爲何要說是暗門子？」

熊貓兒怔了一怔，苦笑道：「暗門子之意，便是說這門裡住的全是神女。」

朱七七怒道：「這門裡住的明明都是惡魔，你卻偏偏要說他們是神女，莫非你也是他們一條線上的人不成？」

熊貓兒又是好氣，又是好笑，道：「好姑娘，你難道什麼都不懂麼？」

朱七七大聲道：「我什麼都懂，你……你也是和他們一鼻孔出氣的人，你……你……你們大伙兒一齊來欺負我。」

說著說著，她語聲竟似已有些哽咽。

熊貓兒趕緊道：「好姑娘，莫哭……莫要哭……」

朱七七一擰腰，背過臉去，跺足道：「放屁，誰要哭了……快說，這究竟是什麼地方，快說！」

熊貓兒嘆了口氣，道：「告訴你，神女之意，就是說……就是說……這裡的姑娘，都是……都是不幹好事的。」

他生怕朱七七還不懂，索性說得露骨些，一口氣說道：「這裡本是妓院，裡面的全都是妓女。」

朱七七臉皮又飛紅了起來，更是不肯轉過身。

她垂下頭，扭著衣角，過了半晌，突然回首，眼睛直瞪著熊貓兒，大聲道：「妓院？這裡怎麼可能是妓院，你騙我！」

熊貓兒道：「你若不信，為何不進去瞧瞧。」

朱七七道：「進去就進去，難道我還怕了不成？」一口氣衝了過去，衝上石階，便要舉手拍門。

但手掌方自舉起，突又轉身奔了下來。

熊貓兒含笑望著她，也不說話。

只聽朱七七喃喃道：「妓院，不錯，這裡的確可能是妓院，那些『白雲牧女』們，便都是……都是神女，她們打著妓院的招牌來掩飾行藏，的確再聰明也不過了，世上又有誰會想到，那些平日張牙舞爪，不可一世的武林英雄們，竟是被幾個妓女捉了去，囚禁在妓院中？」

熊貓兒還是無言地望著她，但雙眉已皺起，笑容已不見。

朱七七一手扯住他衣袖，輕聲道：「無論如何，我既已來到此地，好歹也要進去查個水落石出。」

熊貓兒道：「正該如此，姑娘快進去吧。」

朱七七又怔了一怔，道：「你……你要我一個人進去？」

熊貓兒眨了眨眼睛，道：「姑娘難道要我陪你進去？」

朱七七咬了咬牙，恨聲道：「好，你拿蹺，你要我求你……哼，你再也休想，我一個人又不是沒有闖進去過，我難道還會害怕？」

她嘴裡雖說不怕，心裡還是有些怕，那日在地窖中的種種情況，那中年美婦武功之高，心腸之狠，手段之毒……

這些事都已使她怕入骨子裡，她一個人委實再也不敢闖進去——她縱身掠上牆頭，立刻又躍了下來。

面對高牆，她木立了半晌，緩緩轉過身，瞧著熊貓兒。

熊貓兒背負雙手，面帶微笑，也瞧著她。

朱七七終是忍不住道：「你……你……」

熊貓兒道：「我怎樣？」

朱七七吃吃道：「你不進去麼？」

熊貓兒笑道：「這種地方，我若要進去，當在日落黃昏後，身上帶足銀子，大搖大擺的進去，為何要偷偷摸摸的半夜爬牆？」

朱七七瞪眼瞧了他半晌，突又擰身，身形一閃，便掠入牆內，熊貓兒本待再逗逗她，讓她著急。

那知這位姑娘天生就是吃軟不吃硬的臭脾氣，一使起性子來，立刻就可以去玩命。

熊貓兒也不覺吃了一驚，肩頭一聳，亦自飛身而入。

那知他身子方自落地，便瞧見朱七七竟站在牆角下，含笑瞧著他，眉梢眼角，俱是笑意，道：「我知道你不會放心讓我一個人進來的。」

熊貓兒又好氣又好笑，搖頭道：「好，好，我佩服了你。」

朱七七道：「既是服了我，便該聽我的話。」

熊貓兒突然正色道：「這裡若真是你所說的那地方，便真如龍潭虎穴一般，四面八方，處處都可能埋伏著陷阱。」

朱七七道：「不錯。」

熊貓兒沉聲道：「是以你我此番進來查看，更必需分外留意，若是有一步走錯，只怕你我兩人誰也莫想活著出去了。」

朱七七道：「我知道……隨我來吧。」

說話之間，她身子已竄了過去。

這院中三更前想必是燈火輝煌，笙歌管弦不絕，但此刻卻是一片寂靜，四下黯無燈火。

朱七七仗著雪光反映，依稀打量著四下景物，但雪光微弱，景物朦朧，她也無法十分確定這是否便是那日她來的地方。

熊貓兒趕了上來，道：「小心點別在雪地留下腳印。」

朱七七道：「不用你費心，我知道。」

熊貓兒道：「無論如何，你做賊的本事總比不上我，還是我來領路得好。」

他不等朱七七回答，便已搶先掠去。

兩人一先一後，藉著樹木掩飾，掠向後園，一路上既不聞人聲，也未遇著絲毫埋伏。

但這出奇的平靜，卻更是令人緊張，擔心。

朱七七只覺自己心房跳動，愈來愈劇。

忽然間，她腳下踩著一堆東西，軟綿綿的，也不知是什麼，朱七七本已在緊張之中，此刻一驚之下竟忍不住要放聲驚呼。

幸好她呼聲還未出口，熊貓兒已回身掩住她的嘴，啞聲道：「什麼事？」

朱七七口裡說不出話，只有用手往地上亂指。

熊貓兒隨著她手指往下瞧去，只見枯樹下，雪地上，竟赫然倒臥著兩條黑衣大漢，動也不動，也不知是死是活？

兩人面色齊變，情不自禁，各自退後一步。

雪地上兩條大漢，還是躺著不動。

朱七七道：「莫……莫非這是死人？」

熊貓兒又等了半晌，終於俯下身子將兩條大漢身子翻了過來——兩條大漢直瞪著眼睛，張著嘴，滿面俱是冰層，面上肌肉，已全都被凍僵了，但鼻孔裡卻還有微弱的呼吸，胸口也還溫熱。

這兩人還是活的，沒有死。

熊貓兒瞧了半晌，道：「這兩人已被點了穴道。」

朱七七的雙拳緊握，更是緊張，道：「瞧這兩人模樣打扮，便是這院子裡的惡奴，兩人站在這裡，想必就是警戒守夜的暗卡……」

熊貓兒道：「不錯。」

朱七七道：「但……這兩人是被誰點了穴道？」

熊貓兒道：「你問我，我去問誰？」

朱七七著急道：「你不會解開他們的穴道，問問他們自己麼？」

熊貓兒搖頭嘆道：「下手的人，不但內力深厚，而且點穴手法，異常奇特，除了那人自己獨門破穴手法外，誰也無法解開他們的穴道。」

朱七七奇道：「……這又是什麼人？」

熊貓兒道：「瞧此情況，暗中已有位高人，先我們而來了，你我的行跡，說不定早已落在那人的眼中……」

朱七七道：「如此又怎樣？」

熊貓兒長身而起道：「咱們不如先回去再說。」

朱七七道：「回去？我來了還肯回去？縱然已有人先來了，但他既下手點了這裡惡奴的穴道，想必也是站在咱們這一邊的，咱們等於多了個幫手，更不必回去了，好歹也得查個明明白白，清清楚楚。」

熊貓兒想了想，覺得她說得也有道理，只得嘆道：「好，由你。」

兩人再次前行，走得更小心。

突見前面竹林中，有一片淡淡的燈光透了出來。

朱七七道：「不入虎穴，焉得虎子，咱們過去瞧瞧。」

熊貓兒知道事已至此，不由她也是不行的了，只得隨她竄入竹林，但見林中三五間雅屋，燈光便是那處窗戶裡透出來的。

燈光極是昏暗，已暗得有些詭秘之意。

這時熊貓兒也不覺動了好奇之心，壯著膽子，掠到窗前，兩人一齊在窗下伏了下來，凝神竊聽。

過了半晌，只聽窗子裡「吱咯」一響，有一個女子的聲音，輕輕呻吟了起來，呻吟之聲，良久不絕。

兩人對望一眼，心情更是緊張。

朱七七暗道：「這莫非是又有個『白雲牧女』犯了過錯，正在受著酷刑？」

但奇怪的是，她聽來聽去，愈聽愈覺這呻吟之聲中，非但全無痛苦之意，反而有些……有些……究竟有些什麼意味，她也說不上來。

這時，又有個男子氣喘的聲音響了起來。

熊貓兒臉色突然變了，變得極是古怪，極是可笑，拉了拉朱七七的袖子，要她立刻離開這裡。

但朱七七正聽得滿心奇怪，哪裡肯走。

只聽那男子的聲音喘著氣道：「好麼……好麼……」

那女子甜得發膩的聲音，呻吟著接道：「好人……好人……我受不了……受不了，你殺了我吧，我……我已經快要死了……」

朱七七就算再不懂事，此刻也聽出這是怎麼回事了，臉又飛也似的紅了，暗中輕輕啐了一口。

熊貓兒神情也極是尷尬，兩人呆在那裡，呆了半晌，誰也沒有注意到有人影在他們頭上一閃而過。

到後來兩人終於齊地長身，逃出林外。

朱七七咬著櫻唇，道：「不要臉，不要臉……好不要臉。」

熊貓兒道：「但由此看來，這裡倒又不像有什麼奇詭之處了，否則窗子裡又怎麼會真的有妓女和嫖客。」

朱七七紅著臉道：「你怎知那男的是嫖客，說不定他……他是……他是朋友呢？」

熊貓兒暗中有些好笑：「那甜得發膩的呻吟聲根本就是裝出來的，根本就是妓女對付嫖客的手段，像我這樣的人怎會聽不出？」

但這句話他自然沒有說出來。

他目光一轉，卻忍不住脫口道：「你頭上是什麼？」

朱七七道：「哪有什麼……」

目光一轉，竟也不禁脫口道：「你……你頭上是什麼？」

兩人不由自主，齊地往自己頭上一摸，竟各自從頭上摸下個用枯枝編成的皇冠來，上面分別插著兩張字條。

兩人拔下紙條，就著微弱的雪光瞧去。

只見朱七七冠上插著的紙條，上面寫著：「傻蛋之后。」

熊貓兒冠上插著的字條，上面卻寫著：「傻蛋之王。」

這兩頂王冠是誰戴到他們頭上的？是何時戴到他們頭上的？熊貓兒與朱七七竟是毫無覺察。

兩人這一驚自非同小可，但瞧了這條紙條，卻不禁又有些哭笑不得，朱七七恨聲道：「放屁，放他的狗臭屁，什麼傻蛋之……之……我若抓住這廝，不將他切成一寸寸的小鬼才怪。」

熊貓兒苦笑道：「你我連人家什麼時候在自己頭上做的手腳都不知道，還談什麼抓住人家，根本人家影子都摸不到。」

朱七七想到此人武功之高，輕功之妙，手腳之快，也不禁倒吸一口涼氣，想到此人在自己頭上放的若非是兩頂玩笑的王冠，而是兩枚見血封喉的毒鏢時，她身上更不禁沁出了一身冷汗。

熊貓兒喃喃道：「此人想必也就是將那兩條大漢點住穴道的人，但……他究竟是誰？普天之下，又有誰有如此高強的身手？」

朱七七道：「不管他是誰，我們還是……」

熊貓兒截口道：「我們還是回去吧。」

朱七七道：「回去，回去，你只知道回去。」

熊貓兒嘆道：「此人對你我自無惡意，否則他已可取了你我性命，但他如此做法，卻顯然是在警告你我，莫要在此逗留了。」

朱七七道：「爲什麼……爲什麼……」

熊貓兒放眼四望，沉聲道：「這一片黑暗之中，想必到處都埋伏著殺機，只是你我瞧不見罷了，那人生怕你我中伏，是以才要你我回去。」

朱七七道：「他要你回去，你就回去麼？你這麼聽話。」

熊貓兒嘆道：「無論如何，人家總是一片好意……」

朱七七跺足道：「我偏不領這個情，我偏要去瞧個明白。」

話猶未了，人已又向前掠去。

熊貓兒縱橫江湖，機變無雙，精靈古怪，無論是誰，見了他都要頭大如斗，但他見了朱七七，那頭卻比斗還大三分。

朱七七往前走，他也只有在後面跟著。

兩人提心吊膽，又往前探出一段路。

突然間，一陣清脆的鈴聲響起——鈴聲雖輕悅，但在這死寂中聽來，卻是震耳驚心。

接著，前面閃耀起一片火光。

朱七七膽子再大，此刻也不禁吃驚駐足，再也不敢向前走了，只聽一陣叱咤之聲，自火光那邊傳了過來。

「誰？……什麼人……捉賊！」

熊貓兒失色道：「不好……快退……」

短短四個字還未說完，已有一條人影自火光中飛射而出，疾如流星閃電，向朱七七與熊貓兒藏身之處掠來。

他身法委實太快，雖是迎面而來，但朱七七與熊貓兒也只不過僅能瞧見他的人影，根本無法分辨出他的身形面貌。

這人影已閃電般掠過他們身畔，竟輕叱道：「隨我來。」

此刻火光、人影、腳步，已向朱七七與熊貓兒這邊奔了過來，呼喝、叱咤之聲，更是響了。

朱七七要想不退也不行了，只得轉身掠出，幸好這邊還無人封住他們的退路，片刻間兩人

便掠出牆外。

兩人到了牆外，那神秘的人影早已瞧不見了。

朱七七跺足道：「死賊，笨賊，他才是不折不扣的傻蛋之王哩，他自己被人發現了行蹤，卻害得咱們也跟著受累。」

熊貓兒沉吟道：「只怕他是故意如此的。」

朱七七道：「你說他故意要被人發現，莫非他瘋了麼？」

熊貓兒嘆了口氣道：「他再三警告咱們，咱們卻還不肯走，他當然只有故意讓自己行跡被人發現，好教咱們非走不可。」

朱七七怔了一怔，恨聲道：「吹皺一池春水，干他什麼事？卻要他來作怪。」

兩人口中說話，腳下不停，已掠出兩條街了。

但此刻朱七七竟突又停下腳步。

熊貓兒駭道：「你又要怎樣？」

朱七七道：「我還要回去瞧瞧。」

熊貓兒忍不住道：「你瘋了麼？」

朱七七冷笑道：「我半點兒也沒有瘋，我頭腦清楚得很，他們捉不著賊，自然還是要回屋睡覺的，我爲何不可再回去？」

熊貓兒嘆道：「我的好姑娘，你難道就未想到，人家經過這次警覺之後，警戒自要比方才更嚴密十倍，你再回去，豈非自投羅網？」

朱七七咬了咬牙，道：「話雖不錯，但這樣一來，我更斷定那裡必定就是那魔窟了，不回去瞧個明白，我怎能安心。」

熊貓兒道：「你怎能斷定？」

朱七七道：「我問你，普通妓院中，又怎會有那麼的壯漢巡查守夜？而且……那人既三番兩次的來警告咱們，想必已瞧出那院子裡危機四伏，那麼，我再問你，普通的妓院裡，又怎會四伏危機？」

熊貓兒默然半晌，嘆道：「我實在說不過你。」

朱七七道：「說不過我，就得跟我走。」

熊貓兒道：「好！我跟你走。」

朱七七喜道：「真的？」

熊貓兒道：「自是真的，但卻非今夜，今夜咱們先回去，到了明日，你我不妨再從長計議，好歹也得將這妓院的真象查出。」

朱七七沉吟半晌，道：「你說的話可算數？」

熊貓兒道：「我說的話，就如釘子釘在牆上一般，一個釘子一個眼。」

朱七七道：「好，我也依你這一次，且等到明天再說。」

兩人回到歐陽家，宅中人早已安歇，似乎並沒有人發覺他兩人夜半離去之事，兩人招呼一聲，便悄然回房。

冬夜本短，兩人經過這一番折騰，已過去大半夜了，朱七七迷迷糊糊的打了個盹兒，張開眼來，日色已白。

她張著眼在床上出神了半晌，想了會兒心思，似乎愈想愈覺不對，突然推被而起，匆匆穿起衣服，奔向沈浪臥房。

房門緊閉，她便待拍門，但想了想，又繞到窗口，側著耳朵去聽，只聽沈浪鼻息沉沉，竟然睡得極熟。

忽然身後一人輕喚道：「姑娘，早。」

朱七七一驚轉身，垂首站在她身後的，卻是白飛飛，她暗中在男子窗外偷聽，豈非虧心之極。

但此刻被人撞見了，她終是不免有些羞惱，面色一沉，剛要發作，但心念一轉，又壓下了火氣，笑道：「你早，你昨夜睡得好麼？」

這兩天她見了白飛飛便覺有氣，此刻忽然如此和顏悅色的說話，白飛飛竟似有些受寵若驚，垂首道：「多謝姑娘關心，我……我睡得還好。」

朱七七道：「你抬起頭來，讓我瞧瞧。」

白飛飛「嗯」了一聲，抬起頭來。

這時大雪已住，朝日初昇，金黃色的陽光，照在白飛飛臉上，照著她鬢邊耳角的處女茸毛……

了。」

朱七七嘆了口氣，道：「當真是天香國色，我見猶憐，難怪那些男人們見了你，要發狂

白飛飛只當她醋勁又要發作，惶然道：「我我……怎比得上姑娘……」

朱七七笑道：「你也莫要客氣，但……但也不該騙我。」

白飛飛吃驚道：「我怎敢騙姑娘。」

朱七七道：「你真的未騙我？那麼我問你，你昨夜若是好生睡了，此刻兩隻眼睛，爲何紅得跟桃子似的？」

白飛飛蒼白的臉，頓時紅了，吃吃道：「我……我……」

她生怕朱七七責罵於她，竟駭得說不出話來。

那知朱七七卻嫣然一笑，道：「你昨夜既未睡著，那麼我再問你，你屋子便在沈相公隔壁，可知道沈相公昨夜是否出去了？」

白飛飛這才放心，道：「沈相公昨夜回來時，似乎已酩酊大醉，一倒上床，便睡著了，連我在隔壁都可聽到他的鼾聲。」

朱七七忖思半晌，皺了皺眉，喃喃道：「如此說來，便不是他了……」

只聽一人接口笑道：「不是誰？」

不知何時，沈浪已推門而出，正含笑在瞧著她。

朱七七臉也紅了，吃吃道：「沒……沒有什麼。」

她瞧見沈浪時的模樣，正如白飛飛瞧見她時完全一樣——紅著臉，垂著頭，吃吃的說不出

話來。

白飛飛垂著頭悄悄溜了，沈浪凝目瞧著朱七七，金黃色的陽光，照在朱七七臉上，又何嘗不是天香國色，我見猶憐。

沈浪忽也嘆了口氣，道：「當真是顏如春花，艷冠群芳……」

朱七七道：「你……你說誰？」

沈浪笑道：「自然是說你，難道還會是別人。」

朱七七臉更紅了，她從未聽過沈浪誇讚她的美麗，此刻竟也不免有些受寵若驚，垂首道：「你說的可是真心話？」

沈浪笑道：「自然是真心話……外面風大，到房裡坐坐吧。」

朱七七不等他再說第二句，便已走進他屋裡坐下，只覺沈浪還在瞧她……不停地瞧她……只瞧得她坐也不是，站也不是，連手都不知放在哪裡才好，終於忍不住輕輕啐了一口，笑罵道：「你瞧什麼？我還不是老樣子，早已不知被你瞧過幾百次了，再瞧也瞧不出一朵花來。」

沈浪微笑道：「我正在想，像你這樣的女子，頭上若是戴上一頂王冠，便真和皇后一模一樣，毫無分別了。」

朱七七暗中吃了一驚，脫口道：「什……什麼皇后？」

沈浪哈哈大笑道：「自然是美女之后，難道還會是別的皇后不成。」

朱七七忍不住抬起頭，向他瞧了過去。

只見沈浪面帶微笑，神色自若，朱七七心裡卻不禁又驚又疑，直是咕嘀：「難道昨夜真是他？否則他怎會如此瘋言瘋語，忽然說起什麼王冠之事……」

沈浪道：「天寒地凍，半夜最易著涼，你今夜要是出去，最好還是穿上雙棉鞋……」

朱七七跳了起來，道：「誰說我今夜要出去？」

沈浪笑道：「我又未曾說你今夜必定要出去，只不過說假如而已……」忽然轉過頭去，接口笑道：「熊兄為何站在窗外，還不進來？」

熊貓兒乾「咳」一聲，逡巡踱了進來，強笑道：「沈兄起得早。」

沈浪笑道：「你早……其實你我都不早，那些半夜裡還要偷偷摸摸跑出去做賊，一夜未睡的人，才是真正起得早哩，熊兄你說可是麼？」

熊貓兒乾笑道：「是……是……」

沈浪笑道：「小弟方才剛說一個人頗像皇后，如今再看熊兄，哈哈，熊兄你龍行虎步，氣宇軒昂，再加上頂王冠，便又是帝王之像了。」

熊貓兒瞪眼瞧著他，目定口呆，作聲不得。

沈浪突然站起，笑道：「兩位在此坐坐，我去瞧瞧。」

朱七七道：「瞧……瞧什麼？」

沈浪笑道：「我瞧瞧昨夜可有什麼笨賊進來偷東西，東西未偷到，反而蝕把米，將自己乘來的馬車也留在門外了。」

他面帶微笑，飄然而去。

朱七七與熊貓兒面面相覷，坐在那裡，完全呆住了。

過了半晌，熊貓兒忍不住道：「昨夜是他。」

朱七七道：「不錯，必定是他。」

熊貓兒嘆了口氣，道：「果然是行跡飄忽，神出鬼沒，咱們的一舉一動竟都未瞞過他眼睛，唉……好武功，了不起。」

朱七七「噗哧」一笑，道：「多謝。」

熊貓兒奇道：「你謝什麼？」

朱七七嫣然笑道：「你誇讚於他，便等於誇讚我一樣，我聽了比什麼都舒服，自然得謝你，你若罵他，我便要揍你了。」

熊貓兒怔了半晌，苦笑道：「他昨夜那般戲弄於你，你不生氣。」

朱七七笑道：「誰說他戲弄我，他全是好意呀，這……這不都是你自己說的麼？我們該感激他才是，為何要生氣？」

熊兒貓又怔了半晌，道：「我卻生氣。」

朱七七道：「你氣什麼？」

熊貓兒也不答話，站起來就走。

朱七七也不攔他，只是大聲道：「乾生氣有什麼用？今夜若能設法擺脫他，不讓他追著，這才算本事，這樣的男人才有女子歡喜。」

熊貓兒大步走了出去，又大步走了回來，道：「你當我不能擺脫他？」

朱七七含笑望著他，含笑道：「你能麼？」

熊貓兒大聲道：「好，你瞧著。」

跺了跺足，又自大步轉身去了。

朱七七望著他身影消失，得意地笑道：「你這貓兒不是說從來不中別人的激將計麼？如今怎地還是被我激得跳腳？……看來天下的男人都是一樣的，沒有一個能受得了女子的激將，只……只除了沈浪……他這個冤家……」

想起沈浪那軟硬不吃，又會裝聾，又會作啞的脾氣，她就不禁要恨得癢癢的，恨不得咬他一口。

但——只是輕輕咬一口，只因她還是怕咬痛了他。

歐陽喜自然留客，朱七七此刻也不想走了，一個願打一個願捱，一伙人自然又在歐陽喜家裡住下。

到了晚間，自然又有豐盛的酒菜擺上。

酒過三巡，熊貓兒突然道：「小弟突然想起了個有趣的問題。」

歐陽喜最沉不住氣，道：「什麼問題？」

熊貓兒道：「你我四人，若是真個拚起酒來，倒不知是誰最先倒下？」

歐陽喜道：「這……」

他轉目瞧了瞧沈浪，又瞧了瞧王憐花。

沈浪不響，王憐花也不響，只要是能喝酒的，只怕再也無人肯承認自己酒量不行，大家喝酒時自己會最先倒下。

歐陽喜哈哈一笑，道：「這問題的確有趣得很，但確不易尋著答案。」

熊貓兒笑道：「有何不易，只要歐陽兄捨得酒，咱們今日就可試個分曉。」

歐陽喜不等他話說完，便已拍掌笑道：「好……搬四罈酒來。」

頃刻間四罈酒便已送來。

王憐花笑道：「如此最好，一人一罈，誰也不吃虧。」

沈浪微微一笑，道：「若是一罈不醉，又當如何？」

王憐花道：「這四罈不醉，再來八罈。」

沈浪道：「若還不醉呢？」

王憐花笑道：「若還無人醉倒，就喝他個三天之酒，又有何妨？」

熊貓兒拍掌大笑道：「妙極妙極，但，還有……」

歐陽喜道：「還有什麼？」

熊貓兒道：「喝酒的快慢，也大有學問……」

歐陽喜笑道：「你這貓兒能喝多快，咱們就能喝多快。」

熊貓兒大笑道：「好……」舉起酒罈，仰起頭，將罈中酒往自己口中直倒了下去，一口氣竟喝下去幾乎半罈。

朱七七聽得熊貓兒吵著喝酒，便知道他必定是要將別人灌醉——沈浪若是醉了，自然就無法在暗中追蹤於他。

她暗暗好笑。

冷眼旁觀。

只見這四人果然俱是海量，片刻間便將四罈酒一齊喝光，歐陽喜拍手呼喚，於是接著又來了四罈。

等到這四罈喝光，再來四罈時，這四人神情可都已有些不對了，說話也有些胡言亂語起來。

朱七七忽然覺得甚是有趣，也想瞧瞧這四人之間是誰最先醉倒，但心念一轉，突又覺得無趣了。

她暗驚忖道：「這四人酒量俱都相差無幾，熊貓兒若是還未將沈浪灌倒，自己便已先醉，這又當如何是好？」

話猶未了，突見沈浪長身而起，高聲道：「老熊老熊，酒量大如熊，喝完三罈就變蟲。」

哈哈一笑，身子突然軟軟的倒下，再也不會動了。

熊貓兒大笑道：「倒了一個……」

王憐花眨了眨眼睛，道：「他莫非是裝醉？」

朱七七雖想將沈浪灌醉，但見到沈浪真的醉了，又不禁甚是著急，甚是關心，一面俯身去扶沈浪，一面應道：「他不是裝醉，可是真醉了，否則，那些村言粗語，他是萬萬不會說出口

來的。」

王憐花笑道：「不想竟有人先我而倒，妙極妙極，且待我自慶三杯。」仰首乾了三杯，三杯過後，他的人突然不見了。

原來他也已倒在桌下，再也無法站起。

熊貓兒哈哈大笑，推杯而起，笑聲未了，人已倒下。

歐陽喜大笑道：「好……好，武功雖各有高下，酒中卻數我稱豪……」手裡拿著酒杯，踉蹌走出門去。

過了半晌，只聽門外「嘩啦」一響，接著「噗咚」一聲，於是，便再也聽不到歐陽喜的聲音。

十二 峰迴路又轉

熊貓兒見他們都醉倒了，又過了半晌，熊貓兒突然一躍而起，望著朱七七道：「你瞧，我可是將他擺脫了。」

朱七七道：「算你有本事，但……但你也不該將他灌成如此模樣。」

說來說去，她還是為著沈浪的。

熊貓兒呆了半晌，喃喃嘆道：「女人……女人……你幫著她時，她反幫著別人……」

朱七七將沈浪在榻上安置好了，才跟著熊貓兒掠出宅院，兩人心中各自懷有心事，誰也不曾說話。

直奔到宅院牆外，朱七七方自回首道：「今夜已沒有沈浪為咱們開道，你我需得十分小心才是。」

熊貓兒道：「哼！」

朱七七展顏一笑，道：「你喝酒未醉，莫要吃醋卻吃醉了。」

兩人掠入高牆，高牆內仍是一片寂然，絲毫瞧不出有什麼警戒森嚴之狀，甚至連守更巡夜的人都沒有一個。

兩人一路前行，竟毫無攔阻。

也不知走了多久，依稀望去，已是後園，四下的景物，果然與朱七七那日所見的「魔窟」有些相似。

松林，竹林，亭台，樓閣，假山……

積雪的碎石路，冰凍的荷花池……

朱七七愈瞧愈像，愈瞧愈是緊張，雖然如此嚴寒之中，她掌心，額角，仍不禁往外直是冒汗。

突然間，熊貓兒大笑道：「好酒好酒，再來一壺……」

朱七七駭得心都要跳出嗓子眼外，霍然回身，將熊貓兒拉倒在地，兩人一齊向山石暗影中滾了過去。

過了半晌，風吹松竹，四下仍是一片靜寂，熊貓兒的大笑之聲，居然並沒有驚動園中之人。

朱七七這才鬆了口氣，拉起熊貓兒的衣襟，恨聲道：「你瘋了麼？」

熊貓兒嘻嘻一笑，道：「瘋了瘋了，喝酒最好……」

朱七七失色道：「不好，你……你真的醉了？」

熊貓兒突然一整臉色，道：「誰醉了，方才我不過只是試試這裡有沒有人而已。」

朱七七道：「你這樣試法，豈非要人的命麼？」

貓熊兒突又大聲道：「好，你不叫我試，我就不試。」

朱七七又駭出一身冷汗，趕緊以食指封住嘴唇，道：「噓——莫要說話。」

貓熊兒也以食指封住嘴，道：「噓——莫要說話。」

朱七七驚怒交集，哭笑不得，也不知該如何才好，她已看出熊貓兒方才在家裡雖是裝醉，此刻被風一吹，卻真的醉了。

他方才醉了還好，此刻醉了，當真是活活要急死人。

那知熊貓兒又站了起來，躡手躡腳，走了出去，他身法仍是迅快異常，朱七七拉也拉不住，只得緊緊跟在他身後。

走了一段路，熊貓兒居然走得輕靈巧快，絕未發出絲毫聲息，朱七七又不禁鬆了口氣，暗道：「但願他真的沒有醉，否則……」

那知她一念尚未轉完，熊貓兒突然間向一株松樹奔了過去，砰砰蓬蓬，在樹上打了幾拳，大叫大嚷道：「好，你說我醉，我揍你……揍死你。」

朱七七又是吃驚，又是氣憤，又是憤怒，一步竄過去，將熊貓兒按在樹上，劈劈啪啪，一連摑了十幾個耳括子。

熊貓兒也不掙扎，也不反抗，卻仍然嘻嘻的笑。

朱七七恨聲罵道：「蠢貓，醉貓，我才真的要揍死你。」

熊貓兒道：「好姑娘，莫要揍死我……只揍個半死就好了。」

朱七七雖然憤怒，卻又不禁有些好笑，只是此時此刻，危機四伏，伴著她的卻是隻醉貓，她又怎能笑得出來。

抬眼四望，園中居然仍無動靜，也無人警覺追查。

朱七七壓低聲音，惡狠狠道：「醉貓，你聽著，你若是再吵，我便將你點住穴道，拋在這裡，任憑別人將你一塊塊切碎，你聽得懂麼？」

熊貓兒連連點頭道：「聽得懂，聽得懂。」

朱七七道：「你還敢不敢再吵？」

熊貓兒連連搖頭道：「不敢了，不敢了。」

朱七七吐了口氣，道：「好，輕輕地，跟著我走，只要發出一點聲音，我就要你的命！」

熊貓兒道：「好，輕輕地，跟著你走，只要發出一點聲音，你就要我的命。」

他居然說得清清楚楚，明明白白。

朱七七暗喜忖道：「他若已醉了，心裡還是有幾分清醒的……看來我運氣真的不錯，方才他那般大吵大鬧，竟都沒有把別人驚醒。」

於是兩人又自一前一後，向前走去。

這兩人一個已醉得神智無知，一個又是年輕識淺自說自話，竟都未嘗想到熊貓兒方才那樣大吵大鬧，就算是個死人，也該被他驚醒了。

何況，這園中又怎會都是死人？

此刻園中仍然一無動靜，這其中必定有些奇特的緣故，但朱七七非但未曾想到這點，反倒在暗中自鳴得意，說自己運氣不錯。

這豈非也是件令人哭笑不得的事？

朱七七猜得不錯，這「妓院」果然就是那日她身遭無數險難的「魔窟」，再走幾步，她便已可瞧見那座小樓。

此刻雖是一片黑暗，但她眼前卻似乎猶可望見那艷如桃李，毒如蛇蠍的中年美婦，正憑欄倚樓，在向她招手微笑。

剎那間，她心頭不由自主，泛起一股寒意，不由自主拉起熊貓兒，向一株大樹後躲了過去。

熊貓兒道：「什麼……」

兩個字說出，嘴已被朱七七掩住。

她以另一隻手指著那小樓，道：「就……就是那裡。」

熊貓兒口中唔唔作聲，連連點頭。

朱七七耳語道：「到了這裡，你可千萬不能再發一點聲音……半點都不能，那小樓裡住著的女人，簡直比惡魔還要可怕，你只要發出半點聲音，她立刻就可聽到，那時……那時你我可就都別想活著回去了，知道麼？」

熊貓兒又點了點頭，果然連呼吸都已閉住。

朱七七這才放開手掌，輕嘆道：「咱們雖已找著了這地方，但我還是不知該如何是好？是先去探看呢？還是先回去找沈浪？」

熊貓兒亦自耳語道：「咱們先去瞧瞧。」

朱七七嘆道：「先瞧瞧固然不錯，但你卻永遠也猜不到小樓中那婦人有多可怕，何況，你又如此醉了……」

熊貓兒道：「無妨。」

話未說完，人已有如離弦之箭般，竄了出去。

朱七七一把未拉著，叫又不敢叫，駭得面色都已變了，她本想跟著過去，怎奈兩條腿卻真是發軟。

只見熊貓兒筆直竄向小樓，竟飛起一腳，「砰」的踢開了樓下的門戶，冠冕堂皇地闖了進去。

他這一腳當真有如踢在朱七七心上一般，朱七七只覺耳旁「嗡」的一響，頭腦一陣暈眩，心房也停止了跳動！

她竟不由自主地，軟軟的跌倒在地上，指尖早已冰冰冷冷，目中也駭得急出了淚珠，顫聲道：「完了……完了……」

她算準熊貓兒此番衝入小樓，是萬萬不會再活著出來的了，她既想衝進去與熊貓兒同生同死，怎奈卻再也站不起身子。

她跌坐在地上，咬牙暗道：「誰叫你酒醉誤事，誰叫你逞能灌酒，你……你……你死了也是活該，我半點也不會可憐你……」

她口中雖然如此說話，但不知怎地，說著說著，她一雙明如秋水的眼睛裡，竟已湧出了淚珠。

只聽熊貓兒在小樓中大叫大嚷，道：「鬼婆娘，女魔頭，你出來，你……你有本事與本大俠拚個你死我活，看我熊貓兒可怕了。」

他話聲含糊，委實連舌頭都大了，連話都說不清。

接著，又是一陣「砰砰，咚咚」的聲響，熊貓兒含糊叱咤，顯見小樓中已發生了生死相拚的劇戰。

那麼，熊貓兒武功縱高明，身手縱靈巧，可也萬萬不會是小樓中絕色美婦的對手，何況他此刻根本已酩酊大醉。

朱七七早已哭得跟淚人兒似的。

她一面流淚，一面低語，道：「不管你是不是喝醉了，若不是我，你……你……你又怎會喝醉，又怎會來到這裡……都是我害了你……我害了你，但我卻坐在這裡，不能和你一齊去拚命……我真該死，真是該死……該死……該死。」

舉起手，一口往她自己那嫩藕般的手臂咬了下去，竟真的咬得鮮血淋漓。

這時，小樓中竟突然變得寂無聲響。

這無聲的寂靜，奇怪的寂靜，實在比任何響動都要可怕，朱七七吃驚地抬起頭，淚眼模糊，愕然而視。

只見那寂靜、黝黯的小樓，孤伶伶地矗立在黑暗中，沒有聲音，沒有燈火，也沒有人影……

她又驚又奇，暗道：「這是怎麼回事……這是怎麼回事？難道他……他已死了？但他縱然已死，也該有些動靜才是呀。」

沒有生命的小樓，此刻在她眼中看來，卻彷彿是個奸猾詭秘的幽靈一般，那精靈的屋簷，彷彿是這老奸巨猾的幽靈的蒼蒼白髮，那緊閉著的窗戶，便像是這幽靈緊閉著的眼睛，什麼秘密都不肯透露——永遠沒有人能從一雙緊閉著的眼睛裡瞧出他心裡的秘密，是麼？

但小樓下那扇已被熊貓兒踢開的門戶，卻像是幽靈的嘴——門，在夜風中搖動著，正像是那幽靈對朱七七的譏笑與嘲弄，「它」生像是在對朱七七說：「你敢進來麼？你平日那麼大的膽子，此刻你可敢走進來一步？」

朱七七身子打著寒噤，不斷地打著寒噤。

她身子早已被雪水濕透，褲子上也早已沾滿了泥濘，但她卻毫無覺察，她眼睛直勾勾地瞧著那幢小樓，別的任何事都顧不得了。

門，猶在寒風中搖動著。

這不但像是對朱七七的嘲弄，也還像是對她的挑戰。

朱七七拚命咬緊牙關，掙扎著爬了起來，暗罵自己：「我為何要如此害怕，我連死都不怕，還怕什麼？」

她卻不知道「恐懼」正是人性中根本的弱點，與生俱來的弱點，除非那人已死了，已完全麻木，否則他永遠免不了要害怕的。

正如此刻，她怕的並不是「死」，她怕的僅僅是「恐懼」本身，這並不可笑，更不可恥，只因這根本無法避免，她根本不由自主……古往今來，那些忠臣烈士，在捨生取義，從容赴死時，心裡也多多少少有些害怕的，只是他們能憑著那一股浩然正氣，將害怕遏止而已。

朱七七雖不能將「害怕」遏止，卻終於站了起來。

她心中雖不能說也有那一股浩然正氣，但是她好勝，她要強，她還有一顆善良的心，她發誓要爲武林揭開這秘密，這可怕的秘密！

她一步步向小樓走了過去。

門，是開著的。

但門裡比門外還要黑暗，朱七七站在雪地裡，縱然用盡目力，卻仍然絲毫也瞧不見門裡的情況。

她心已幾乎跳出腔子，她愈來愈害怕。

但她仍咬著牙往前走，不回頭，不停頓。

從她跌坐的地方到那扇門，距離並不遠，但這短短一段路，此刻在她走來，卻彷彿有不可企及的漫長。

終於，她走到門前。

走到門前，她便似乎已用盡了全身氣力，此刻門裡若是有個人衝出來，幾乎一舉手便可將她置之於死地。

突然間，「砰」地一聲，門關起了！

朱七七心神一震，險些忍不住失聲驚呼出來。

但那卻只不過是風，「寒風不解事，爲何亂駭人？」朱七七牙齒咬著嘴唇，左手撫著心口，右手輕輕推開了門——

門裡竟仍似無人，也絕無反應。

她壯著膽子，悄悄走了進去。

這時她雖仍不時要打寒噤，但四肢俱已注滿真力，全身上下，俱在嚴密的戒備狀況之中。她隨時隨刻，都在防備著黑暗中的突襲。

但她走了幾步，竟全無絲毫意外之事發生——屋子裡黑暗得幾乎伸手不見五指，她什麼也瞧不見，什麼也聽不到——除了她自己心跳的聲音。

這「全無意外」，反而令她大出意外，這出奇的寂靜，反而令她更是吃驚，她更摸不清這是怎麼回事？

這小樓裡究竟埋伏著什麼陷阱，什麼詭計？

熊貓兒究竟到哪裡去了？是死？是活？

這小樓裡的人爲何還不對她下手？他們還在等什麼？

事已至此，朱七七也只有硬著頭皮往前走。

到了這小樓裡，她反正也不想走出去了，這小樓裡無論有什麼陷阱，什麼詭計，她也只有聽天由命。

她一步步地走著，掌心不斷往外淌著冷汗，此時此刻，她的處境與心神，唯有兩句話差堪形容，那便是——

盲人騎瞎馬，夜半臨深池。

她盲目闖關，隨時隨刻都可能一步跌入殺身的陷阱中，除了她之外，委實很少有人再敢往前走的。

突然間，她腳下踩著了件軟綿綿的東西，彷彿是人的腳，她身子往前一跌，又碰著一件軟綿綿的東西。

這件東西不但濕而柔軟，還帶著些男人獨有的粗獷氣息——那是汗臭、酒臭，與皮革臭味的混合。

朱七七大驚之下，翻身後退，厲叱道：「什麼人？」

黑暗中寂無回應，卻有大笑之聲響起。

朱七七嘶聲道：「你究竟是什麼東西？你……」

話猶未了，燈光突然亮起。

四面俱都有燈光亮起，將室中照得亮如白晝。

久在黑暗中的朱七七，只覺眼睛一陣刺痛，不由自主地閉了起來，身子也不由自主地向後退了過去。

突然，她後背又撞著件軟綿綿的東西，又像是男人的身子，她又吃一驚，拚命向前一衝。

那知這時卻有雙手捉住了她的肩頭。

她想掙扎，卻又有個男子的聲音在她身旁道：「站穩了，莫摔倒。」

這語聲竟是如此熟悉，竟像是沈浪的聲音。

朱七七這時已能張開眼——她一驚之下，霍然張眼——

她眼睛不張開倒也罷了，這一張開，卻更令她吃驚得呆在當地，張大了嘴，說不出一個字來。

燈光明亮，室中桌椅井然，哪有絲毫曾經搏鬥的模樣？一人面帶微笑，當門而坐，卻是王憐花。

她驟然在這裡見著王憐花，已足夠吃驚，更令她吃驚的是，含笑坐在王憐花身側的，竟是沈浪。

她驟然在這裡見著沈浪，也猶自罷了，但她做夢也不會相信，此刻大模大樣，坐在沈浪身旁的，竟是——

竟是那方才已酩酊大醉，神智不清，胡吵亂鬧，害得她擔了不少心，也流了不少眼淚的熊貓兒。

她驟然見著這三人，雖然稀奇，也還不十分稀奇。

最最令她覺得奇怪的，卻是坐在熊貓兒身旁的一人。

此人額骨高聳，目光銳利，嘴角裂開，有如血盆——他竟赫然正是那已永久無消無息的鐵化鶴！

這四人竟都在這裡。

這四人本來是敵非友，但此刻他們圍坐在一齊，面上竟都帶著笑容，彼此間絕無絲毫敵意。

這究竟是怎麼回事，朱七七不懂，實在不懂。

燈光亮處，四個人俱都長身而起。

王憐花抱拳一笑，道：「佩服佩服，朱七七膽量果然驚人，果然是巾幗英雄女中丈夫，在下端的是佩服得五體投地。」

鐵化鶴抱拳笑道：「姑娘爲了我等之事，竟不惜如此冒險犯難，又不知受了多少艱苦、委屈，在下更是感激不盡，永生難忘。」

沈浪含笑道：「你經過此事之後，無論見識、膽量，都可增加不少，你雖然受了許多驚駭，但也是值得的了。」

熊貓兒大笑道：「他們說你未必敢闖進來，但我卻說你一定會闖進來的，我……」

朱七七突然跳了起來，大呼道：「住口！你們全都給我住口。」

她一步衝到沈浪面前，扭住了沈浪的衣襟，大呼道：「這究竟是怎麼回事，快說！快說！我已要發瘋。」

熊貓兒走了過來，含笑勸解道：「姑娘有話好說，何必……」

話還未說完，突聽「啪」的一響。

熊貓兒臉上已被朱七七清清脆脆的摑了個耳光，他也被打得怔在那裡，手撫著臉，也不知該如何是好。

朱七七已轉臉對著他，手叉著腰，大聲道：「好說！好說個屁！我且問你，你不是醉了麼，此刻爲何又突然清醒，你方才是不是在裝醉？」

熊貓兒苦笑道：「我……我……」

朱七七對準他耳朵，大叫道：「你騙我，你爲什麼要騙我？」

這叫聲幾乎將熊貓兒耳朵都震破了。

他倒退三步，吶吶道：「這……這……」

能言善辯的熊貓兒，此刻竟說不出話，威風凜凜的熊貓兒，此刻竟是一副可憐模樣，目光乞憐地瞧著王憐花。

王憐花乾咳一聲，道：「此事其中委實有許多曲折，但在下……」

沈浪截口道：「但我們如此對你，卻絕無惡意。」

朱七七跺足道：「沒有惡意，還說沒有惡意，我問你，他爲什麼騙我？你爲什麼騙我？你們這些鬼男人爲什麼都在騙我？」

她雖在大叫大嚷，但語聲已有些哽咽起來。

沈浪道：「此中秘密，我們本要告訴你的……」

朱七七吼道：「那你們爲何不說？」

沈浪嘆了口氣，道：「你如此模樣，卻叫我等如何說話。」

朱七七又跳了起來，大聲道：「我如此模樣？你還敢怪我樣子不好，你們這樣騙我，難道要我一進來就向你們陪笑磕頭不成？」

王憐花笑道：「但姑娘總也該聽完在下等的話，再發脾氣也不遲。」

沈浪接口道：「正是如此，你且好生坐下，且聽我等向你解釋。」

朱七七道：「我偏不坐下，你又怎樣。」

倒退幾步，卻尋了張椅子坐了下來——也不知怎地，只要是沈浪說的話，這句話，對她來說，就像是有一種魔力。

沈浪鬆了口氣，道：「好！此事說來話長，還是請王兄從頭說起。」

王憐花也鬆了口氣，道：「此事委實太過曲折，連在下也不知該從何說起。」

朱七七似乎又要跳了起來，大聲道：「你不知該如何說，就不說了麼？」

王憐花笑道：「自然要說的，但……」

朱七七眼睛一瞪，道：「還但什麼？」

王憐花道：「但在下既不知從何說起，便不如由姑娘來問得好，姑娘問一句，在下答一句，有問必答，絕不隱瞞。」

朱七七道：「好，我先問你——」

說到這裡，她自己也怔住了，這件事委實是千頭萬緒，曲折離奇，她自己委實也不知該從哪裡問起。

她垂下頭，又抬起頭，在思索中，她目光四下轉動，突然，她發現對面牆壁上懸著一幅巨大的圖畫。

也不知爲了什麼，她目光立刻就被這幅圖畫所吸引，甚至連她腦海中的思潮都立刻爲之停頓。

那是幅著色的彩畫，畫的是夜半。

凄清幽秘的月色，淡淡地籠罩著整幅畫面，一條崎嶇、狹小的道路，自畫的左下方伸展出來，曲折地經過畫幅中央，消失於迷濛的夜色之中，淡淡地顯示著一種「不知從何而來，也不知去向那裡」的玄妙意味。

道路兩旁，危巖高聳，蒼鬱的綠色樹木，滿佈著山巖上部，下面是沉重的灰褐色的巖石，泥土——

左面的巖石後，露出了半堵紅牆，一堵飛簷，像是叢林古刹，又像是深山中的神秘莊院。

右面的山巖後，卻露出了半條人影，烏髮如雲，明眸流波，畫的是個絕色少女，像是在躲藏，又像是在窺探。

飛簷下，也有個女子，同樣的美麗，同樣的年輕，身軀半旋，像是要走出來，又像是要走進去。

第三個女子，站在曲折的道路中央，側著頭，露著半邊臉，像是要回頭窺望，又像是在躲避簷下女子的目光。

三個女子都是異常的美艷，只是眉宇間又都帶著一分說不出的沉鬱之態，像是幽怨，又像是懷恨。

像是在逃避，又像是在期待。

她們在期待著什麼？

她們在期待著什麼人來？還是在期待著什麼事發生？

這雖然是一幅死的圖畫，但整個畫面卻都像是活的。

畫幅中的三個女子，每個人似乎都有著她們的獨特思想，獨特行爲，每個人似乎都正要去做——或是正在做一件奇特的事。

看畫的人雖然不知道她們要做什麼事，但只要凝注畫面半晌，心頭便不由自主地泛起一陣悚慄，一絲寒意……

似乎她們要做的乃是件足以令人寒心的事。

淒清的月色，使這一切看來更是詭秘，似乎有一種令人要流冷汗的懸宕——某件事將要發生，卻又未發生。

這使得看畫的人也都會覺得有一種期待的感覺，期待著某件事快些爆發，打破這詭秘的沉鬱。

若是對這畫凝注太久，甚至會感到透不過氣來——這似乎就是畫中人的心情，竟已感染到看畫的人。

這幅畫構圖雖奇特但卻十分簡單。

這幅畫雖然栩栩如生，但筆法卻未見十分精妙。

簡單的構圖，通常的筆法，竟能畫出如此精妙的圖畫，竟能顯示出這許多詭秘而複雜的意味——

顯然，這畫圖的人在動筆時必定懷有一份十分強烈的情感，這畫面中的情況也彷彿是她自己親所經歷的。

只因唯有真實的經歷，才會引發如此強烈的情感，而情感中最強烈的兩種，便是愛和恨。

但此刻吸引了朱七七目光的，倒並非是這幅圖畫中所交織的愛和仇，而是這幅畫中的人物。

她目光正瞬也不瞬地凝注著畫中站在道路上的女子，神情間竟已有些驚恐，有些激動。

只見這女子眼波流動，衣袂飄飛，綽約的風姿，動人的神韻，正已像月光般籠罩了整個畫面。

這女子的面龐雖只畫出半面，但朱七七不用再瞧第二眼，便已可瞧出她正是這小樓中那艷如桃李，毒如蛇蠍的絕色麗人。

朱七七終於道：「我先問你，這是什麼人？」

王憐花道：「家師……」

朱七七截口喝道：「胡說，我明明聽見你叫她母親。」

王憐花笑道：「只因家師愛子，昔年便已失蹤，是以便將我收歸門下，她老人家將我愛如己出，我自然喚她母親。」

朱七七「哦」了一聲，顯然已接受他的解釋，但瞬又厲聲道：「如此說來，你承認我是見過她的了？」

王憐花頷首笑道：「不錯。」

朱七七道：「你是否也承認她曾經將我關在這小樓下的地牢中，後來是你放了我的，而我也確是自那棺材舖逃出？」

王憐花頷首道：「不錯。」

朱七七道：「那麼，展英松、方千里等人，也確是被你們一路押到這裡來的，也曾被關在這小樓下的地牢裡？」

王憐花笑道：「不錯。」

朱七七聲色俱厲，句句緊逼，王憐花竟一切俱都承認了，而且神色不變，面上也始終帶著笑容，朱七七忍不住又跳了起來，大怒道：「好呀！這件事你直到此刻才肯承認，那時爲何要否認，害得別人還以爲我是胡說八道的瘋子。」

王憐花含笑道：「只因那時在下還不知道沈兄究竟是敵是友？自然只得對什麼事都暫且否認的，而此刻……」

朱七七道：「此刻又怎樣，此刻沈浪難道已和你站到一條線上不成？」

王憐花道：「正是，此刻在下已知道，沈兄與在下等，實是同仇敵愾，此刻無論什麼事，在下也不會再對沈兄隱瞞的了。」

朱七七身子一震，又被驚得怔住。

她眼見王憐花與他「母親」做出了那許多詭秘之事，每一件都在危害著別人，甚至危害著武林，她實在不能相信沈浪居然也和他們一鼻孔出氣，她做夢也不會相信素來俠義的沈浪，竟會做出這種事來。

她不禁大呼道：「沈浪，快說，他說的話完全不是真的。」

沈浪面帶微笑，緩緩道：「王兄說的話，字字句句都是真的。」

朱七七又自一震，嘶聲呼道：「我不信……我不信……」

她一步衝到沈浪面前，淚流滿面，嘶聲道：「我絕不相信你會和他們同流合污，狼狽為奸，我……我絕不相信你會參與他們的陰謀詭計。」

沈浪搖頭嘆道：「你錯了……」

朱七七「噗」地跌坐了下去，仰面瞧著沈浪，目光中又是驚疑，又是憤怒，又是悲哀，顫聲道：「難……難道你真的那麼卑鄙？」

沈浪道：「你更錯了。」

朱七七以手捶地，嘶聲大呼道：「這究竟是怎麼回事？究竟是怎麼回事？我不懂……我不懂……我愈來愈是不懂了。」

沈浪道：「我告訴你，無論任何事，都不能只看表面的，而這件事你卻只看到表面，所以你非但不懂，還起了誤解。」

朱七七頭髮披散，滿面淚痕。

她抬起頭，道：「誤解……」

沈浪道：「不錯，誤解，王公子並非你所想像中的惡魔，王老夫人的所作所為，更不是你們想像中的……」

朱七七截口大呼道：「但那些事明明是我親眼瞧見的。」

沈浪嘆道：「你所瞧見的並沒有錯，鐵大俠、方大俠、展鏢頭，這些人的確是被王老夫人自那古墓中救出來的，她老人家早已潛入那古墓中，你我正在與金不換、徐若愚等人糾纏時，她老人家已將展鏢頭等人救出，再令人送來這裡，此舉可說是完全出於俠義之心，絕無絲毫惡意。」

朱七七大聲道：「她既無惡意，為何要做得那麼神秘，而且……而且還迷了展英松等人的神智，再叫那些牧女們趕牛趕馬似的將他們趕來？她救人若是真的出自俠義之心，一救出後，就該將他們送走才是。」

沈浪道：「只因王老夫人深知主使此事的，乃是個狡黠無儔的惡魔，無論計謀武功，都絕非展鏢頭等人所能抵敵，她老人家若是在那時就將他們放了，這些人便難保不再落入那惡魔掌中，你說是麼？」

朱七七「哼」了一聲，勉強算作同意。

沈浪接著又道：「她老人家救人要救到底，自然只有暫時將他們送來這裡，保護著他們，只因唯有這裡才是最最安全的所在。」

朱七七道：「既是如此，她更不該將他們當作牛馬一般趕來……」

沈浪截口道：「她若是以平常方法，把他們送來，不出百里，便要被人發覺，那惡魔若是令人半路攔截，此舉豈非又將功虧一簣？」

朱七七尋思半晌，又哼了一聲，算作回答。

沈浪接道：「何況那時時機緊迫，王老夫人根本無暇對展鏢頭等人解釋其中的奧妙，縱然解釋了，展鏢頭等人也未必肯聽從她老人家的忠告，她老人家為了行程安全，也為了爭取時間，只有以非常的方法，先將他們送來此地，只因那時事值非常，所要對付的又是個非常的人物，是以她老人家才會做了這非常的手段……也正因這手段太不尋常，是以你才會發生誤解。」

朱七七道：「但……但……但我跟來這裡，她爲何又要那般對我？」

沈浪微笑道：「那時她老人家怎知你是何許人物？又怎知你不是那惡魔手下的黨羽？……她老人家那樣對你，正是天經地義，理所應當之事。」

朱七七道：「但……但……」

但究竟如何，她卻再也說不出來。

她雖然覺得沈浪的解釋有些牽強，但卻又牽強得極是合理，一時間，她竟尋不出這其中有何漏洞。

自然她便無法加以辯駁。

過了半晌，她只有恨聲道：「你倒知道得清楚，你……你怎會知道得如此清楚的？」

沈浪微笑道：「其中秘密，自是王兄相告。」

朱七七大聲道：「他告訴你的？他怎會告訴你？他怎不告訴我？」

沈浪道：「這……」

王憐花接口笑道：「這只因到了昨夜，在下已非告訴沈兄不可。」

朱七七道：「昨夜？昨夜你爲何非告訴他不可？」

王憐花笑道：「這只因有些事在下雖然瞞過了姑娘，卻未瞞過沈兄，此事與其說是在下告訴沈兄的，倒不如說是沈兄自己發現的好。」

朱七七道：「不懂，不懂，我還是不懂。」

王憐花道：「自從姑娘將沈兄帶到棺材舖裡，沈兄便已發覺了其中的破綻，只是姑娘卻未曾覺察而已。」

朱七七轉向沈浪，道：「你發現了什麼破綻，我爲何未發現？」

沈浪微微一笑，道：「其實那些都是極爲明顯易見之事，無論誰只要稍加留意，便可發覺的，只是你那時心浮氣躁……」

朱七七大聲道：「究竟是什麼，你快說吧，還窮囉嗦什麼？」

沈浪道：「你可瞧見那店舖外懸的店招與對聯……」

朱七七道：「我又不是瞎子，自然瞧見了，那是木頭的招牌，刻了字以黑漆塗上，是以經久不褪，上面寫著……」

沈浪笑道：「上面寫著什麼，不用唸了。」

朱七七道：「唸不唸都一樣，總之我不但瞧得清清楚楚，而且記得清清楚楚，我早已觀察過了，那沒有什麼。」

沈浪道：「但你是否留意到那店招對聯，木質都已十分陳舊，油漆也漸將剝落，至少也是七八年以上之物。」

朱七七道：「他們是老店，老店自然有老招牌，這又有什麼稀奇？」

沈浪笑道：「稀奇的是，店是老店，招牌是老招牌，甚至連店中桌椅陳設，都是老的，但唯有那櫃台，卻顯見是新近搭起來的，非但油漆還未乾透，而且搭建得甚是粗糙，與店中精緻的招牌、桌椅都顯得極不相襯。」

朱七七怔了一怔，道：「這……這個我卻未曾留意，但……」

語聲微頓，忽又大聲嚷道：「但這又有什麼關係？」

沈浪笑道：「關係便在此處，你那日明明見櫃台早已在那裡，這櫃台為何又會是在匆忙之中，新近搭成的？」

朱七七又怔了怔，吶吶道：「是呀？……為什麼？」

沈浪道：「還有，無論那一家棺材店中，都有著一種獨有的氣味，王森記既是老店，那氣味更該濃厚。」

朱七七道：「不錯，棺材店的氣味，總是難聞得很，那……那並不完全是木材的氣味，而像是陰森森、霉霉的，簡直像是死人的氣味。」

沈浪笑道：「這就是了，但那日我在王森記棺材舖裡，所聞得的卻非那種死人的氣味，而是一種香燭的味道。」

朱七七道：「是呀！……這又為什麼。」

沈浪道：「還有，無論那一家棺材店中，最最留意的便該是火燭，只因棺材店中全屬易燃之物，若被祝融光臨，一發便不可收拾。」

朱七七聽得入神，不覺頷首道：「不錯。」

沈浪道：「但我那日在王森記棺材舖裡，那製造棺木的後院中，卻發現壁面、牆角，多已被煙火燻黑。」

他微微一笑，接道：「我便趁你們未曾留意時，在牆上輕輕摸了一下，我手指也立刻便被油煙染黑了，由此可見，那裡不但已被煙火繼續不斷的燻了許久，而且最近數日前，還在被煙火燻著……」

朱七七忍不住接口道：「這句話我有些不懂，你再說清楚些好麼？」

沈浪道：「要知牆壁若要被煙火燻黑，必定要一段極長的時間。」

朱七七道：「不錯，我小時到家裡的廚房裡去偷菜吃，瞧見廚房的牆壁全是黑的，那廚房可至少已被煙火燻了好幾十年了。」

沈浪笑道：「但我用手一摸，染在我手上的油煙，卻是新跡，這自然可見那些地方在最近幾年中，一直都在被煙火燻著……」

朱七七道：「哦，我明白了……」

突又眨了眨眼睛，苦笑道：「但我還是不明白，這又有什麼關係？」

沈浪笑道：「有兩點重要的關係。」

朱七七道：「死人，你快說呀！」

沈浪道：「第一點，那製造棺木的地方，本應最避煙火，而如今四面牆壁之上卻被煙火燻得烏黑，這豈非怪事。」

朱七七頷首道：「不錯，真奇怪……還有第二點呢。」

沈浪道：「第二點，我既已斷定那地方已被煙火繼續不斷地燻了許久，卻又絕未發現那裡有半點火燭，這豈非也是怪事。」

朱七七又自尋思半晌，道：「是呀，這又是爲什麼？」

沈浪一笑道：「在那時我心中已將此事加以猜測，但既未曾證實，也不能斷定，直到我走出店門便可完全斷定了。」

朱七七奇道：「走出店門，你便可斷定了？你憑什麼斷定的？」

沈浪道：「我發現那棺材店隔壁，乃是家香燭舖。」

朱七七更是奇怪，道：「香燭舖開在棺材舖隔壁，正如當舖開在賭場隔壁一樣，本是再也平常不過的事，你又憑這點斷定了什麼？」

沈浪笑道：「我斷定這棺材店在數日前還是家香燭舖，那香燭舖才是原來的棺材店，兩家店必定在這三兩日間匆匆搬了個家。」

朱七七茫然道：「搬家……」

沈浪道：「正是搬家，那棺材舖的後院，昔日本是香燭舖製造香燭的所在，牆壁自然早就被煙火燻黑了……」

他語聲微頓，瞧見朱七七仍是滿面茫然，便又接道：「只因他們是在匆忙中搬的家，而別的東西都可搬，櫃台卻是搬不動的，所以棺材舖便必定要做個和以前完全一樣的櫃台……在匆忙中做的櫃台，自然便極爲粗率，你說是麼？」

朱七七道：「不錯……不錯……不錯……」

她在說前面兩個「不錯」時，其實心頭仍是茫然不解，直到說第三個「不錯」時，整個人突然跳了起來。

只見她滿面俱是興奮之色，大喜呼道：「我知道了……我明白了……」

沈浪含笑道：「你且說說你知道了什麼？」

朱七七道：「原來的棺材店裡有地道，原來的香燭店卻沒有，王憐花算準我要到棺材店去找地道，所以就先將兩家店搬了個家，我再到棺材舖去尋地道，自然將整塊地都翻過來也找不到了。」

沈浪笑道：「好，你總算明白了。」

朱七七道：「那一排幾間房屋，建造的格式本來就完全一樣，而且顯然都是王憐花的產業，他要搬來搬去，自是輕而易舉之事。」

王憐花笑道：「也並不太簡單，還是要費些工夫的。」

朱七七也不理他，自管接道：「兩家店搬家，當地的老住戶，雖然難免覺得奇怪，但我們對那條街根本不熟，自然完全不會留意。」

沈浪笑道：「這便是王兄的妙計，他利用的正是人們心理的弱點，對有些十分顯而易見的事，便不會去加以留意了。」

王憐花笑道：「此計雖妙，卻還是瞞不過沈兄……在下實未想到沈兄的觀察之力竟是如此敏銳，連那些小事都未錯過。」

沈浪笑道：「其實那些本就十分明顯，只不過別人未曾留意罷了，而在下卻深信世上有許多秘密，都是從一些明顯而普通的事上洩露出來的，是以在下觀察的角度，便與別人有些不同。」

熊貓兒嘆道：「但要訓練成沈兄這樣的觀察力，真是談何容易，否則人們都有兩隻眼睛，

爲何沈兄能瞧見，咱們卻瞧不見？」

朱七七道：「他那兩隻鬼眼睛，本就比別人厲害。」

她眼睛瞪著沈浪，恨聲道：「我問你，你既已早就瞧出來了，爲何不告訴我，無論如何，這件事總是因爲我你才能發現的呀。」

沈浪笑道：「只因我生怕你那火燒星的脾氣，忍耐不住，在那時就胡亂發作起來，便將我整盤計劃全都攪亂了。」

朱七七跺足道：「你好，你聰明，你能忍耐，你……你可有什麼鬼計劃？」

王憐花笑道：「沈兄當時完全不動神色，在下也絲毫未曾發覺沈兄已窺破了這其中的秘密，但到了那日晚間……」

他含笑瞧了熊貓兒與朱七七一眼，接道：「當日晚間，姑娘在窗外人影一閃，咱們可全都瞧見了，但只有這貓兒一人追了出去，我本也想溜出去瞧瞧，卻被沈兄拖住不放。」

他大笑幾聲，又道：「於是在那天晚上，我便已想將沈兄灌醉了，在下的酒量，在這洛陽城中，實還未遇過敵手。」

朱七七撇了撇嘴，道：「你吹牛也未遇著敵手。」

王憐花直做不聞，接道：「那知我在灌沈兄，沈兄也在灌我，兩人酒到杯乾，也不知喝了多少杯，沈兄未醉，我倒真有些醉了。」

朱七七道：「小酒鬼遇著大酒鬼，自然要吃苦了。」

王憐花笑道：「我竟在桌子上迷迷糊糊的打了個盹兒，等我醒來時，沈兄竟已蹤影不見，我自知萬萬追不著他，只有先趕到這園子裡。」

朱七七道：「沈浪，你老實說，你那時到哪裡去了？」

王憐花道：「沈兄竟趕到那香燭舖裡，神不知，鬼不覺，將舖裡的伙計，全都點了睡穴，在後院中尋著了那地道的入口。」

朱七七突然驚呼一聲，道：「不好，那地道入口處，有個力大無比的巨人在守著，沈浪，你……你……你怎麼能吃得消他？」

她嘴裡罵著沈浪，心裡對沈浪還是關心的。

沈浪笑道：「那巨人果然是天生神力，我一入地道，便遇見了他，幸好地道中甚是狹窄，那巨人身形又太過笨重，在狹處自然轉動不便，更幸虧他天生聾啞，不能出聲驚呼，否則，那一關我便過不去了。」

朱七七道：「你……你殺了他？」

沈浪搖頭道：「我怎會下此殺手，只不過點了他穴道而已……唉，說來也真是驚人，我不停地點了他十二處大穴，他身子方才倒下。」

朱七七這才鬆了口氣，口中卻道：「哼！你被他抓死最好，免得留在世上騙人。」

王憐花道：「那地道中除了巨人一關外，到處都埋伏著暗卡，遍地都是機關陷阱，尋常之人，實難越雷池一步。」

他嘆了口氣，接道：「但沈兄卻走過了埋伏，在地道中三十六條大漢，竟被沈兄無聲無息的點倒了二十一人，還有十五人，根本連沈兄的影子都未瞧見，至於那些機關陷阱，在沈兄眼中更有如兒戲一般。」

朱七七道：「這些邪門外道的鬼花樣，他本來就知道得不少。」此刻誰都聽得出她這句罵沈浪的話裡，其實正暗合著無限愛慕與歡喜。

熊貓兒聳了聳鼻子，道：「這些鬼花樣我也知道得不少。」

朱七七瞪他一眼，道：「你知道個屁。」

熊貓兒大笑道：「要佳人罵我一句，當真是頗不容易。」

朱七七道：「你放心，少時我不把你罵得狗血淋頭才怪，但此刻……喂，沈浪，你先說你走出地道後又怎樣？」

沈浪道：「那地道之中，確是危機四伏，步步殺機，我僥倖走了出來，但一出地道，行蹤便已被王老夫人發現了。」

朱七七情不自禁，又驚呼了一聲，道：「她對你怎樣？」

沈浪道：「她老人家似是算準了我要來的，竟坐在地道出口外等著我，我大驚之下，只道難免要有一場劇戰。」

朱七七道：「打起來了沒有，誰打勝了？」

沈浪笑道：「那知她老人家非但全無與我動手之意，反而含笑招呼我坐下，她老人家機智之高，風儀之美，端的是我平生僅見。」

朱七七「哼」了一聲，瞧了瞧王憐花，總算沒有說出罵人的話來——雖然她那雙眼睛裡早已說出來了。

王憐花道：「那夜我一趕來這裡，向家母說出了整個事情的經過，又向家母說出沈兄……那時家母便對沈兄極爲留意，再三問我沈兄的模樣與來歷，然後便突然走下樓來，坐在那裡，我本覺奇怪，那知沈兄卻真的從那裡來了……唉，家母推測事理之準，當真非他人能及。」

朱七七又「哼」了一聲，轉向沈浪，道：「她對你說了些什麼？」

沈浪道：「她老人家向我說明了此事的經過，我才知道她老人家如此做法也是爲了對付快活王的，快活王此刻足跡雖然還未踏入關內，但實已將成爲武林中的心腹之禍，若是被他得手，江湖中的劫難、災禍……便將接連不絕，我武林同道，也必將永無寧日。」

他苦嘆一聲，接道：「我聽她老人家說出一切後，自然除了請她老人家恕我冒昧闖入之罪外，還要請她老人家繼續主持此事，我雖無用，也少不得要爲此事稍盡綿薄之力……」

王憐花接口笑道：「於是從此以後，沈兄自然便與在下等站在同一陣線之上，昔日的誤會，從此誰也不能再提起了。」

沈浪忽又笑道：「但在她老人家話還未說完之前，卻還有段趣事。」

朱七七瞪眼道：「什麼趣事？」

沈浪笑道：「那便是你兩人……」

朱七七截口道：「我兩人又怎樣？」

王憐花笑道：「姑娘與這貓兒還是在外面時，行跡便已被我等發現了，家母本待故作不知，由得你兩人四下隨便走走，但是沈兄卻要將你兩人驚退，那種種便全部都是沈兄所做出的手段，在那窗下，亦是……」

朱七七想到那夜在窗子下偷聽的情況，想到她偷聽到的聲音，臉不覺飛也似的紅了，大呼道：「不要說了……不要說了……」

她又衝到沈浪面前嘶聲道：「我問你，我有哪點對不住你，你……你為何要這樣對我，你為什麼不讓我也進來，反要將我驚退？」

沈浪嘆道：「只因那時事態還未分明，我一來生怕你闖入後胡亂發作，怒惱了王老夫人，也壞了大事，二來……」

他瞧了王憐花一眼，含笑住口。

王憐花卻代他接了下去，笑道：「二來亦因那時事態還未分明，雙方敵友也尚未分明，沈兄生怕你闖入涉險，但那時他勢必又不能當著我母子的面說出這話來，是以便唯有弄些手段，先將你驚退了……沈兄，是麼？」

沈浪笑道：「不瞞王兄，正是如此。」

王憐花道：「由此可見，沈兄全屬好意……」

朱七七跺足道：「什麼好意，騙鬼……他只不過存心要捉弄捉弄我，讓我出醜，他才得意，還有你。」

她身子突然轉向熊貓兒，恨聲道：「你這死貓，臭貓，瘟貓，癩皮貓，偷嘴貓，混帳貓……我問你，這些事你是否早已知道了？」

熊貓兒強笑道：「我……我……」

王憐花接口笑道：「今日午後，我與沈兄已將此事始末告訴了這貓兒……」

朱七七指著熊貓兒道：「是麼？他們可是早已告訴了你？」

熊貓兒愁眉苦臉道：「好像是的。」

朱七七厲聲道：「那麼，今日晚間，你們彼此灌酒，原是裝給我看的。」

熊貓兒道：「那酒不錯……咳……咳……」

朱七七怒道：「你裝什麼咳嗽，我問你，你酒醉胡鬧，是否也是假的？」

熊貓兒道：「我的頭有些暈暈的，但……但還未那麼醉。」

朱七七大聲道：「那麼，你為什麼要騙我？害我出醜，害我著急，我問你，到底為什麼？……為什麼！」她一步步向熊貓兒逼過去。

熊貓兒一步步往後退。

朱七七說到這裡，熊貓兒已退到牆角，退無可退，突然一個翻身，直到沈浪身後，苦笑著道：「沈兄還不向朱姑娘解釋解釋。」

朱七七眼圈又早已紅了，跺足道：「解釋什麼？有什麼好解釋的？」

沈浪道：「但此事委實怪不得熊兄。」

朱七七道：「不怪他怪誰？」

沈浪微一沉吟，道：「你可曾注意，今日有個人你始終未曾瞧見。」

朱七七道：「未瞧見又怎樣，我根本……呀，不錯，金無望不見了，他到哪裡去了？難道他……他已被你們……」

沈浪截口道：「我們怎會對他如何。今日清晨，他便已不知去向，他是何時走的，走去那裡，我們根本全不知道。」

朱七七怔了半晌，喃喃道：「他想必也已發現了什麼，所以乘夜走了……」眼睛一瞪，突然大聲呼喊起來，跺足呼道：「但他走了與你們騙我何關？」

沈浪道：「我只怕他突然回來，或者在暗中窺視，是以未便將秘密說出……唉！這人雖然是條好漢，但終究也是快活王的手下。」

朱七七道：「你不肯將秘密告訴我，爲何又告訴了那死貓？」

沈浪笑道：「只是熊兄絕不敢洩露其中秘密，而你……」

朱七七怒道：「我怎樣？難道我是長舌婦，多嘴婆？」

沈浪道：「你雖不多嘴長舌，但心裡委實太存不住事，金無望若在暗中窺探，你縱未將秘密說出，神情間還是難免要露出來。」

朱七七道：「不錯，我天生直腸直肚，我本就是直心眼兒，不像你們這樣沉得住氣，不像你們這麼詭計多端，但……」

她語聲漸漸嘶啞，眼圈更紅，反手揉了揉眼睛，接道：「但你們縱不將秘密告訴我，也不該如此捉弄我。」

沈浪道：「這個……」轉目望了望熊貓兒。

熊貓兒笑道：「那……那只不過是我酒後高興，跟你開開玩笑而已，其實絕對沒有絲毫惡意，你又何苦如此生氣？」

朱七七嘶聲道：「酒後高興？何苦生氣？你……你……可知道方才我爲你多麼著急？你可

知道我闖進來是拚了性命來救你的？」

熊貓兒怔了一怔，不由自主，垂下頭去，他面色也不覺有些變了，他心中又是慚愧，又是感激，也不知究竟是何滋味。

朱七七道：「我知道你們都是聰明人，你們串通好了來騙我這個呆子，但你們可曾想到我這呆子所作所爲，爲的是什麼，難道是爲了我自己？」

沈浪、王憐花面面相覷，說不出話。

朱七七冷笑道：「你們這些聰明人，以爲這樣做法，根本沒有什麼關係，最多不過只是讓我鬧鬧笑話而已，反正我也不會受到傷害，事過境遷，大家哈哈一笑也就罷了，由此可以更顯出你們是多麼聰明。」

她咬牙強忍著目中的淚珠，嘶聲接道：「但你們這些聰明人難道從未想到，如此做法，是多麼傷我的心？你……你們憑什麼要傷我的心？」

沈浪乾「咳」一聲，道：「其實這也……」

朱七七大喝道：「住口，我不要聽你說話，我……從此再也不要聽你們說話，我……我……從此再也不願瞧見你們。」

她腳步漸漸後退，嘶聲接道：「現在，我就要走出去，永不回來，你們若是有一個人追出來攔我，我便立刻死在他面前。」

話猶未了，轉身狂奔而出，再也不回頭瞧一眼。

熊貓兒大驚之下，喝道：「朱姑娘，留步。」

他縱身要追出去，沈浪卻將他一把拉住。

熊貓兒著急道：「你……你真的讓她走麼？」

沈浪嘆道：「不讓她走又有什麼法子？她那烈火般的脾氣，誰攔住得？而且，她素來說得出便做得到，你此刻追出去，她便真的會死在你的面前。」

熊貓兒道：「但……但她如此脾氣，一個人又不知要闖出什麼禍來？」

沈浪微微一笑，道：「這個熊兄只管放心，她走不遠的。」

熊貓兒道：「走不遠？爲什麼？」

沈浪道：「只因她心中還有些疑問，不問個清楚，她連睡覺都睡不著的，她方才激動之下，雖忘記問了，但只要一想起，便少不得要回來問個清楚。」

王憐花接口笑道：「以沈兄對朱姑娘相知之深，沈兄說的話想必不會錯的。」

熊貓兒只得點了點頭，輕嘆道：「不會錯的……但願不會錯的……」

凝目望著門外，但願朱七七早些回來。

門外夜色更深，雪，又落了下來。

雪花滿天。

朱七七放足狂奔，也不知奔了多久，只見前面高牆阻路，原來她不知不覺，竟一口氣奔到城腳。

城門未開。

朱七七腳步一頓，身子再也支持不住，斜斜跌倒，她索性不再站起，伏在城腳下放聲大哭起來。

她也不知哭了多久。

悲慟的哭聲，在靜夜中自是分外刺耳，也傳得分外遙遠，若非守城的巡卒已自醉臥，此刻早該過來察看。

但縱然有人過來察看，朱七七也不管了。

她此刻早已將任何事都暫且拋開，只想將心中的悲哀與委屈，藉著這一場大哭，盡情發洩出來。

在家裡，她是千金小姐，她是下人們眼裡的公主，兄妹們眼裡的寵兒，父母眼中的掌珠。

她受盡了人們的尊重與寵愛，她只覺人間充滿溫暖。

然而，到了外面，她才發覺，這世界竟是如此冷酷，她只覺世上再沒有人對她關心，對她愛護。

這本是個弱肉強食的世界，熱心的人、直率的人、坦誠的人、任性的人……在這世界上，本就注定了要受到委屈和災難。

她突然對世界，對人類痛恨起來。

家，本是她當作牢籠一樣的地方，是以她不顧一切，也要逃出來，她想要闖一闖她自己的天下。

然而，在受過這許多打擊、折磨、委屈之後，她也不覺灰心，失望——她迫切地想回家去。

寒風，冷雪，使得她的心，漸漸冷靜了下來。

她突然想起了一些她方才未曾想起的事。

那王老夫人與沈浪一席長談後，又到哪裡去了？今日為何始終未曾出來與她相見？這為的是什麼？

鐵化鶴雖在那小樓中，但展松英、方千里等人呢？

他們是否也被放了出來？

他們若被放了出來，為何也不曾瞧見？

還有，那王老夫人既曾去過古墓，火孩兒的失蹤，便不知是否也與她有關？若是真的與她有關，她將火孩兒帶到哪裡去了？

這些都是她急欲知道的問題，尤其是最後一個問題，火孩兒的安危下落，她時時刻刻都在心裡。

她方才雖覺自己對一切都已灰心，失望，但此刻她又發覺有些事的確是她拋不開，放不下的。

她忍不住霍然長身而起，又待奔回……

但是她身子方自站起，卻又駐足。

她眼前彷彿已出現了沈浪那微帶譏嘲與訕笑的目光。

她耳畔似也已聽得沈浪的語聲，正帶笑向她說道：「我知道你會回來的……」

十三 敵友難分

朱七七此時，已將沈浪恨到極點，狠狠跺著腳，恨聲道：「我偏不讓你料中，我偏不回去……」

但不回去又如何？

寒夜深深，漫天風雪，她又能去向哪裡？

她又怎能探索出那些問題？

她忍不住又仆倒在地，放聲痛哭起來。

突然間，一隻冰冷的手掌，搭上了朱七七的肩頭。

朱七七大驚轉身，脫口道：「誰？」

夜色中，風雪中，幽靈般卓立著一條人影，長髮披散，面容冰冷，唯有衣袂袍袖，在風中不住獵獵飄舞。

朱七七失聲道：「金無望，原來是你。」

金無望仍是死一般木立著，神情絕無變化，口中也無回答——只因朱七七這句話是根本不必回答的。

朱七七心中卻充滿了驚奇，忍不住又道：「你不是走了麼？又怎會來到這裡？」

金無望道：「靜夜之中，哭聲刺耳，聽得哭聲，我便來了。」

朱七七道：「你……你昨夜到哪裡去了？」

金無望搖了搖頭，沒有說話。

朱七七知道他若不願回答這句話，那麼任何人也無法令他回答的，於是她也不再說話。

金無望木立不動，垂首望著她。

朱七七卻不禁垂下頭去。

過了半晌，金無望突然問道：「你哭什麼？」

朱七七搖頭道：「沒有什麼。」

金無望道：「你心裡必定有些傷心之事。」

他語聲雖仍冰冰冷冷，但卻已多多少少有了些關切之意，他這樣的人能說出這樣的話來，已是極爲難得的了。

但他這句話不說也還罷了，一說出來，更是觸動了朱七七的心事，她忍不住又自掩面痛哭了起來。

金無望凝目瞧了她半晌，突然長嘆道：「好可憐的女孩子……」

朱七七霍然站起，大聲道：「誰可憐？我有何可憐？你才可憐哩。」

金無望道：「你嘴裡愈是不承認，我便愈是覺得你可憐。」

朱七七怔了半晌，突然狂笑道：「我有何可憐……我有錢，我漂亮，我年輕，我又有一身武功，誰說我可憐，那人必定是瘋了。」

金無望冷冷道：「你外表看來雖然幸福，其實心頭卻充滿痛苦，你外表看來雖擁有一切，但你卻得不到你最最想得到之物。」

朱七七又怔了半晌，拚命搖頭道：「不對，一千個不對，一萬個不對。」

金無望深深接道：「你外表看來雖強，其實你心裡卻最是軟弱，你外表看來雖然對別人兇，其實你的心卻對每個人都是好的。」

他輕嘆一聲，接道：「只不過……世上很少有人能知道你的心事，而你……可憐的女孩子，你也總是去做些吃力不討好的事。」

朱七七怔怔地聽著他的話，不知不覺，竟聽呆了。

她再也想不到，世上還有人如此同情她，了解她……而如此同情她，了解她的，竟是這平日最最冷冰冰的人物。

她再也想不到在沈浪、熊貓兒這些人那般殘忍地對待她之後，這冷冰冰的人物，竟會給她這許多溫暖……

抬起頭，她只覺這冷酷，醜惡的怪人，委實並非她平時所想像的那麼醜怪，只因他在醜惡的外表下有一顆偉大的心。

她只覺他那雙尖刀般的目光中，委實充滿了對人類的了解，充滿了一種動人的、成熟的智慧。

在這一剎那間，她只覺唯有此刻站在自己面前的這個人，才是世界上唯一真正的男子漢。

她心頭一陣熱血激動，突然撲到金無望身上，以兩條手臂，抱住了金無望鐵石般的肩頭，

嘶聲道：「人們雖不了解我，但卻更不了解你。」

她想到什麼就做什麼，這卻將金無望驚呆住了。

他只覺朱七七冰涼的淚珠，已自他敞開的衣襟裡，流到他脖子上，朱七七溫柔的呼吸，也滲入他衣襟。

良久良久，他方自嘆息一聲，道：「我生來本不願被人了解，無人了解於我，我最高興，但最後……唉，年輕的女孩子，是最渴望別人了解的。」

朱七七輕輕放鬆了手，離開了他懷抱，仰首凝注著他，又是良久，突然破涕一笑道：「昔日雖沒人了解我，但從今而後，卻有了你，世上雖沒有人了解你，但從今而後，卻有了我。」

金無望轉過頭，不願接觸她的目光，喃喃道：「你真能了解我麼……」

朱七七道：「嘿，真的。」

她拉起金無望的手，孩子似的向前奔去，奔到城門口，城門雖仍緊閉，門下卻可避風雪。

她拉著金無望，倚著城門坐下，眨著眼睛道：「從今而後，我要完全地了解你，我要了解你現在，也要了解你過去……你肯將你過去的事告訴我。」

金無望目光遙注遠方，沒有說話。

朱七七道：「說話呀！你爲什麼？無論你以前做過什麼，說給我聽，都沒有關係，我既了解你，便能原諒你。」

金無望嘆息著搖了搖頭，目光仍自遙注，沒有瞧她。

朱七七道：「說呀！說呀！你再不說，我就要生氣了。」

芒。

金無望目光突然收回，筆直地望著她，這雙目光此刻又變得像刀一樣，閃動著可怕的光

朱七七卻不害怕，也未迴避，只是不住道：「說呀，說呀。」

金無望道：「你真的要聽？」

朱七七道：「自是真的，否則我絕不問你。」

金無望道：「我平生最痛恨的便是女子，只要遇著美麗的女子，我便要不顧一切，撕開她的衣服，奪取她的貞操。她們愈是怕我，我便愈是要佔有她，自我十五歲開始，到現在已不知有多少女子壞在我身上。」

朱七七身子不由自主顫抖了起來，緊緊縮成一團。

金無望目中現出一絲獰惡的笑意，接道：「我平日雖然做出道貌岸然之態，但在風雪寒夜，四下無人時，只要有女子遇著我，便少不得被我摧殘、蹂躪……」

朱七七身子不覺的顫抖著向後退去。

但後面已是牆角，她已退無可退。

金無望獰笑道：「這可是你自己要聽的，你聽了為何還要害怕？……你此刻可是想逃了麼……哈……哈……」仰天狂笑起來，笑聲歷久不絕。

朱七七突然挺直身子，大聲道：「我為何要怕？我為何要逃。」

金無望似是一怔，倏然頓住笑聲，道：「不怕？」

朱七七道：「昔日你縱然做過那些事，也只是因為那些女子看到你可怕的面容，沒有看到

你善良的心，所以她們怕你，要逃避你，你自然痛苦，自然懷恨，便想到要報復，這……本也不能完全怪你，世人既然虧待了你，你爲何不能虧待他們，你爲何不能報復？」

她微微一笑，接道：「何況，你此刻既然對我說出這些話來，那些事便未必是真的，更不會也對我做出那種事來。」

金無望道：「你怎知我不會？」

朱七七眨了眨眼睛，笑道：「你縱然做了，我也不怕，不信你就試試。」

她身子往前一挺，金無望反倒不禁向後退了一步，愕然望著她，面上的神情，也說不出是何味道。

朱七七拍手笑道：「你本來是要嚇嚇我的，是麼？那知你未曾嚇著我，卻反而被我嚇住了，這豈非妙極。」

金無望苦笑一聲，喃喃道：「我只是嚇嚇你的麼？……」

朱七七道：「你不願說出以前的事，想必那些事必定令你十分傷心，那麼，我從此以後，也絕不再問你。」

她又拉起金無望的手，接道：「但你卻一定要告訴我，昨夜你爲何要不告而別，你……你究竟偷偷溜到什麼地方去了？」

金無望怔了一怔，道：「不告而別？」

朱七七道：「嗯，你溜了，溜了一夜，爲什麼？」

金無望道：「昨夜乃是沈浪要我去辦事的，難道他竟未告訴你。」

這次卻輪到朱七七怔住了。

她呆呆地怔了半晌，緩緩道：「原來是沈浪要你走的……他要你去做什麼？」

金無望道：「去追查一批人的下落。」

朱七七道：「他自己為何不去？卻要你去？」

金無望道：「只因他當時不能分身，而此事也唯有我可做，我與他道義相交，他既有求於我，我自是義不容辭。」

朱七七道：「哼，義不容辭，哼，你倒聽話得很……為什麼人人都聽他的話？我不懂！」抓起團冰雪，狠狠擲了出去。

金無望凝目瞧著她，嘴角微帶笑容。

朱七七頓足道：「你瞧我幹什麼，還不快些告訴我，那究竟是什麼事？追查的究竟是什麼？難道你也要像他們一樣瞞我。」

金無望沉吟半晌，緩緩道：「沈浪與仁義莊主人之約，莫非你又忘了。」

朱七七道：「呀，不錯，如今限期已到了……」

金無望道：「限期昨夜就到了。」

朱七七道：「如此說來，你莫非是代他赴約去的？但……但你又怎知道這其中的曲折？你又是怎樣向仁義莊主人交代的？」

金無望道：「代他赴約的人，並不是我，我只是在暗中為他監視那些代他赴約的人。」

朱七七著急道：「你愈說我愈不明白，究竟誰是代他赴約的人？」

金無望道：「展英松、方千里、勝瀅……」

朱七七截口呼道：「是他們，原來是他們。不錯，只要他們一去，什麼誤會都可澄清了，沈浪無論去不去，都已無妨。」

語聲微頓，突又問道：「但這些人既已代沈浪去了，爲何又要你監視他們？」

金無望道：「這其中的原故，我也不甚知曉，他只要我將這些人的行蹤去向，探查明白，再回來相告……」

朱七七恨聲道：「原來你們是約好了的。」此事沈浪又將她蒙在鼓裡，她心中自然惱恨，卻終於忍住了，未動聲色。

金無望頷首道：「不錯。」

朱七七道：「約在什麼時候？」

金無望道：「約定便在此刻。」

朱七七四下瞧了一眼，咬著櫻唇，道：「約在什麼地方？」

金無望揚了揚眉道：「就在這裡等。」

一句話竟似有兩個聲音同時說出來的。

朱七七一驚，回首，已有個人笑吟吟站在她身後，那笑容是那麼瀟灑而親切，那不是沈浪是誰。

朱七七又驚，又喜，又惱，跺足道：「是你，你這陰魂不散的冤鬼，你……你是何時來的？」

沈浪笑道：「金兄眉毛一揚，我便來了。」

朱七七道：「你來得正好，我正要問，你……你爲什麼做事總是鬼鬼祟祟的瞞住我，你要他去追查展英松那些人，爲的什麼？」

沈浪道：「此事說來話長……」

朱七七道：「再長你也得說。」

沈浪道：「我是見到那王夫人後，與她一夕長談，她便將展英松、鐵化鶴、方千里等人，俱都放了出來，我一來怕展英松、方千里等人，與你宿怨不解，二來與仁義莊約期已到，是以便請展、方等人，立刻趕到仁義莊去，將此中曲折說明，也免得我去了，此乃一舉兩得之事……」

朱七七道：「這個，我知道，但你爲何又要他去監視？」

沈浪道：「只因我始終覺得此事中還有蹊蹺。」

朱七七道：「自然有些蹊蹺，這我也知道。」

沈浪笑道：「你既知道，我便不必說了。」

朱七七怔了一怔，紅著臉，跺足道：「你說，我偏要你說。」

沈浪微微一笑，道：「試想那王夫人對展英松等人既是完全好意，爲何定要等到我來後，才肯將他們自地下窖中釋放出來！」

朱七七眼睛一亮，道：「是呀，這是爲什麼？」

沈浪笑道：「事後先見之明，你總是有的。」

朱七七嬌嗔道：「你以爲我真的糊塗麼，我告訴你，她暗中必定還有陰謀，但行藏既已被你發現，便只有索性裝作大方，將他們俱都放出……」

沈浪頷首笑道：「好聰明的孩子，不錯，正是如此，但還有，她將展英松等人放出後，自己也說有事需至黃山一行，匆匆走了。」

朱七七道：「是以你便生怕她要在途中攔劫展英松等人，是以你便要他一路在暗中監視，何況，你表面既已與她站在同一陣線，金……兄留在那裡，也多有不便，自是不如在暗中將他支開得好。」

沈浪笑道：「你果然愈來愈聰明了。」

朱七七「哼」了一聲，面孔雖仍綳得緊緊的，但心中的得意之情，已忍不住要從眉梢眼角暴露出來。

沈浪道：「這些事，我本無意瞞著你，但當著王憐花之面，我卻不能向你說出……唉，幸好你在此遇著金兄，否則……否則……」

朱七七眼睛更亮了，道：「否則怎樣？」

沈浪道：「否則又要令人擔心。」

朱七七癡癡地呆了半晌，輕聲道：「你會爲我擔心？鬼才相信哩……」話猶未了，梨渦隱現，已忍不住笑了出來，方才的悲哀、苦惱、委屈、難受……卻早已在沈浪這淡淡一句話裡，消失得無蹤無影。

金無望冷眼瞧著他兩人的神情，臉上又似已結起一層冰來，此刻乾「咳」了聲，沉聲道：「展英松等人一路趕到仁義莊，路上並無任何意外，我目送他一行人入莊之後，便立即兼程趕回。」

沈浪失聲道：「這倒怪了……」

他皺眉沉思良久，方自展顏一笑，抱拳道：「多謝金兄……」

金無望道：「多謝兩字，似乎不應自你口中向我說出。」

沈浪笑道：「不錯，這兩字委實太俗。」

金無望道：「那王夫人既未對展英松等人有何圖謀，你今後行止，又待如何？」

沈浪沉吟半晌，反問道：「金兄此後行止，又待如何？」

金無望仰天長嘆了口氣，道：「仁義莊之約既了，展英松等人亦已無恙，無論如何，此事總算告一段落，我……我也該回去了。」

沈浪動容道：「回去？」

金無望垂首道：「不錯，那柴玉關雖兇雖惡，但他待我之恩情不可謂不厚，終我一生，總是萬萬不能背棄於他……」

霍然抬起頭來，目注沈浪，緩緩道：「卻不知沈相公可放我回去麼？」

沈浪苦笑道：「人以國士待我，我以國士報人……金兄對那柴玉關，可謂仁至義盡，我又豈會學那無義小人攔阻你的義行。」

金無望長長吐了口氣，喃喃道：「人以國士待我，我以國士報人，但……」

再次抬起頭來，再次目注沈浪，凝目良久，厲聲道：「而今而後，你我再會之時，便是敵非友，我便可能不顧一切，取你性命，你今日放了我，他日莫要後悔。」

沈浪慘然一笑，道：「人各有志，誰也不能相強，今後你我縱然是敵非友，但能與你這樣的敵人交手，亦是人生一樂。」

金無望緩緩點頭道：「如此便好。」

兩人相對凝立，又自默然半晌。

忽然，兩人一齊脫口道：「多多珍重……」

兩人一齊出口，一齊住口，嘴角都不禁泛起一陣苦澀的笑容，朱七七卻不禁早已瞧得熱淚盈眶。

她但覺腦中熱血奔騰，忍住滿眶熱淚，跺足道：「要留就留，要走就走，還在這裡囉嗦什麼，想不到你們大男人也會如此婆婆媽媽的。」

金無望頷首道：「不錯，是該走了，江湖險惡，奸人環伺，沈兄你……」

沈浪截口道：「金兄只管放心，我自會留意的，只是金兄你……」

金無望仰天長笑道：「但將血淚酬知己，生死又何妨……」揮揮手，踏開大步揚長而去，再也不回頭瞧上一眼。

朱七七目送著他孤獨的身影，逐漸在風雪中遠去，又回頭瞧了瞧沈浪，突然放開喉嚨，大呼道：「等一等……慢走。」

金無望頓住腳步，卻未回頭，冷冷地問：「你還有什麼話說？」

朱七七咬了咬嘴唇，又瞄沈浪一眼，道：「我……我要跟著你走。」

金無望身子像釘子似的釘在地上，動也不動一下，既未回頭，也未說話，想來他已不知該說什麼。

沈浪雙眉揚起，面上也不禁露出驚詫之色。

朱七七卻不再瞧他了，大聲道：「這世上只有你一個人同情我，了解我，這世上只有你才是真正的男子漢，我不跟著你跟誰。」

金無望似待回頭，只是仰天長笑一聲，向前急行而去，那笑聲中的意味，誰也揣摸不出。

朱七七大呼道：「慢些，等我一等……帶著我走……」

呼聲之中，竟果然展動身形，追了過去。

沈浪伸手要去拉她，但心念一轉，卻又住手，望著朱七七逐漸遠去的身影，他嘴角似是泛起一絲微笑……

朱七七放足急奔，奔出了十數丈開外，偷偷回頭一望，呀，那狠心的沈浪，該死的沈浪竟未追來。

再往前瞧，金無望也走得蹤影不見了。

漫天飛雪，雪花沒頭沒臉地向她撲了過去，眼前白茫茫的一片，心裡又是悲哀，又是氣惱，又是失望……

她忍不住又哭出聲來。她邊哭邊跑，淚水遮住了她的眼睛，她既不辨方向，也不辨路途，只是發狂向前奔……

前途茫茫，她根本不知道自己要去哪裡，縱然辨清了方向，辨清了路途，又有什麼用？

眼淚，好像要結成冰了。

她狠命地用衣袖擦去淚痕，喃喃道：「好，姓沈的，你不拉我，看我真的死了，你對不對得住你的良心，但……但我為什麼不死呢……為什麼不死呢……」

她又舉手擦眼淚，卻突然撞進了一個人的懷裡。

這一撞竟撞得她一連退出去四五步，方自站穩，她正待怒罵，猛抬頭，石像般的站在她面前的，卻正又是金無望。

此時此刻此地再見著金無望，朱七七真有如見到她最最親熱的親人一般，也說不出是悲？是喜？

不管是悲是喜，她卻大呼一聲撲了上去，撲進了金無望的懷抱，抱住了他，比上次抱得更緊。

金無望髮際、肩頭，都結滿了冰雪，他面上也像是結滿了冰雪，但一雙目光，卻是火熱的。

他火熱的目光，凝注著遠方的冰雪。

良久，他自長嘆一聲，道：「你真的跟來了……你何苦來呢？」

朱七七的頭，埋在他胸膛上，帶著哭聲笑道：「我自然要如此，我真的跟著你……從此以後，你永遠再也不會寂寞了，難道……難道你不高興麼？」

金無望道：「從此你永遠都要跟著我？」

朱七七道：「嗯！永遠都要跟著你，永遠不離開，你就算趕我走，我也不會走了……但你也永遠不會趕我走的，是麼？」

金無望苦笑一聲，道：「可憐的孩子……」

朱七七道：「不，不，我不可憐，我才不可憐呢，有你陪著我，我還可憐什麼？你從此可再也不准再說可憐了。」

金無望喃喃道：「可憐的孩子……」

朱七七埋著頭，不依道：「你瞧你，又說了，你說，你說我有什麼可憐？」

金無望嘆道：「你又何苦為了要氣沈浪而跟著我？你又何苦……」

朱七七大聲截口道：「我不是為了沈浪，自己願意跟著你的。」

金無望道：「但沈浪來追你回去如何？」

朱七七道：「我睬都不睬他。」

金無望道：「真的？」

朱七七道：「一千個真的，一萬個真的。」

金無望默然半晌，忽然道：「你瞧，沈浪果然追來了。」

朱七七身子一震，大喜呼道：「在哪裡？」

她身子立刻離開金無望的懷抱，回頭一望，來路雪花迷茫，哪有沈浪的影子——連個鬼影子都沒有。

容。

再回頭，但見金無望嘴角，已泛起一絲充滿世故，充滿了解，但又免不了微帶譏嘲的笑容。

朱七七臉紅了，卻猶自遮掩著道：「他來了我也不睬他，我……我……」

金無望搖頭嘆道：「孩子，你的心事，瞞不了我的，你還是回去吧。」

朱七七頓足道：「我不回去，我死也不回去。」

金無望道：「但你又怎能真的跟著我？」

朱七七道：「你不讓我跟著你，我就死在你面前。」

金無望苦笑望著她半晌，喃喃道：「跟著我也好，反正沈浪必定會跟來的，他任憑朱七七跟著我，只怕也是爲了便於跟蹤我的下落……他未曾明白逼著我帶他去尋柴玉關，已算他對我的一番義氣，他若要暗地跟蹤，自也是天經地義之事，我怎能怪他？」

他自言自語，既像是在爲自己分析，又像是在爲沈浪解釋，他語聲低沉含混，除了他自己，誰也聽不清。

朱七七道：「你說什麼？」

金無望道：「我說……你要跟著我，唉，就走吧。」

兩人急行半日，正午到了西谷。

這是新安城西的一個小鎮，鎮雖小，倒也頗不荒涼，只因此地東望洛陽，北渡大河來往客商，自爲此鎮帶來不少繁榮。

朱七七一路始終拉著金無望的手，入鎮之後，仍未放開，別人要對她怎麼看，對她怎麼想，她全不放在心上。

別人自然要對她看的，心裡也自然是驚奇，又覺好笑，但只要一瞧到金無望的臉，便看也不敢了，笑更笑不出。

朱七七輕聲道：「你瞧，別人都怕你，我好得意。」

金無望道：「你得意什麼？」

朱七七笑道：「我就希望別人怕我，但別人偏偏都不怕，如今我跟著你走，就好像跟著老虎的狐狸一樣，可以沾沾光，也可以當做別人都在怕我了，我自然得意，只是……只是肚子太餓了，想裝神氣些，卻又裝不出。」

金無望忍不住一笑，道：「你此刻便吃得下麼？」

朱七七道：「我又不是多愁善感的女孩子，一遇到件芝麻綠豆大的事，就吃不下，喝不下了……什麼事我都很快就能忘記，照吃不誤，所以我五哥說我將來必會變成個大大的胖子。」

金無望不禁又爲之一笑，道：「胖子又有何不好？走，咱們去大吃一頓。」這冷冰冰的怪人，此刻不知爲了什麼，竟彷彿有些變了。

兩人走了一段路，金無望突然又似想起了什麼，當下問道：「你五哥可就是江湖人口中常說的朱五公子？」

朱七七嘆了口氣道：「不錯，我那五哥，可真是個怪物，我家裡的靈氣，彷彿全被他一個佔盡了，無論走到哪裡，他都最得人緣，最能討人喜歡，我真不知道這是爲了什麼？」口中雖在嘆氣，心中其實卻充滿了得意之情。

金無望道：「我也久聞朱五公子之名，都道此人乃是濁世中翩翩佳公子，只可惜直到此刻，我仍未見過他一面。」

朱七七道：「莫說你見不著他，就連我們這些兄弟姐妹，幾乎有三兩年未曾見著他了，他總是像遊魂似的，呀，到了。」

「到了」的意思，並非說「遊魂」到了，而是說飯舖到了——一間小小的門面，五張小小桌子，收拾得乾乾淨淨，酒香、茶香一陣陣從門裡傳了出來，只可惜桌子上卻坐滿了人。

金無望道：「此地生意太好……」

朱七七道：「生意好的地方，酒菜必定不差。」

金無望道：「怎奈座無虛席。」

朱七七道：「無妨，你跟著我來吧。」

拉著金無望走進去，走到角落上的桌子邊一站，這桌子上坐的是兩個面團團的商人，正吃得高興，猛一抬頭，瞧見金無望，直嚇得忍不住打了個寒噤，趕緊垂下頭，再也吃不下了。

朱七七拉著金無望，站著不動，那兩人手裡拿著筷子，挾菜又不是，放下又不是，竟拿著筷子就去算帳了。

於是朱七七與金無望便在這張桌子坐下。

金無望搖頭道：「果然有你的。」

朱七七道：「這就叫做狐假虎威。」

金無望忍不住大笑起來，但笑了半晌，又突然停頓。

朱七七道：「你爲何不笑了，我喜歡你笑的模樣。」

金無望默然半晌，一字字緩緩道：「這半日來，我笑的實已比以往幾年都多。」

朱七七呆呆地望著他，久久說不出話來，她心裡究竟是酸？是甜？是苦？連她自己也不知道。

幸好這時酒菜已送來，於是朱七七放懷吃喝。

金無望卻是實難下咽，朱七七便不住爲他挾菜，別的人既不敢瞧他們，又忍不住要偷偷來瞧。

只因這兩人委實太過奇怪，男的太醜，女的太美，又似疏遠，又似親密，這兩人之間究竟是何關係誰也猜不出來。

朱七七只作不知不見，笑道：「這一塊你非先吃下去不可，空著肚子喝酒，要喝死人的。」

伸出筷子，挾了塊排骨，要送到金無望碗裡。

但，突然間，她身子一震，筷子挾著的排骨，「噗」地掉進醬油碟裡，她目光直勾勾瞧著座前面的窗子，面上竟已無血色。

金無望動容道：「什麼事？」

朱七七用筷子指著金無望身後的窗戶道：「你……瞧……」語竟已無法成聲，筷子不住的「喀喀」直響，顯見她的手竟抖得十分厲害。

金無望變色回首，窗外卻是空空蕩蕩，什麼也沒有，他又是奇怪，又是著急，沉聲道：「瞧見什麼？」

朱七七顫聲道：「窗……窗外有個人。」

金無望道：「哪有什麼人？你眼花了麼？」

朱七七道：「方才有的，你一回頭，他就走了。」

金無望道：「是誰？」

朱七七道：「就……就是那惡魔，那害得我又癱又啞的惡魔。」

金無望動容道：「你可瞧清楚了？」

朱七七道：「我瞧得清清楚楚，他的臉，我一輩子都不會忘記。」直到此刻，她竟仍未定過神來，語聲竟仍有些顫抖。

金無望面上也變了顏色，雙眉皺起，沉思不語。

朱七七道：「你可要追出去？」

金無望搖頭道：「此刻必定已追不著了。」

朱七七惶然道：「那……那怎麼辦呢？我此刻一見著他，吃也吃不下，睡也睡不著了，他好像隨時隨地都跟在我背後，還要來害我，我只要一閉起眼睛，就好像瞧到他正衝著我獰笑……」突然放下筷子，用手掩面，幾乎哭出聲來。

金無望沉思半晌，霍然站起身來，拿出錠銀子，拋在桌上，拉起了朱七七的手，沉聲道：「你跟我來。」

朱七七道：「哪……哪裡去。」

金無望面色鐵青，也不回答，拉著朱七七走出店外，四下辨了辨方向，竟直奔鎮外最最荒僻之處而去。

朱七七又是詫異，又是驚懼，她委實已被那惡魔嚇破了膽，世上她誰也不怕，可就是怕「他」。

只見金無望板著臉，大步而行，四下的地勢，愈來愈是荒僻，此刻縱已雪霽日出，朱七七還是不禁冷得發抖。

她不知不覺間，用兩隻手扳著金無望的肩膀，倚到他身上，自後面看去，一個高大英偉的男子身旁，倚靠著個窈窕纖弱的少女，依偎而行，這景象確是令人艷羨，但走到前面一看，一個嬌笑仙女與一個奇醜大漢，並肩走在灰濛濛的積雪荒原上，這景象卻有說不出的可怖。

金無望肩上雖然多了個人的重量，走得仍是極快。

朱七七忍不住又問道：「前面是什麼地方？」

金無望道：「我也不知道。」

朱七七一怔，吶吶道：「那……那麼你要走到哪裡去？」

金無望道：「我也不知道。」

朱七七又驚又怒，道：「你……你……」

金無望道：「我這是在做什麼，你立刻便會知道的。」

語聲微頓，突又低叱道：「來了。」

朱七七倒抽了口涼氣，屏息聽去，只聽身後果然有陣衣袂帶風之聲，傳了過來，來勢迅急異常。

但金無望卻未停步，也未回頭。

朱七七自也不敢回頭，只是在心中不住暗問自己：「來的是什麼人？莫非……莫非是他麼？」

只聽那衣袂帶風之聲，到了他們身後，身形便自放緩，竟始終不即不離地跟著他們，既不趕上前來也不說話。

朱七七只覺一陣寒意，自背脊升起，當真有如芒刺在背一般，當真忍不住要回頭去瞧上一瞧。

但她畢竟忍住了，只是一雙手，抱得更緊。

只覺金無望腳步加緊，身後那人腳步也加緊，金無望腳步放緩，身後那人腳步也放緩。

朱七七此刻已可斷定，身後這人必定便是那惡魔，她也恍然發現，金無望故意走到這等荒僻之地，也是爲了要將「他」引來。

但卻猜不透金無望如此做法，究竟是爲了什麼？他若要將「他」除去，此刻便已該動手了。

他若無意將「他」除去，此刻該有些舉動才是呀。

金無望腳步愈走愈快，到最後竟在這荒涼的雪原上兜起圈子來了，那人竟也跟著他兜圈子。

朱七七忍不住又要問他，但還未問出口來，耳中已傳入金無望以「傳音」之術說出的語聲。

只聽他一字字道：「此人武功雖不弱，但內力卻不濟，我此刻便是在故意消耗他的內力，等他內力不濟，再激他動手，便可取他性命。」

朱七七又驚又喜，真恨不得抱起金無望的脖子，在他臉上親一親，來表示她的讚許和感激。

突然金無望仰天一笑，道：「好……好。」

那人也嘶聲笑道：「好……好。」

金無望道：「我明知你要來的。」

那人也道：「我明知你要來的。」

金無望道：「你既來了，爲何不說話？」

那人也道：「你既來了，爲何不說話？」

金無望怒道：「你此刻可是在戲弄於我？需知我雖與你同門，卻與你絕無交情，你可知我將你誘至此地，便要取你性命。」

那人似是驚「噫」了一聲，但口中還是學道：「你此刻可是在戲弄於我，需知……」

金無望突然厲叱一聲，道：「你是什麼人？」

語聲之中，霍然帶著朱七七轉過身去。

那人收勢不及，幾乎撞在他們身上——直衝到他們身前不到一尺之處，才拿樁站住——那

一張又髒又醜的怪臉，便恰巧停在朱七七面前，那是他們心中所猜想的「惡魔」，卻赫然正是金不換。

這一變化，不但使朱七七大驚失色，金無望也大出意外——他們未引來狐狸，卻引來了一隻狼。

朱七七失聲驚呼，道，「是……是你！」

金無望怒喝道：「原來是你。」

金不換咯咯笑道：「是我……兩位未曾想到吧！」

朱七七大聲道：「你鬼鬼祟祟，跟在咱們身後，要幹什麼？」

金不換擠了擠眼睛，笑道：「我只是想瞧瞧，兩位親親熱熱的，走到這荒郊來，究竟是爲了什麼？這裡可不是親熱的地方呀。」

金無望怒喝道：「住嘴。」

金不換道：「好，住嘴，大哥叫我住嘴，我就住嘴。」

仰天一陣怪笑，接道：「如今我才知道，我們的大哥，畢竟是有苗頭的，三下兩下，就從沈浪手上將這位朱姑娘搶了過來。」

金無望目光閃動，面露殺機。

朱七七卻忍不住大罵道：「你放的什麼屁？」

金不換大笑道：「好兇的嫂子……嫂子，你真兇，小弟告訴你件秘密，我這大哥看來雖老實，其實呀……哈哈，哈哈。」

朱七七忍不住問道：「其實怎樣？」

金不換道：「其實我這大哥卻風流得很，自他十五歲那年，就不知有多少女子為他害相思病了，到後來……」

金無望冷冷望著他，聽他說話，也不阻攔，但金不換卻故意像偷望了他一眼，故意頓住語聲。

朱七七果然忍不住問道：「到後來怎樣？」

金不換道：「咳咳，我不敢說。」

朱七七道：「你說，沒關係。」

金不換嘻嘻笑道：「這些女子纏得我大哥不能練武，到後來我大哥一發狠，竟自己毀去了他潘安般的容貌。」

朱七七失聲道：「呀……」

金不換道：「容貌雖是他自己毀去的，但他毀了之後，性情竟也跟著變了，非但對女子恨之入骨，對男子也不理不睬。」

朱七七呆了半晌，幽幽道：「原來是這麼回事……原來你那時果然是在騙我。」

金不換道：「騙你……我可沒有騙你……」

朱七七跺足：「啐！誰跟你說話。」

金不換瞧了瞧她，又瞧了瞧金無望，嘻嘻笑道：「我明白了……我明白了，原來嫂子是和大哥說話，原來大哥以前曾經騙過嫂子，卻被我揭破了。」

他一連說了好幾聲「嫂子」，朱七七臉不禁又紅了。

她又羞又惱，罵道：「放你的屁，誰是你的嫂子。」

金不換也不理她，自言接道：「嫂子，小弟向嫂子說了這麼多秘密，嫂子你多多少少，也該給小弟一些見面禮才是呀。」

朱七七道：「好，給你。」

揚手一掌，向金不換臉一摑了過去。

只聽，啪的一聲，金不換竟未閃避，這一掌竟清清脆脆的摑在他臉上，他也不著惱，撫著臉笑道：「嫂子所賜，小弟生受了，唉！這又白又嫩的小手，摑在臉上當真是舒服得很，大哥你當真是艷福不淺呀。」

金無望突然冷冷道：「你說完了沒有？」

金不換道：「說完了。」

金無望一字字緩緩地道：「我與你雖已情義斷絕，但是今日念在你自幼隨我長大，我再次饒你一命……」

突然暴喝一聲，道：「滾，快滾，莫等我改變了主意。」

金不換神情不動，仍然笑道：「大哥要我滾，我就滾，但是我還有句話要問大哥，問完了再滾也不遲。」

他不等金無望答話，便又接道：「不知大哥你可知道沈浪此刻在哪裡？」

朱七七奇道：「你找沈浪則甚？」

金不換咯咯笑道：「要找沈浪的人可多啦，何止我一人。」

朱七七更奇，忍不住追問道：「還有誰要找他？」

金不換道：「仁義莊三位前輩、斷虹道長、天法大師、『雄獅』喬五，還有……便是小弟，小弟雖無用，但這些人卻不是好惹的。」

朱七七道：「這些人都要找他，找他幹什麼？」

金不換道：「沒有什麼，只不過要宰他的腦袋。」

朱七七身子一震，吃驚道：「爲什麼……爲什麼？」

金不換道：「爲了他違約背信，爲了他多行不義，爲了他外表仁義，內心險惡，爲了他……唉，不用再說，也已足夠了。」

朱七七驚得瞪大了眼睛，道：「但……但沈浪已將展英松、方千里這些人，全都送到『仁義山莊』去了呀，有他們去，便已可解釋了呀。」

金不換道：「展英松等人全是沈浪送去麼？」

他聲音突然提得出奇的高亢，但朱七七也未留意。

她應聲道：「不錯，全是沈浪送去的。」

轉首瞧了金無望一眼，道：「你可以作證，是麼？」

金無望面上也不禁現出驚疑之色，頷首道：「不錯，我親眼瞧見他們入莊去的。」

朱七七道：「這難道還有什麼差錯不成？」

金無望詭笑道：「不錯，他們的確都已入莊了。」

朱七七鬆了口氣，道：「這就是了……」

金不換冷冷接道：「但他們入莊之後，一句話還未說出，便已氣絕而死，哼！……死得當真是乾乾淨淨，一個不留。」

他話未說完，朱七七已不禁失聲驚呼出來

金無望也自聳然失色，道：「他……他們是如何死的！」

金不換冷笑道：「他們不先不後，一入莊門，便自同時倒地，方自倒地，便已同時氣絕，全身一無傷痕，想必是毒發斃命，但仁義莊那許多見多識廣的高手，竟無一人看出他們中的是什麼毒。」

他仰天乾笑數聲，接道：「下毒倒也不奇，奇的是他竟能將時間算得那般準確……嘿嘿，哈哈，果然是好手段，好毒辣的手段。」

這番話說將出來，就連金無望也不禁為之毛骨悚然。

朱七七顫聲道：「這……這絕非沈浪下的毒。」

金不換冷笑道：「人是他送去的，毒不是他下的，是誰下的？」

朱七七道：「是她……是那女子！」

金不換道：「她是誰？那女子又是誰？」

朱七七跺足道：「我跟你說，也說不清的。」

一把拉住金無望，道：「走，咱們一定要先將這消息告訴沈浪。……」

金不換冷冷截口道：「你們不必麻煩了，自然有人去尋沈浪，反正他是再也逃不了的……

至於你們麼……唉，此刻只怕也不能走了。」

金無望瞠目怒叱道：「你敢攔我不成？」

金不換皮笑肉不笑，陰惻惻道：「我怎敢……但他們……」眼珠子滴溜溜四下一轉，金無望、朱七七，不由自主，隨著他瞧了過去。

只見灰茫茫的雪原上，東、南、西、北，已各自出現了一條人影，緩步向他們走了過來。

這四人走得彷彿極慢，但眨眼卻已到了近前——

東面的一人，長髯飄拂，飄飄如仙，但清癯的面容上，也帶著層肅殺之氣，赫然正是「不敗神劍」李長青。

南面的人，身高八尺，虬髯如戟，圓睜的雙目中，更滿現殺氣，亦是「仁義三老」之一，「氣吞斗牛」連天雲。

西面的一人，身軀彷彿甚是瘦弱，走兩步路，便忍不住要輕輕咳嗽一聲，卻是冷家三兄弟中的大哥。

北面的一人，神情看來最是威猛，面上殺氣也最重，正是當今佛門中第一高手，五台天法大師。

這四人無一不是煊赫一時，身懷絕技的武林高手，有這四人擋住路途，那真是誰也無法脫身的了。

金不換不等這四人走到近前，凌空一個翻身退出丈餘，大聲道：「方才的對話各位可聽到了麼？」

連天雲大喝道：「聽得清楚得很。」

金不換道：「在下未說錯吧，那些人果然全都是沈浪送去的。」

連天雲恨聲道：「你他媽的真都猜對了，沈浪那狗蛋，饒不得他！」他年紀雖已有一把，但盛怒之下，說起話來，卻仍不改昔日那副腔調。

金不換道：「好教各位得知，這裡有個比沈浪更精彩的人物……嘿嘿，這是各位走運，竟會在無意中撞見他。」

李長青沉聲道：「誰？」

其實這時四人八道目光，早已凝注在金無望身上——金無望身形雖然屹立未動，心裡已難免有些驚惶。

只聽金不換大聲道：「各位請看，這便是『快活王』門下四大使者中的『財使』金無望了，各位只怕早已久仰他的大名了吧。」

話猶未了，李長青等四人已一步竄了過來，將金、朱兩人緊緊圍住，目光更是刀一般盯在金無望臉上。

朱七七身子不覺向金無望靠得更緊了些。

但見這四人瞪著金無望，金無望也瞪著他們，雙方久久都未說話——此刻之情況，實已用不著說話。

金無望不問也知道四人的來意，這四人也知道自己若是問話，對方是萬萬不會回答的，是以不問也罷。

這相對的沉默之間，實是充滿了殺機，日色卻似已漸漸黯淡，寒風呼號，有如人們的殺伐吶喊。

朱七七實在忍不住了，大聲道：「你們要幹什麼？」

四人轉目瞧了她一眼——只是一眼，便又將目光移回金無望面上，似是根本不屑瞧她，更不屑回答她的話。

朱七七嘶聲呼道：「你們好歹也該問些話呀，這……這樣又算是什麼？」

這次四人卻連瞧也不瞧她一眼了。

朱七七咬嘴唇道：「他們不說話，咱們走。」

站在外面的金不換突然放聲狂笑起來。

他狂笑道：「各位聽聽，這丫頭說得好輕鬆。」

朱七七怒道：「你們不說話，便該出手，你們不出手，咱們自然就得走了，難道就跟你們在這裡站著，站一輩子不成？」

李長青嘆了口氣，道：「你還要我等出手麼？」他雖然終於說出話來，卻像不是向朱七七說的，目光一直凝注著金無望。

金不換應聲道：「對了，你還要咱們出手麼？你若是識相的，便該乖乖束手就縛，有問必答，也免得皮肉受苦。」

金無望冷笑不語。

朱七七卻忍不住大罵道：「放屁，你……」

連天雲厲叱一聲，截口道：「跟這樣的人還囉嗦什麼，三拳兩腳，將他們打倒，用繩子綁將起來，那麼再對他說話也不遲。」

金無望突也仰天狂笑起來，狂笑道：「好威風呀！……好煞氣，金某正在這裡等著你們五位大英雄、大豪傑，一齊出手……請，請！」

朱七七眼珠子一轉，突也笑道：「好可憐呀……好可惜，堂堂五位成名露臉的英雄，卻只知以多爲勝，仗勢欺人……」

連天雲怒喝道：「臭丫頭，快閉住你的嘴，且瞧你爺爺們可是以多爲勝之輩……各位請退一步，待咱家先將這廝擒來。」

李長青微一皺眉，連天雲卻已掠了出去。

金無望道：「你真敢一人與我動手？」

連天雲怒道：「不敢的是龜孫子。」

金無望冷冷道：「我瞧你還是退下吧，『氣吞斗牛』連天雲，昔日武功雖不弱，但衡山一役後，你武功十成中最多不過只剩下三成了，怎能與我交手？」

連天雲狂吼一聲，雙拳連環擊出，口中怒喝道：「誰來助我一拳，我連天雲先跟他拚了。」

金無望輕推開朱七七，道：「留意了！」口中說話，身形一閃，便已將連天雲兩拳避開。

李長青是何等角色，瞧得他身形一閃之勢，便知此人，實是身懷絕技，當下退後幾步，向冷大遞了個眼色。

冷大一掠而來，咳嗽兩聲，道：「何事？」

李長青沉聲道：「此人武功之深，深不可測，三弟四十招內，雖不致落敗，但四十招後，氣力不濟便非敗不可。」

冷大道：「想必如此。」

李長青道：「你近來自覺功力怎樣？」

冷大微微一笑道：「還好。」

李長青道：「你那咳嗽……」

冷大含笑道：「要它不咳，也可以的。」

李長青目光轉動，但見金不換面帶微笑，袖手旁觀，天法大師雖然躍躍欲試，卻礙著連天雲之言，未便出手。

他兩人一左一右，有意無意間將朱七七去路擋住。

李長青一眼瞧過，語聲放得更低，道：「金不換素來極少出手，天法上次受了沈浪之內傷，也未見完全復原，而我……唉，總之，瞧今日情況，是非你出手不可的了，你自信還能取勝麼？」

冷大道：「不妨一試。」

李長青道：「好，但是此刻你卻出手不得，老三的脾氣，你是知道的，是以你唯有等他施

出那一招時，便趕緊插手……如今已過了二十招了，再有十七八招，老三那一招便必定會出手的，你懂麼。」

冷大道：「懂。」他說話雖比他三弟多些，卻也不肯多說一個字。

連天雲出拳如風，片刻已攻出二十餘招之多，那拳路攻將出去，當真有排山倒海之勢，令人見而生畏。

金無望手腳一時間竟似被他這威猛的拳路閉死，只是仗著奇詭而輕靈的身法，招招閃避。但見拳風動處，冰雪飛激。

飛激的冰雪，若是濺在人臉上，立時就會留下個紅印子——朱七七臉上的紅印子，已經有兩三個了。

她瞧得既是驚駭，又是擔心，暗道：「誰說連天雲功夫已減弱？他此刻的功力若是有昔日的三成，那麼他昔日豈非一拳便可打死當時任何一位高手。……金無望只怕是聽信傳言，弄錯了，他連這一人都不能戰勝，還有四個怎麼辦。」

要知朱七七的性子最是偏激，所以才會做出別人做不出的事，什麼禮教、規矩，她是全不管的。

她若是跟誰要好，便一心只希望他取勝，至於雙方誰正誰邪，誰是誰非，她更不放在心上。

至於此刻雙方本就互有曲直，她自然更恨不得金無望一掌便將連天雲劈死，她才對心意——連天雲這人是好是壞，她從來都未想過。

而金無望卻偏偏落在下風，她自然著急。

但她卻不知連天雲功力實已大大受損，與昔日相比實已只剩了三成，只是連天雲也是火爆的性子，只要一動手，便將自己所剩的這三成功力，全都使了出來，絕不爲自己留什麼退路。

金無望交手經驗，是何等豐富老練，他早已瞧出此點，是以絕不拚命，只在消耗連天雲的氣力。

他自己的氣力還要留下爲自己殺開血路，留下與別人動手。他狠毒的招式，也是留下來對付別人的。

再過七招，連天雲攻勢果然已漸漸弱了。

他額角之上，也開始露出了汗珠。

金無望招式卻漸漸露鋒芒，漸漸佔得機先。

突然，連天雲雙拳齊出，一招「石破天驚」帶著虎虎的掌風，直擊金無望胸膛，當真有石破天驚之勢。

李長青沉聲道：「這是他第三十八招了。」

冷大點了點頭，全神貫注——

但見金無望腳下微錯，倒退一步，他自是不願與連天雲硬接硬拚，腳下退步，力留餘勢，等著連天雲下一招攻來。

那知連天雲身子竟突也倒退一步站住不動，口中大喝道：「住手。」

這一喝，喝聲竟有如雷霆一般，震得朱七七耳鼓，嗡的一響，腦子也都震得暈暈的，片刻間再也聽不到別的聲音。

金無望首當其衝，更覺得彷彿有一股氣流，隨著喝聲而來，當胸也彷彿被人擊了一錘。他身子竟不由得晃了一晃，但身形、腳步、氣勢、心神，仍絲毫未動，仍保持著直攻直守的功架。

就在這時，已有一條削瘦的人影，飛身而來，像是一把刀似的，插在他兩人身子中央。

原來，連天雲方才那一聲大喝，竟是他成名之絕技，當年武林中人，都知道這就是連天雲的「舌底錘」。

這「舌底錘」有質無形，乃是氣功中一種最最上乘的秘技，其威力、性質，都與佛家之「獅子吼」極為近似。

連天雲號稱「氣吞斗牛」，氣功自是不弱，昔日他功力全盛之際，這一聲「舌底錘」喝將出去，對方必定要被震得失魂落魄，身法大亂，加以他喝的又是「住手」兩字，這也使得對方為之一怔。

高手相爭，怎容得這一亂，一怔，對方縱未被他這一「錘」擊倒，但只要他跟著一招攻出，那是必定手到擒來的了——昔日武林中委實不知有多少高手，葬送在他這一著「舌底錘」下。

怎奈他此刻氣功已被人破去大半，「舌底錘」的威力，十成中最多也不過只剩下兩三成而已。是以金無望在他這「舌底錘」下，雖驚而不亂。

連天雲也並非不知道自己這「舌底錘」已無昔日之威力，但他天生是不甘服輸的脾氣，每到情急之時，便不禁將這一著施將出來——李長青與他多年兄弟，自也算準了他要施出這一著的。

「舌底錘」一出，冷大立時飛身插入。

連天雲怒道：「閃開，誰叫你來插手。」

冷大微微笑道：「你已叫人住手，我自然便可出手了。」

連天雲怔了一怔，身子已被李長青拖了回去。

金不換嘻嘻笑道：「有趣……有趣。」

天法大師沉聲道：「本座……」

金不換道：「大師爲何急著出手？反正這廝已是網中之魚，大師爲何不先瞧瞧冷家三兄弟從來不肯輕露的武功秘技？」

天法大師微一沉吟，果然頓住了腳步。

原來冷家三兄弟在武功中之地位，最是奇特，他們的身分是「仁義莊」的奴僕，他們的武功卻屬頂尖高手。

他們從不求名，更不求利，也從不參與江湖中的是非，除非有人要危害到「仁義莊」，他們絕不出手。

但只要他們一出手，與他們動手的人，便極少能活著回去，是以江湖中便極少有人知道他們的武功來歷。

他們的身世，更是個謎，他們自己從不向人提起，別人縱然四下打聽，也打聽不出絲毫頭緒。

神秘的武功，神秘的身世，再加上他們那神秘的脾氣，便使得這兄弟三人，成了江湖奇人中的人物。

是以就連天法大師這樣的人，也不免動了好奇之心，要瞧瞧這冷家三兄弟中的老大，究竟有何驚人的身手。

冷大此時卻在不住咳嗽。朱七七忍不住道：「你身子有病，還能與人動手麼？」

冷大抬頭向她一笑，道：「多謝好心，咳咳。」

朱七七嘆道：「這裡還有這麼多人，卻爲何要你出手，金……金大哥，你還是讓他回去吧，換上個人來。」

金無望冷冷一笑，閉口不語。

金不換卻冷冷笑道：「朱姑娘，小嫂子，你怕他生病，打不動麼，嘿嘿，少時他要你變作寡婦時，你才知道他的厲害。」

朱七七滿面怒容，要待發作。

十四　初脫虎口

金不換語意刻薄，朱七七正要發作，冷大已轉身怒叱道：「住口！」

金不換怔了一怔，道：「你要我住口？」

冷大道：「正是要你住口。」

金不換道：「你……你連誰是敵人，誰是朋友都分不出麼？」

冷大道：「我寧可有他這樣的仇敵，也不願有你這樣的朋友。」

這句話包含的哲理，正是說：「卑鄙的朋友，遠比正直的仇敵要可怕得多。」

金不換面上不禁現出羞惱之容，轉目去瞧李長青，似是在說：「你家的奴僕對我這般無禮，你不說話麼？」

那知李長青卻毫無反應，對他與冷大之間的對話、神情，彷彿根本就未聽到，也未瞧見。

金不換再轉眼去瞧冷大，冷大一雙冷冰冰的目光，正在猛瞪著他，他面上的怒容，立時消失了，哈哈一笑，道：「這一次在下的馬屁，只怕是拍在馬腿上了，好，好，在下不說話就是，冷兄可以動手了麼？」

冷大冷冷一笑，這笑聲中，也說不出包含有多少輕蔑不屑之意，然後，他回首對金無望，道：「請！」

朱七七也不說話了，她已知道這滿面病容骨瘦如柴的冷大，必定身懷絕技，否則欺軟怕惡的金不換絕不會如此畏懼於他。

她睜大了眼睛，等著瞧他出手。

但金無望與冷大兩人，卻仍未出手。

兩人面面相對，目光相對，身形絕未擺出任何架式，全身上下，每一處看來彷彿俱是空門。

但兩人彼此都知道，對方此刻身形雖無功架，但精神、意志，卻正是在無懈可擊的狀況之中。

兩人之間，若有誰先出手，除非一著便能佔得先機，否則反而會被對方以後發之勢制住。要知爭先之人，出手必是攻勢，而普天之下，以攻勢爲主的招式，防守處便必有空隙之處。

他若一招不能佔得先機，對方勢必會對他防守的空隙間反擊而來，那麼，自己攻擊對方時，對方是在無懈可擊的狀況中，而對方攻擊自己時，自己卻是有隙可乘——高手相爭，怎容得有這絲毫差錯。

自從冷大一聲「請」字出口，兩人非但身子不敢動一動，連眼睛都不敢眨一眨——李長青、天法大師、金不換，無一不是當今武林的頂尖人物，自然都知道這兩人雖然迄未出手，但局勢卻已比任何激戰都要緊張得多，是以人人俱是屏息靜氣，不敢分散了他們的神智。

朱七七也漸漸覺察出這兩人之間的情況，實是生死呼吸，間不容髮，她凝注著這兩條石像般木立不動的人影，但覺這實比她有生以來所見的任何一場激烈的戰鬥，都更要令她驚心動魄。

寒風就在他們耳畔呼號，但他們誰也聽不到了。

在這一刻間，人人都覺得天地一片死寂，沒有任何動靜，唯有自己的呼吸漸漸急促，心跳漸漸加劇。

也不知過了多久。

冷大但覺自己的體力，在急劇的消耗著，他雖還未曾動彈過一根手指，但體力的消耗，都比他一生經歷的大小百十戰還要劇烈。

他只覺額上已沁出汗珠，沿著他的面頰，就像是有無數條小蟲在他臉上爬過似的，癢得鑽心。

但他卻仍咬牙忍住。

他只覺目光已漸漸朦朧，四肢關節，也已漸漸發軟，漸漸痲木——漸漸變得彷彿刀割般疼痛。

但他卻也仍咬牙忍住。

只因他深知這一場爭戰不但是在考驗他兩人的武功，更主要的是在考驗著他兩人的意志與堅忍。

他知道自己此刻雖然受苦，對方又何嘗不然。

兩人之間，若有誰能多忍一刹那，便能得勝——只要多忍一刹那，便已足夠。只因這一刹那已足夠分別出他倆的勝負、生死。

這是何等重要的一刹那，他死也要忍住。

他告訴自己：「冷大，你絕不能倒下去，此刻，說不定金無望已支持不住了，你只要再等片刻他便可倒下。」

就仗著這信心，他拚命支持著，拚命張大眼睛。

雖然，他明知自己只要輕輕閉起眼睛，所有的痛苦便會終結，這是何等容易的事，但他卻不能這樣做。

想來，金無望亦是如此。

又不知過了多久。

這時非但金無望與冷大兩人已是苦不堪言，就連旁觀著的李長青、天法大師等人，亦是滿頭大汗，有如自己也方經一場激戰似的。

金不換突然悄悄一扯李長青衣袖。

兩人交換了個眼色，身形溜過丈餘。

金不換悄聲道：「李兄且看這一戰兩人是誰勝誰負？」

李長青沉吟半晌，苦笑道：「若論武功之強韌，意志之堅忍，交手經驗之豐富，臨敵判斷之冷靜，他兩人可說是棋逢敵手，不相上下！」

金不換頷首道：「不錯，他兩人都可稱得上是江湖罕睹的硬手，咱們這武林七大高手比起他們來，可實在要覺得有些害臊。」

李長青長嘆一聲，道：「但兩人交手，勝負之分，除了要看雙方之武功、意志、經驗、冷靜外，體力之強弱，亦是極主要的一個因素。」

金不換笑道：「李公之言，實是中肯之極。」

李長青嘆道：「冷大所有一切，雖都不在金無望之下，但體力……唉，他近年來似已積疾成癆，再加以酗酒過度，兩人如此這般耗下去，冷大的體力……唉，只怕便要成爲他的致命之傷了。」

金不換道：「那……又當怎生是好？」

李長青垂首道：「兩人相爭，優勝劣敗，本是絲毫不能勉強之事，只是……」

金不換目光閃動，截口笑道：「只是李公此刻還存萬一之想，但願冷大僥倖能勝，等到冷大真個不支時，再令人替換於他。」

李長青苦笑道：「不錯，除此之外，還有何策？」

金不換道：「但李公昔年受創之後，至今功力仍未恢復，卻不知能否……」目光凝注李長青，故意頓住語聲。

李長青嘆道：「不瞞金兄，在下若與此人動手，更是敗多勝少。」

金不換道：「然後，自是天法大師上陣，但天法大師能勝得了他麼？」

李長青沉吟半晌，目注金無望，道：「此人武功實是深不可測，除非他連經劇戰之後，氣

力不濟，否則……」長嘆一聲，住口不語。

金不換道：「此人功力，在下倒略知一二。」

李長青道：「請教。」

金不換道：「此人練武之勤苦，在下實未見過第二人在他之上，何況，他又素來不近女色，若論氣力之綿長，在下亦未見過第二人在他之上，昔日曾有十餘人與他車輪大戰，連經十餘戰之後，他仍是面不改色。」

李長青變色道：「若真的如此，只怕……」

金不換道：「只怕天法大師也難以取勝，是麼？」

李長青頷首嘆道：「不錯，天法大師功力雖深，但若論對敵時之機智，招式之奇詭，出手之陰毒，卻萬萬不及此人，他實是敗多勝少。」

金不換道：「天法大師若非他的敵手，在下更連上陣都不用上陣了，只因在下根本不用動手，已知絕非他的敵手。」

李長青道：「這……唉！」嘆息著搖了搖頭，說不出話來——只因他深知金不換此番說的，倒不是假話。

金不換道：「你我五人，顯然全不是他的敵手，難道今日就只能眼瞧著他將我五人一一擊敗，然後揚長而去麼？」

李長青道：「這……除非……」

金不換道：「除非怎樣？」

李長青頓了頓足，道：「除非你我一齊出手。」

金不換說了半天，爲的就是要逼出他這句話來，此刻不禁撫掌笑道：「正該如此，你我對付此等惡魔，也用不著講什麼江湖道義，與其等到那時，倒不如此刻一齊出手罷了。」

李長青垂首沉吟半晌，抬起頭，只見就在這幾句話的功夫裡，冷大已更是不支，金無望目光卻更明亮。

金不換連連問道：「怎樣……怎樣……」

李長青咬了咬牙，道：「好，就是如此。」

他話未說完，金不換已截口獰笑道：「既是如此，金無望拿命來吧。」

笑聲之中，幾點寒星，暴射而出，直打金無望前胸下腹——他出手如此迅快，顯然早已將暗器準備好了。

金無望此刻正是全神貫注，絲毫不能分心，這暗器驟然襲來，他怎能閃避，眼見他已要遭毒手。

朱七七放聲驚呼，也援救不及。

那知金無望竟偏偏能夠閃避，一個翻身，掠空丈餘，七八點寒星，俱都自他足下打過。

金無望身形凌空一轉，已掠到朱七七身側，口中厲道：「金不換，我早已算定你有此一著，是以始終分心留意看你，你若想要害我，還差得遠哩。」

眾人一聽他方才根本未曾將全部心神都用來對付冷大，冷大已是不支，俱都不覺更是吃驚。

金不換喝道：「大家一齊上呀，先將這兩人收拾下來再說。」

他口中呼喝雖響，卻還是不肯搶先出手。

天法大師瞧了李長青一眼，李長青微微頷首，兩人再不說話，一左一右，夾擊而上，眨眼間便各自攻出三招。

金不換這才出手，冷大卻倒退了幾步，唯有連天雲還是站在那裡，低垂著頭，彷彿正在想著心事。

金無望手拉著朱七七，左迎右拒，擋了三招，突然冷笑道：「李長青，你且瞧瞧連天雲。」

金不換喝道：「莫要回頭，莫要上他的當。」

李長青心裡也正如此在想，但究竟手足情深，關心太過，究竟還是忍不住要回頭去瞧上一眼。

他這一眼不瞧還罷，一瞧之下，又不禁大驚失色。

原來連天雲此刻非但低垂著頭，連眼睛也都已閉上，面上全無血色，嘴角卻吐出了些白沫，看來煞是怕人。

李長青又驚又怒，嘶聲喝道：「你……你將他怎麼樣了？」

金無望手腳不停，口中冷笑道：「方才我與他動手之時，他便已中了我迷香毒藥，若無我本門解藥相救，兩個時辰裡，便要毒發身死。」

李長青驚呼一聲，道：「惡賊，你……你要怎樣？」

金無望道：「我要以他的性命，換一個人的性命。」

金不換罵道：「你想咱們放了你麼？嘿嘿，你這是作夢。」急迫出手三招，招式更狠、更毒，恨不得一下就將金無望打死。

金無望輕笑避開三招，冷笑道：「做夢？」

金不換道：「咱們片刻之間，便可將你擒住，那時還怕你不拿出解藥來？」

李長青心神一寬，道：「正是如此。」再次出手，招式自也更是狠辣連連，冷大在這情況下，為了相救連天雲，也只有出手了。

朱七七暗暗著急，忖道：「他如此做了，豈非弄巧成拙……」

那知金無望卻突然縱聲狂笑起來。

金不換道：「你笑什麼？你還笑得出？」

金無望道：「你瞧瞧這是什麼？」

手掌揚處，一串黑星飛出。

眾人只當他也是施展暗器，不由得俱都一驚，那知他這一串七八點黑星卻非擊向別人，而是打向自己。

只見他張口一吸氣，竟將這些黑星俱都吸入嘴裡。

眾人瞧得莫名其妙，不禁問道：「那是什麼？」

金無望道：「這便是解藥。」他似乎並未將那些黑點吞下去，只是含在嘴裡，是以說話便

不免有些含糊不清，但眾人還是聽得清清楚楚。

李長青失色道：「解藥，你……你要吞下去。」

金無望道：「不錯，你們若不立刻住手，我便立刻將這解藥吞下去，這種解藥世上已只剩下這幾粒了，我若將它們一齊吞下……嘿嘿，那時縱然大羅金仙前來，只怕也休想能救得活連天雲了。」

他話未說完，李長青、冷大招式已緩，終於住手。

天法大師也跟著住手，金不換若不住手，就只剩下他一個人與金無望動手了，他怎會不住手。

金不換目光閃動，道：「金無望，我老實告訴你，你要咱們先放你，再等你將解藥送來，那是萬萬辦不到的，但若要你先留下解藥，咱們再放你，你也未必肯，是麼，那麼你心裡究竟在打什麼主意？你就快說吧。」

金無望手掌緊緊抓住朱七七，冷笑道：「某家要來便來，要去便去，誰能攔得住我，又何必要你等放我！」

這句話說出來，眾人又是大出意外。

金不換道：「那……那你究竟要怎樣？」

金無望道：「我要你們放了她。」

李長青道：「放了她……放了這位朱姑娘？」

金無望道：「正是放了這位朱姑娘，她與此事，本就無關，只要你們這樣站著，等她走遠遠之後，我立刻便將解藥送上。」

李長青暗中鬆了口氣，口中卻道：「但……但我怎能信得過你？」

金無望冷冷道：「信不信由你。」

李長青沉吟半晌，頓住道：「也好。」

他轉目望向天法大師，天法微微頷首。

金不換心裡雖不以為然，但瞧見冷大與李長青正都在瞪著他，他縱然說「不肯」，又能怎麼樣。

他當然只有點頭……非但點頭，還大笑道：「原來你只是要放了朱姑娘，哈哈，好極，其實你縱然不說，我倒也不會傷她一根汗毛的。」

金無望冷笑一聲放開了手，轉頭望向朱七七，道：「你快走吧。」

朱七七目中已現淚光，垂首道：「你真的要我走？」

金無望冷冷道：「你不走，反而拖累了我。」他語聲雖裝得冰冰冷冷，但胸膛起伏，顯見心中亦是十分激動。

此情此景，若是換了別的女子，少不得必要哭哭啼啼，拖拖拉拉，說一些「我不走，我陪著你一齊打……我們要走一齊走，要戰一齊戰，要死一齊死」等等……諸如此類的話。

但朱七七心中雖然感激悲痛，卻知道這些話縱說出，也是無用的，她做事情素來痛快，素來不願做這些婆婆媽媽，牽絲攀藤的事。

她只是跺了跺腳，道：「好，我走，你若是活著我自會找你，你若死了，我……我替你報仇！」咬緊牙關，轉身狂奔而去。

直到她奔出很遠，金無望才轉首凝注著她的背影，然後，良久良久，都未移動，直到她身影完全消失於蒼茫的雪地中……

金不換突然冷笑一聲，道：「可憐呀可憐，可嘆呀可嘆，原來這位姑娘對我們的金老大，竟是如此無情無義，說走就走，連頭都不回……」

金無望怒叱道：「畜牲！啐！」

「啐」的一聲出口，一連串黑星跟著飛出，金不換正說的得意，全未提防，這八點黑星，便全都噴到他臉上。

他本已醜怪的面目，再加上這斑斑黑點，那模樣當真又是可怕，又是滑稽，又是令人作嘔。

金不換但覺臉上被打得火辣辣的發疼，驚怒之下，方待伸手去抹，但手一抬，便被冷大抓住。

金不換怒道：「你幹什麼？」

冷大冷冷笑道：「此刻在你臉上的，便是可救連三爺生命的解藥，你若敢胡亂去動一動，我要你的命。」

金不換倒抽一口涼氣，只有站著不動，任憑冷大將解藥一粒粒自他臉上剝下來，那時金無望的唾沫早已在他臉上乾了。

金無望仰天狂嘯一聲，道：「解藥你們既已拿去，要動手的，只管一齊來吧。」

喝聲未了，已有兩條人影撲了上去……

朱七七頭也不回，放足急奔，直奔出數十丈開外，那強忍在眶中的眼淚，便再也忍不住一連串落了下來。

她拚命咬住嘴唇，但眼淚還是要流下，她拚命想不哭，卻愈來愈是傷心，終於忍不住放聲痛哭起來。

也不知哭了多久，她突然發現自己竟是站在一株枯樹下，早就沒有往前走了，是何時停下來的，她完全不知道。

大約還是正午，但天色卻如黃昏般黝黯。

她定了定神，擦擦眼淚，告訴自己：「朱七七，你莫要哭了，金無望又不會死的，你哭什麼？莫哭了……莫哭……金無望只怕早已逃了。」

話未說完，她又已放聲痛哭起來，嘶聲道：「放屁放屁，誰說金無望不會死？誰說金無望能逃走？那四人單獨雖非他的敵手，但以一敵四，誰也不行呀！」

「不對，他雖不是那四人敵手，但要逃總可逃的……不對，那四人圍住他，他又能夠往哪裡逃呢？……」

她哭哭停停，自言自語，忽而安慰自己，忽而痛罵自己，如此翻來覆去，也不過是自己在折磨自己罷了。

又不知過了多久，到後來，也不知是因她眼淚已自流乾，還是因她終於能自己忍住，反正

她終能不哭了。

她咬了咬牙，辨明方向，向前大步行去。

她一面奔行，一面低語，道：「我可不是去找沈浪的，沈浪那樣對我，我死也不會再去找他——就算世上的人都死光了，我也不會去求他。」

這話她是對自己的腳說的，卻似乎偏偏不聽話，偏偏要往去找沈浪的那條路去走。

她低語道：「我走這條路，又不是去找沈浪，我是去找……去找別人的，張三李四，王二麻子，我誰都可以找，我無論去求什麼人幫我的忙，那人都會幫我的，那麼，我就可以要他們來救金無望。」

其實她自己也知道這些話有些靠不住，但她還是要這麼說——世上的女孩子，大多都有一樣男人比不上的地方。

那就是她自己常常會騙自己。

一面想，一面走，不知不覺間，朱七七又來到方才他們打尖的小鎮，又可瞧見那小小的飯舖。

也不知怎地，她又在不知不覺間走入了那飯舖——她的確很累，心又很亂，要找個地方休息，仔細想一想。

店伙似乎還認得她，逡巡著走過來，陪笑道：「姑娘要吃點什麼？方才那位大爺，怎地還沒來，可是在後面？小的為姑娘擺兩份椅子好麼？姑娘。」

朱七七突然一拍桌子，怒道：「少囉嗦！」

店伙吃了一驚，站著發愣。

朱七七道：「龍肝鳳翼，鮑魚排翅，蜜炙雲腿，清拌熊掌，筍尖珍珠湯……好，就這四菜一湯，拿來吧。」

她心裡根本在想著別的，早已神遊物外，只是隨口將她平時愛吃的一些菜，唸經似的說了出來。

但這些菜卻都是她那樣的豪富之家才能吃得到的，這小鎮上的店伙，卻連聽也未曾聽過。此刻只聽得他瞪大了眼，張大了嘴，怔了半晌，方自陪笑道：「這些菜小店沒有。」

朱七七道：「有什麼？」

店伙精神一振，道：「小店做的是南北口味，麵飯都有，陽春麵、肉絲麵……」

朱七七道：「好，來碗肉絲麵吧。」

店伙精神立刻又沒了，懶洋洋道：「好，這就送來。」心中又是好氣，又是好笑，暗想：「這位姑娘方才原來也是擺闊的，弄來弄去，只要了碗肉絲麵。」

麵，送來的果然不慢。

但直到一碗熱騰騰的麵變得冷涼，朱七七還是未動筷子——這時縱然真有熊掌魚翅擺在她面前，她也是吃不下的。

突然間，門內有呼聲傳來，嘶聲呼道：「不得了，不得了……打死人啦……打死人啦……」

一個人狂呼著奔入，滿臉俱是鮮血，只是瞧他神情、模樣，顯然絕非武林中的英雄豪傑。

朱七七瞧了一眼，便懶得再看，但那店伙以及店裡另一些客人，俱都吃驚變色，蜂擁著圍了上去，紛紛道：「王掌櫃，你這是怎麼回事？」

「誰敢欺負咱們王掌櫃，我去跟他拚命！」原來挨揍的這人，正是這飯舖的掌櫃的。

王掌櫃道：「方才俺正和豬肉舖的李胖子聊天，說晌午俺店裡來了兩個稀罕客人，那女的可真是標緻，男的卻是三分有點像鬼，七分不大像人，就好像一朵鮮花插在牛糞上似，俺將李胖子說笑了，俺也笑了，那知就在這當口，突然衝將來一條野漢子，就將俺揍了一頓，俺……」

他話未說完，頭一抬，就看見他口中說的那標緻的女子，已冷冰冰站在他面前，滿面俱是殺氣。

這一來可又將他嚇住了，張大了嘴，再也說不出話來。

朱七七雙手一分，別的人就跌跌撞撞分了開去，一個個也是驚得目定口呆，朱七七冷冷瞧著那王掌櫃，道：「再說呀。」

王掌櫃道：「俺說……說……說……說……說不出了。」

朱七七一把抓住他的衣襟，道：「你說誰像鬼？」

王掌櫃滿頭大汗，道：「俺……俺說自己……」

朱七七道：「方才揍你的人是何模樣？」

王掌櫃道：「濃眉毛，大眼睛，俺也瞧不……」

朱七七不等他說完，一掌將他推得直撞在櫃台上，飛身掠了出去，只見街道兩旁，站滿了瞧熱鬧的人。

一條大漢，左手提著酒葫蘆，旁若無人，揚長而去。

朱七七又驚又喜，大呼道：「熊貓兒……熊貓兒……」

那大漢驟然回頭，濃眉大眼，氣宇軒昂，在寒風中猶自半敞著衣襟，卻不是熊貓兒是誰？

兩人相見，俱是驚喜交集，大步迎了上去，一把就抓住對方的肩膀，兩旁的人，更是眼睛都瞧直了。

但熊貓兒不管，朱七七也不管。朱七七窮途之中，驟然見著熊貓兒，當真有如見到最最親近的人一般，熱淚忍不住又要奪眶而出。她緊抓著熊貓兒的肩膀，顫聲道：「好極了……遇著你真好極了。」

熊貓兒也抓住她肩膀，也自笑道：「好極了！好極了！竟在這裡遇著你。」

朱七七道：「但……但你怎會到這裡來的？」

熊貓兒道：「來找你的……你呢？」

朱七七道：「我也是來找你的。」

兩人同時道：「真的？」

兩人不禁同時大笑起來，同時笑道：「走，去喝一杯。」

於是兩人笑得更是開心，扶著肩膀，又走回那飯鋪，這時兩人俱是心懷開暢，早已渾然忘了什麼男女禮教之防。

但別人卻如見著瘟神，見著怪物一般，遠遠就躲了開去，那位王掌櫃，更是逃得不知去的。

熊貓兒與朱七七卻更是得其所哉，自管在店裡坐下，沒有人招待他們，他們就喝自己葫蘆裡的酒，你一口，我一口……

朱七七笑道：「不想你居然還記掛著我，還來找我。」

熊貓兒笑道：「我記掛著你？……嘿嘿，我簡直差點兒就要急瘋了，雖然一路尋來，卻又不知能不能尋得著你。」

朱七七道：「我也正在著急，不知能不能找著你，但聽得有人在路上胡亂揍人，我一猜，就猜著必定是你了。」

熊貓兒大笑道：「那廝那樣一罵，我就猜著他罵的是你，那火氣就再也忍耐不住，就算他是天王老子，我也要揍他一頓。」

兩人又大笑了一陣，笑聲終於漸漸消沉。

朱七七忍不住道：「不知沈……」咬了咬牙，終於還是將下面的「浪」字咽回肚裡。

熊貓兒道：「你可是要問沈浪？」

朱七七道：「誰問他？王八蛋才問他。」

熊貓兒嘆了一口氣，道：「你走了不久，沈浪也走了，我只道他要將你找回來了，那知等了許久還是不見他的影子。」

朱七七恨聲道：「這種壞蛋，你等他幹什麼？」

熊貓兒道：「我可不是等他，我是等你。」

朱七七眨了眨眼睛，道：「真的？」

熊貓兒道：「自然是真的，我愈等愈著急，那王憐花卻不住在問我沈浪的武功、師承、來歷，又問我是如何認得他的。」

朱七七道：「你倒了楣，才會認得他。」

熊貓兒道：「王憐花雖然問得起勁，我卻懶得理他，但有他在一旁，我又不好意思走，幸好那時已有救星來了……」

朱七七道：「是沈……是誰？」

熊貓兒似乎又嘆了口氣，道：「那人不是沈浪。」

朱七七道：「我又沒有問他，鬼才……」

熊貓兒截口笑道：「你問他本是應當的，你何必……」

朱七七卻輕輕掩住了他的嘴，柔聲道：「我從此以後，再也不問他了，真的！你……你相信我好麼？從此以後，我只關心對我好的人。」

熊貓兒用他那一雙寬大而堅實的手掌，將朱七七那隻纖纖玉手捧在掌心裡，癡癡地望著她，良久良久……

朱七七「噗哧」一笑，道：「那人是誰，你倒是快說呀。」

熊貓兒定了定神，道：「那人鬼頭鬼腦，滿面猾氣，瞧他行路，輕功顯然不弱，卻偏偏裝成一副生意買賣人的模樣。」

朱七七道：「你可認得他？」

熊貓兒搖頭道：「我根本不知道他是誰，只見他一進來，就鬼鬼祟祟的在王憐花耳畔說了兩句話，王憐花面色立時就變了，匆匆向我告了個罪，便隨著那人去了，走得非但匆忙已極，而且還似乎有些張惶。」

朱七七皺眉道：「那人說些什麼，你可曾聽到？」

熊貓兒道：「我堂堂男子漢，怎會偷聽別人的話？」忽然一笑，接口又道：「其實我是想偷聽的，只可惜一個字也聽不到。」

朱七七嫣然一笑，道：「你呀……你的可愛處，就在這些地方，從來不會假正經……」忽然皺起眉頭，沉吟半晌，緩緩接道：「但那王憐花行事，倒神秘得很，他說的也彷彿從來沒有一句是真話。」

熊貓兒頷首嘆道：「此人端的神秘得很，昔日我本還不覺得，但我與他接近的時候愈多，便愈覺他行事詭秘難測。」

朱七七道：「每個鬼鬼祟祟的人，都是這樣的，沈……沈浪還不是如此……」臉上忽然一紅，垂首道：「我可不是在想他，只不過拿他做個比喻。」

熊貓兒道：「我……我相信。」

朱七七又道：「你們與沈浪接近的日子不久，還沒有什麼，但我……我卻覺得他行事的詭秘，只怕還遠在王憐花之上。」

熊貓兒沉吟半晌，嘆道：「的確如此，他的行事，的確更是令人揣摸不透，就拿此番他和王憐花鬥法的這件事來說……唉！這兩人的確都有一套，此刻兩人看來似乎都已開誠佈公，結爲同道，其實，我看兩個人都隱藏了不少秘密。」

朱七七嘆道：「誰說不是呢，起先，我還當沈浪已完全信任王憐花了，那知他那些姿態都是裝出來給別人看的。」

熊貓兒道：「如此說來，他豈非不但騙了王憐花，也騙了咱們……我真猜不透，此人究竟是何身分，所作所爲，究竟有何用意。」

朱七七苦笑道：「豈只你猜不透，連我也猜不透，這個人的所有一切，都被他自己鎖在一扇門裡，這扇門他對誰都不會打開。」

熊貓兒道：「你可知他這是爲什麼？」

朱七七道：「誰知道，鬼才知道。」

眨了眨眼睛，又道：「我真不懂，世上爲什麼會有像他這樣的人，彷彿對任何人都沒有信心，假使世人都像你我這樣坦白，那有多好。」

熊貓兒失笑道：「都像你我這樣，可也天下大亂了。」

笑容漸斂，沉聲又道：「坦白雖是美德，但有些人心中有著極大的苦衷，肩上擔負著極重的擔子，你卻叫他如何坦白。」

朱七七目光出神的瞧著自己的指尖，沉默了半晌，幽幽嘆了一口氣，道：「你這人真好，竟還在爲他說話……」

突然之間，她覺得此人坐在自己的面前，這帶著滿身野氣的漢子，實在比世上任何男人都要可愛得多。

格。

雖然，就在片刻之前，她還覺得金無望的冷漠、堅定、沉默與善於了解，是她最喜愛的性格。

但此刻，她卻又覺得熊貓兒明朗、熱情、狂野與難以馴服，才是真正男子漢該有的脾氣。

她幽幽地出著神，暗自思忖：「若說世上有個人能在我心裡代替沈浪的位置，一定就是這隻熊貓，他既然如此愛我，我何必再想沈浪。」

抬頭望去，熊貓兒也正在出著神，也不知在想什麼，他的濃濃的雙眉微微皺起，使得他那明朗而豪邁的面容，又平添幾許稚氣的憂鬱之意，正像是玩倦了的野孩子，正坐在街頭等著他母親抓他回去。

朱七七突然覺得有一種母性的溫柔自心底升起，浪潮般的溫暖掩沒了她的全身，不由得輕輕問道：「你在想什麼？」

熊貓兒道：「想你。」

朱七七甜甜地笑了，一隻手輕撫著熊貓兒微微皺起的眉結，一隻手緊抓著他的手掌，柔聲笑道：「我就在你身旁，你想我什麼？」

熊貓兒道：「我在想，這一天來你在幹什麼？是否寂寞。」他自遠方收回目光，凝注著朱七七，朱七七也正在凝注著他。

朱七七道：「我不寂寞，有個人陪著……」

突然跳了起來，大聲道：「不好。」

在這充滿了柔情蜜意的情況中，她竟會跳起來，當真是有點煞風景，熊貓兒又驚又奇，又有些失望道：「什麼事不好了？」

朱七七道：「這一日來，金無望都在陪著我，但此刻，他卻被金不換那些惡人困住了，咱們得去救他。」

熊貓兒還是坐著，動也不動。

朱七七嬌嗔道：「你聽到了麼？快走呀。」

熊貓兒道：「原來他一直陪著你，原來你和我在一起的時候，心裡還會想著他，好……好，算我錯了。」

他的話酸酸的，帶著醋意，而世上的多情少女們，又有哪一個不喜歡男子爲她吃醋呢。

朱七七的嬌嗔立刻化作柔情，嫣然一笑，撫摸著他的頭，柔聲道：「傻孩子，就是因爲我看到你太高興，所以才將什麼事情都忘了，但……但別人有難，咱們總該去救他呀。」

熊貓兒抬頭道：「你見著我，真的高興？」

朱七七道：「真的……真的……」

熊貓兒突然驚呼一聲，一躍而起，道：「咱們走。」拉著朱七七的手，急奔而出。

朱七七搖頭笑道：「真是個小孩子……」

兩人攜手急奔，朱七七不斷指點著路途。

這雪原本有人蹤，朱七七與金無望方才奔行一深一淺兩行足跡，還殘留在雪地上——淺的足跡自是金無望留下的，深的是朱七七，到了荒僻處，突又多了一人足跡，便是那時跟在他們

身後的金不換所留了。

熊貓兒追著這足跡奔了許久，突然住足道：「不對。」

朱七七道：「什麼不對？」

熊貓兒道：「這足跡在兜著圈子，只怕又是你們……」

朱七七一笑接道：「是我們的，只因……」

她這才簡略地將方才經過之事說了出來，熊貓兒愈聽愈是驚奇，兩人邊走邊說，突然瞧見一片雪上，足跡紛亂。

朱七七道：「就在這裡。」

熊貓兒道：「這就是你們方才動手之處？」

朱七七道：「不錯……但他們卻已走了，莫非金無望已被……已被他們所擒……」

突聽熊貓兒驚呼一聲，道：「你瞧那裡。」

朱七七順著他目光瞧去，面色亦是大變——雪地上零亂的足印間，竟赫然有一灘鮮血。熱血滲入雪中，便化開了，顏色變得極淡，再加上足底泥污，若不仔細去瞧，實難覺察得出。

兩人掠了過去，熊貓兒抓起一團染血的雪，湊在鼻子上嗅了嗅，濃眉便又皺了起來，沉聲道：「不錯，是血。」

朱七七顫聲道：「如此說來他……他莫非已遇害了麼？」

熊貓兒且不答話，俯首去瞧地上的足印。

他瞧的極是仔細、謹慎，朱七七先也不敢打擾，但過了盞茶時分，她卻終於忍不住了，問道：「人家急死了，你在瞧什麼呀？」

熊貓兒沉聲道：「這些足印，驟眼看來雖然是一模一樣，但仔細分辨，它們之間的差異卻仍可看得出來。」

朱七七雖是滿心驚惶悲痛，但仍不免起了好奇之心，亦自垂首望去，瞧了半晌，卻也瞧不出所以然來。她愈是瞧不出，那好奇之心也愈盛，愈是想瞧個明白，索性蹲了下去，又瞧了半晌，終於道：「這有什麼不同……難道你真的瞧出了麼？」

熊貓兒道：「難道你瞧不出？」

朱七七道：「我……我……好像……有些……」

她實不願說出認輸的話，只望熊貓兒快些接下去說，那知熊貓兒含笑望著她，卻偏偏不開口。

她只有站起來，跺足道：「好，我認輸了，我瞧不出。」

熊貓兒笑道：「你仔細瞧瞧看，只因你還沒有捉摸到觀察事物的方法……」

朱七七嬌嗔道：「你捉摸到了，你厲害，你倒是說呀。」

熊貓兒指著一個足印道：「你瞧，這個足印最大，想見此人身材最是魁偉，而這幾人之中，身材最最魁偉的便是……」

朱七七拍掌道：「不錯，這足印是連天雲的。」

熊貓兒又指著另一足印，道：「這足印與別的足印形狀俱不同，只因此人穿的是多耳麻鞋，而多耳麻鞋通常是出家人穿的。」

朱七七喜道：「天法大師！這是天法那老和尚的。」

她也指著一個足印，道：「這是草鞋的印子，冬天穿草鞋的，只有乞丐……金不換呀金不換，這雙足印是你留下的麼？」

舉起腳來，狠狠在那足印上踩了幾腳。

熊貓兒笑道：「舉一反三，觸類旁通，你不但可愛，而且還聰明得很。」

朱七七道：「但還有三個足印，我又看不出了。」

熊貓兒道：「這三個足印，看起來都無特異之處，的確難以分辨，但……你瞧瞧這裡，就又可分辨出了。」

他指著的是兩隻特別深而清晰的足印，兩雙足印，相隔數尺，入雪之深，彷彿用刀刻的一般。

朱七七拍手道：「呀！是了，這就是金無望與冷大在比武時留下的，那時兩人許久都站著不動，而且都費勁得很，留下的足印，自然特別深了！」

熊貓兒接口道：「而冷大既然落敗，這最深的一雙足印，自然就是他的。」

朱七七喜道：「不錯，不錯。」

其實她也知道縱然認出每個人的足印，也未必有什麼用處，但她弄懂了一件事，還是忍不住要十分歡喜。

她說別人像個孩子，其實她自己才真像個孩子。

熊貓兒又道：「還有一點，冷大終年足不出戶，所以他的足印，還有麻線的印子，而金無望近來馬不停蹄，東走西奔，足底早被磨得光光滑滑了。」要知那時皮革尚不通行，鞋底通常都是用麻線納成的，取其堅韌柔軟，穿著舒服，而武林人士穿著的薄底快靴，更是大多屬於此類。

朱七七聽得又是歡喜，又有些佩服，不住頷首笑道：「不錯……不錯……」

熊貓兒道：「別人的足印都分出了，剩下的一雙，自然就是李長青的……你那雙女子的足印，更是不用說了。」

朱七七笑道：「你這小貓貓，你真是愈來愈聰明了。」突然伸出手來，在熊貓兒面頰輕輕擰了一下。

這「小貓貓」三個字，當真有說不出的親密，說不出的愛嬌，那輕輕一擰，更是令人靈魂上天。

熊貓兒癡癡地大笑一陣，又道：「其實我這觀察事物之法，多是自沈浪的那裡學來的，他……」

朱七七突然抬起頭，大聲道：「你又說起他……你又提起他了，我聽到這名字，就頭疼。」

其實她疼的不是「頭」，卻是「心」，她自覺自己早已忘了那沈浪，但只要一聽到這名字，她的心就好像被針刺著。

熊貓兒忽然見她發這麼大的脾氣，倒呆住了。

呆了半晌，吶吶道：「你不願聽，以後我……我再也不說就是。」

朱七七道：「再說……再說你是什麼？」

熊貓兒道：「再說就是王八蛋。」

朱七七這才回嗔作喜，展顏笑道：「好，腳印都分出了，然後呢？」

熊貓兒指著金無望的足印道：「你瞧，這同一足印有的在六人中最輕最淡，有的卻又是最深最重，這表示金無望之輕功，本是六人中火候最溫的，但到了後來，卻因氣力不繼，顯然他必定是經過了一番浴血苦戰。」

朱七七笑容立又斂去，焦急地問道：「還有呢？」

熊貓兒又指著一行足印，道：「這些足印，足尖向外，顯然是他們離去時留下的，但這其中，卻少了金無望的腳印……」

朱七七驚呼道：「如此看來，莫非他已被人制住，抬著走了。」

熊貓兒苦笑一聲，道：「想來只怕是如此的了。」

朱七七急出了眼淚，頓足道：「這怎麼辦呢？那他落入他們手中，那……那真比死還要難受。」金無望的脾氣，的確是寧願死，也不能屈服。

熊貓兒默然半晌，沉聲道：「這些腳印，都比他們來時深得多了，顯見他們的氣力也耗損了不少，尤其是連天雲和冷大……」

朱七七截口道：「但……但金不換從來不肯出力與人動手，足印怎地也變得這麼深？」

熊貓兒接道：「金無望想必就是被他抬著走的，兩個人的重量加在一起，那腳印自然要深了。」

朱七七跳了起來，拚命踐踏著金不換的腳印，流著淚罵道：「惡賊……畜牲！你們……要是敢在路上故意折磨他，總有一天，我要把你切成一塊塊的來餵狗。」

熊貓兒傷感地望著她，卻不知是在爲她傷感，還是在爲自己傷感——看見自己的心上人在爲別人如此著急，心裡的確不知是何滋味。

朱七七已一把拉住了他，顫聲道：「求求你，幫我去救他好麼？」

熊貓兒垂首道：「我……我……」

朱七七流淚道：「我世上的親人，只有一個你，你難道忍心……」

熊貓兒突然頓了頓腳，大聲道：「走。」

熊貓兒其實早知自己縱能追著他們，但要想自天法大師、金不換這些人手中救回金無望，實是難如登天。

然而，世上又有哪個男子能拒絕自己心上人的流淚哀求，更何況是熊貓兒這樣熱情的男兒。他索性什麼話也不說，到時候只有拚命。

兩人追著足跡而奔，心中俱是心事重重，一時間，誰也沒有說話，但朱七七的手掌一觸熊貓兒，兩隻手便又握在一起。

足跡北去，並非去向洛陽，卻到了一座山麓，山雖不高，但站在山腳下往上瞧去，還是要教你瞧得頭暈。

熊貓兒木立山下，突似發起呆來。

朱七七道：「上山呀，發什麼怔？」

言語雖然有些責怪之意，但語氣仍是親切而溫柔的——她何嘗不知道好歹，她何嘗不感激熊貓兒對她的心意。

熊貓兒沉聲道：「我只是在奇怪，他們擒了金無望後，縱要拷問，也該回到仁義莊去，卻爲何來到這裡？」

朱七七失色道：「莫非……莫非他們要將他帶到山上害死？」

熊貓兒苦笑道：「他們若是要下毒手，又何必定要到山上，雪地之中，還不是一樣可以動手？這其中必定另有蹊蹺。」

朱七七惶然道：「是呀，雪地上一樣可以動手，爲何要將他帶到高山上……唉！我心裡實在已全沒了主意。」

其實熊貓兒心裡又何嘗有什麼主意。

兩人顯然都沒有什麼主意，只有上山瞧個明白。

但山路崎嶇，有的岩石、藤草間，積雪甚少，有的地方雪花被山岩擋住，地上根本就無積雪。

於是他們追查足跡，便無方才那麼容易。

兩人走走停停，張張望望，到了一座山坪，山坪上有個小小的八角亭，朱欄綠頂，襯著滿山白雪，更是賞心悅目。

但足跡到了這裡，竟突然蹤影不見，兩人全神貫注，找了半天，卻再也找不出一隻腳的印子。

熊貓兒皺眉道：「奇怪……奇怪……」

朱七七道：「奇怪，奇怪……這些人難道突然在這裡飛上天去了不成？」突然一拍手掌，大喜接口道：「原來如此。」

熊貓兒奇道：「你猜出了？」

朱七七道：「這種情形，我已遇到過一次，即是我和沈……我和鐵化鶴、勝瀅、一笑佛這些人，追查古墓的秘密時，也是有一行足印，半途中突然沒有了，那時就有人說：他們莫非是飛上天去了不成？」

熊貓兒道：「結果是怎麼樣了？」

朱七七道：「後來我才知道，他們走到那裡，又踩著自己原來的足印退了回去，教人非但再也追不出他們的下落，還要在暗中疑神疑鬼。」

熊貓兒拊掌道：「呀，果然好計。」

他立時往退路追去，但走了兩步，卻又不禁皺眉道：「但這次……這次卻未必也是如此。」

朱七七道：「爲什麼？這次爲什麼就不一樣？」

熊貓兒道：「那古墓之事，我們所知雖不多，但想見必是些詭秘的勾當，自然要裝神弄鬼，故佈疑陣，而天法大師這些人……」

朱七七笑笑道：「這些人難道就是好人麼？」

熊貓兒苦笑道：「這些人是好是歹，且不說他，但終究都是有名有姓的角色，縱然藏頭露尾，也跑不掉的，何況……他們根本就不知道後面有人追蹤，更何況，以他們的身手，縱然有人追蹤，他們也未必會躲藏。」

朱七七沉吟半晌，道：「這話也不能說完全沒有道理，但依你說來，這又是怎麼回事呢？難道他們真的突然飛上天空了不成？」

熊貓兒嘆道：「這……我還是不知道。」

朱七七跺腳道：「我不知道，你也不知道，那……那又該怎麼辦呢？難道就在這裡乾等著他們再從天上掉下來？」

熊貓兒道：「這……我看咱們還是上去瞧瞧，說不定……」

話聲未了，山上突有一陣慘呼之聲傳來。

一個嘶啞的聲音，顫聲呼道：「救命呀……救命呀……」

熊貓兒、朱七七，不由得同時吃了一驚，兩人對望一眼，同時展動身形，向慘呼之聲傳來處奔去。

這呼救之聲，是從一處斷崖下傳上來的。

朱七七和熊貓兒到了那裡，呼聲已更是微弱，呼救之人，似已聲嘶力竭，只是繼續著，呻吟似的一樣呼道：「我……我已要掉下去啦，那位仁人君子，來拉我一把吧，我一輩子也忘不了你老人家的好處……」

隨聲望去，只見那斷崖邊緣，果然有兩隻手緊緊攀在上面，指節都已經變成青色，顯見已無力支持。

朱七七鬆了口氣，道：「幸好這人命不該絕，還未掉下去，我們都恰巧在山上……」

當下大聲道：「喂……你莫怕，也莫鬆手，咱們這就來救你了。」方待大步衝將過去，但手腕卻被熊貓兒拉住。

熊貓兒皺眉道：「且慢，我瞧此事……」

朱七七著急道：「人命關天，救人如救火，還等什麼？」那人呼救之聲，愈是嘶啞微弱，她心裡便愈是著急。

熊貓兒道：「我瞧此事總有些……」

朱七七跺腳道：「無論有些什麼，總也得先將人救起來再說，再等，等到別人掉下去了，你對得起你的良心麼？」

熊貓兒還待說話，但已被朱七七一把推上前去。

他只得頷首道：「好，我去救他，你在這裡等著。」脫開朱七七的手腕，一步躍到崖前，俯身捉住了那人兩隻手腕。

朱七七道：「用力……快……」

話猶未了，突見本自攀住斷崖的兩隻手掌，向上一翻，雙手細指，已扣住熊貓兒右腕脈。

他用的是最犀利之「分筋擒拿手」。

熊貓兒驟出不意，那裡能夠閃避，既被捉去，那裡還能揮開，但覺雙臂一麻，渾身頓時沒

了氣力。

朱七七一句話還未說完，熊貓兒已驚呼一聲，整個人被掄了出去，直落入那百丈絕崖之下！

這變化委實太過突然。

朱七七如遭雷轟電擊，整個人都怔在當地。

只聽熊貓兒慘叫之聲，餘音未了，斷崖下卻已有獰笑之聲發出，一條人影，隨著笑聲翻了上來。

這時天時已晚，沉沉暮色中，只見此人身穿大棉襖，頭戴護耳帽，全是一副普通行商客旅在嚴冬中趕路的打扮。

朱七七驚魂剛定，怒極喝道：「你這惡賊，還我熊貓兒的命來。」

喝聲中她亡命般撲了過去。

那人卻不避不閃，只是笑道：「好孩子，你敢和我動手？」

語聲說不出的慈祥，說不出的和緩。

但這慈祥、和緩的語音一入朱七七之耳，她身上就彷彿狠狠挨了一鞭子似的，跳起來又落下，卻再也不會動了。

山風凜冽，大地苦寒。

但見朱七七臉上，卻有汗珠粒粒迸將出來，每一粒都有珍珠般大小，她身子雖不能動，手腳卻抖個不停。

那人笑道：「好孩子，難爲你還認得我。」

朱七七道：「你……你是……」

她咽喉似已被封住，舌頭似已被凍結，縱然用盡全身氣力，卻只見她嘴唇啓動，再也說不出一個字來。

那人笑道：「不錯，我就是你的好姑姑，天寒地凍，姑姑我穿了這件大棉襖，模樣是不是就有些變了？」

朱七七道：「你……你……」

那人柔聲道：「姑姑對你那麼好，替你穿衣服，餵你吃飯，你卻還是要跑走，你這個沒良心的。」

他口中說話，腳下已一步步向朱七七走來。

朱七七道：「求……求……」

那人笑道：「你走了之後，可知姑姑我多麼傷心，多麼想你，今日總算又遇著你，你還不過來讓姑姑親親……」

朱七七駭極大叫道：「你滾……滾……」

那人笑道：「你怎麼能叫姑姑滾，姑姑這正要帶你走了，替你換上好看的衣服，餵你吃些好吃的東西……」

說到最後一字，她已走到朱七七面前。

朱七七嘶聲喝道：「你過來，我打死你。」

舉手一掌，向那人劈了過去。

但她全身的氣力，已不知被駭到那裡去了，這一掌雖然劈出，掌勢卻是軟綿綿的，連隻蒼蠅都打不死。

那人輕輕一抬手，就將朱七七手掌抓住，口中笑道：「你還是乖乖的……」

朱七七耳朵裡只聽到這六個字，頭腦一暈，身子一軟，下面的話，便再也聽不到一個字了。

山風強勁，片刻間便將她吹醒過來。

剛張開眼，便發覺整個人都已被那「惡魔」抱在懷裡，這感覺當真比死還要難受，比死還要可怕。

雖然隔著兩重衣服，她卻覺得好像是被一條冷冰、黏膩的毒蛇，纏住了她赤裸的身子……

她顫抖著嘶聲呼道：「放開我……放開我……」

那人笑道：「小寶貝，我怎捨得放開你？」

朱七七抬手要去推，卻又發覺自己身子竟又癱軟了。

往昔那一段經歷，她本已當做是段噩夢，從來不敢去想，然而此刻，她竟又落入那相同的噩夢裡。

此刻她心裡的感覺，已非恐懼、害怕、悚慄……這些字眼可以形容——世上已無任何字可以形容。

她反抗不得，掙扎不得，滿眶眼淚泉湧而出。

她只有顫聲道：「求求你……求求你，放了我吧，我和你無冤無仇，你何苦如此害我？何苦如此害我?……」

那人笑道:「我這樣溫柔地抱著你,你怎麼能說是在害你?這樣若是害你,那麼你也來抱抱我,你來害害我吧。」

朱七七嘶聲道:「何苦不肯放我,求求你,你就殺了我吧,你若是肯殺了我……我做鬼也要感激你的……」

那人笑道:「我殺了你,你怎會感激我,你這是在說笑吧。」

朱七七道:「真的……真的……真的……」

十五 同入牢籠

那人再不答朱七七的話，抱著她走到斷崖旁，垂首瞧了兩眼，忽然笑道：「你那癡心的貓兒，倒真有些本事，居然用他那貓兒爪子抓住了一樣東西，居然直到此刻還未掉下去。」

朱七七驚喜衝口道：「他還未死？」

那人道：「嗯，還未死，他還想掙扎著往上爬哩，只可惜他是再也爬不上來的了……你可要瞧瞧他麼？」

朱七七一直不敢瞧「他」，一直不敢張開眼睛。

此刻但覺「他」抱著她的身子，懸空往外一送。

她顫抖著張開眼來，只見山下雲霧氤氳，深不見底，在那如刀削一般的絕壁上，果然有一條人影在掙扎著，蠕動著……

朱七七瞧了一眼，頭就暈了，趕緊閉起眼睛，道：「求求你！救救他吧。」

那人道：「救他？我爲何要救他？」

朱七七道：「他……他是爲了救你，才掉下去的。」

那人大聲道：「我一路跟蹤你們，直到這裡，才想出這妙計，送他的終，你難道還以爲我方才真是在求救麼？」

朱七七道，「你……你這惡魔，畜牲。」

那人笑道：「不錯，我是惡魔，但你方才爲何不想想，在此等地方，怎會有人呼救？你方才爲何要他來救我？這豈不是你害了他？」

朱七七想起方才的情況，想起熊貓兒的幾番要說話，卻被自己攔了回去——她不覺更是心如刀割，嘶聲慘呼道：「熊貓兒……熊貓兒，是我害了你……是我害了你……」

絕崖之下，突然也有熊貓兒的呼聲傳了上來。

「七七……朱七七……你在哪裡？……你安好麼？」

這呼聲中充滿了一種絕望的焦急與關切——這焦急與關切並非爲他自己，而是爲了朱七七。

當一個人自己掙扎在生死邊緣時，卻還要去關心別人，這又是一分何等偉大而強烈的情感。

朱七七的心都被撕裂了，血淋淋地撕裂了。

她嘶聲大叫道：「貓兒，我在這裡……貓兒……」

她拚命掙扎著，不顧一切，要跳下去，此刻在她心裡只有一個念頭，單純的一個念頭，跳下去，和這男人死在一起。

別的事她早已不再顧及，她早已全都忘記。

但那惡魔的一雙手，卻像是鋼箝似的，抱著她，她哪裡能掙得脫，她哪裡能跳得下去。

朱七七嘶聲呼道：「放手……放開我。」

那人咯咯笑道：「寶貝兒，我不會放手的，我辛辛苦苦，才又把你得到手，怎會這麼容易讓你死？從此以後，最好你連死這個念頭都不要想起。」

朱七七終於放聲大哭道：「天呀，我連死都不能死麼？」

那人道：「死，這件事最奇怪了，不錯，有些人是要死，卻困難得很，但另一些人想死，卻是說不出有多容易……」

語聲之中，突然飛起一足，對崖邊一塊巨石踢下。

這石塊帶著一陣懾人魂魄之聲滾了下去，接著，崖下便有一陣懾人魂魄的慘呼聲傳了上來。

朱七七嘶聲而呼──但呼聲突然中斷，有如被人扼住了她喉嚨似的，只因崖下的慘呼聲也突然中斷。

然後是一段死一般的靜寂──風也似突然停了，低黯的蒼穹，青灰的岩石，積雪的枯枝……

天地間的一切，都似已在這死寂中突然凝結，而全都凝結成一幅令人窒息的、慘白的畫面。

但在朱七七滿含痛淚的雙目中，所見到的卻似乎是另一幅畫面──一幅活生生、血淋淋的畫面。

她彷彿眼見熊貓兒被那巨石擊中，落下。於是這生氣勃勃，充滿活力的男子，在瞬息間就變為一團肉泥。

朱七七全身所有的感覺，在這瞬息間也全都麻木，也不知過了多久，她才能感覺出抱著她的那「惡魔」，腳步已在移動。至於他此刻是走向哪裡？已走到哪裡？她全不知道，也不想知道。

只因無論「他」走向那裡，對她來說，已全無分別——她已落入魔掌，無論走那條路，反正都是通向地獄。

但這地獄卻在山巔。

那人抱著她，竟走上山去。

山路崎嶇而曲折，有時根本無法覓路，但這惡魔卻走得甚是輕鬆，對這曲折的山路竟是熟悉得很。

這條路莫非他已走過多次了？

這條路又是通向哪裡？

冷僻的山巔上，竟有一片松林，自積雪的松林中望過去，竟隱約可以看到高牆、屋脊。

朱七七突然大聲道：「站住。」

那人詫聲道：「站住？」

朱七七道：「不錯，站住，我有些話要問你。」

那人更是奇怪，道：「有些話問我？」

「他」看到朱七七蒼白的面容，突然因興奮而發紅，她那絕望的目光，也突然變得激動，得意，而有生氣。

這情況正如在無情海中即將淹死的人，突然抓住一塊木板一般——但朱七七卻又抓住了什麼？她莫非想起了什麼？

只聽她大聲道：「我叫你站住，你就得站住，我有話問你，你就得回答，知道麼？」

那人忍不住笑了起來，笑道：「小寶貝兒，什麼時候你竟變得可以向我發施命令了，你心裡究竟在轉些什麼奇奇怪怪的念頭？」

朱七七道：「你難道以爲我還不知道你是誰？」

那人道：「知道又怎樣？」

朱七七道：「你是快活王門下，你姓司徒，你就是專門爲快活王在外面尋找美人的色魔，你此刻就是要把我送到他手裡去，做他的……他的姬妾。」

那人笑道：「不錯，這又怎樣？」

朱七七道：「你此刻若不聽我的話，等我做了他姬妾之後，必定想盡一切法子，來……來博得他的寵愛……」

這些話她顯然是花了很大的氣力，咬住牙才能說出口的，但仍然不免說得有些結結巴巴。

此刻她喘了口氣，勉強裝出笑聲，道：「我若變了他寵愛的人，我說的話，他必定言聽計從，我就算要他殺了你，想必也容易得很。」

那人果似呆了一呆。

朱七七接口笑道：「這些話，你想必也該知道我不是嚇你的，我說得出，必定做得出，你再仔細想想，就該害怕……」

那人道：「不錯，我好怕呀。」

朱七七道：「你既知害怕，此刻便該……」

那人突然大笑起來，大笑道：「小寶貝兒，這些話，真虧你是怎麼想得出的，你真是個聰明的伶俐人兒，我真該親親你。」

果然俯下頭來，狠狠親了朱七七一口。

朱七七面上驟然又失卻血色，顫聲道：「你……你……你不……不在乎？」

那人再不說話，縱聲大笑，揚長走入了松林。

松林中的莊院，竟是出人意外的宏偉，但見紅牆高聳，屋脊櫛比，那積雪的飛簷，如龍如鳳，更顯示出這莊院氣象的豪華。

黑漆門前，靜寂無人。

那惡魔竟揚長推門而入，宛如回到自己家裡似的。

朱七七雖然又已完全絕望，但仍不禁在心中暗驚，忖道：「這裡莫非是那快活王在中原早設下的巢穴？……」

轉念之間，但覺一陣暖氣襲來，瞬即包圍了她全身——他們已走入一間雅室，面對了一盆熊熊爐火。

爐火燒得正旺，室中卻還是瞧不見人影。

那人在一張柔軟的短榻上放下了朱七七——朱七七立刻感覺到「他」那滿懷惡意的目光，

正凝注著她蜷曲的身子。

她心房「砰砰」跳動，閉起眼睛，不敢接受這雙眼睛，在這溫暖如春的無人小屋裡，她不敢想像會發生什麼事。

直到此刻爲止，她還不能斷定這「惡魔」是男？是女？但她總覺得「他」目中的惡魔是淫猥的。

尤其這一次，她只覺「他」目中的淫猥之意似乎比上次更爲明顯，這雖然明明是同樣的一雙眼睛，但前後兩次的差別卻又不少，這是爲了什麼？這其中想必總有些曖昧的、空虛的問題。

這些問題，她此刻又怎會有心去深思？

她緊閉雙目，緊閉牙關，來等待著一切最壞的事情發生，在這殘酷的等待中，她只望她的軀殼已不屬她自己。

那知過了許久，那惡魔竟仍然毫無動靜。

她咬牙忍耐著，身上每一根毛髮，都似已直立起來，在這充滿春意的雅室中，她但覺比冰天雪地還要寒冷。

突然間，她感覺到「他」在轉身，「他」竟似已在緩步走了出去，她不敢相信，她忍不住張開眼睛。

於是，她便瞧見「他」已經走出門外的背影。

他竟果然真的走了，竟沒有任何事發生，雖使得她幾乎要高呼出聲，卻又不禁使她大感吃驚。

「『他』怎會如此輕易便放過我？」

「哦，是了，反正我已落在『他』手中，『他』無論想在什麼時候動手都可以，又何必著急？」

「呀，莫非『他』表面上雖裝得毫不在乎，心裡卻真的被我方才那番話嚇住了，所以不敢對我無禮。」

「不對，這樣的惡魔，怎會被我嚇住，『他』此刻雖走了，等一下卻說不定會用什麼惡毒的手段對付我？」

在這一刹那間，她心中忽驚，忽喜，忽憂，忽懼。

也就在這一刹那間，她忽又感覺到「他」背影看來似乎有些異樣，似乎與上次有些不同。

她暗忖道：「莫非『他』不是上次那個人？」

但轉瞬間她便爲自己的疑問作了否定的答覆：「朱七七呀朱七七，這明明是同一個人，你胡思亂想些什麼？」

她開始轉動目光，只見這雅室中，無論一案一几、一瓶一碗，都佈置得極爲華麗雅緻。

她忍不住又暗驚忖道：「不想快活王在中原竟也暗中佈置有這樣不凡的落腳之處，他自己既未入中原，這地方又是誰佈置的？」

她暗中猜測：「這惡魔胸中絕不會有這樣的丘壑，絕對佈置不出如此雅緻，而不顯俗氣的地方。」

「那麼，這莫非是金無望佈置的，嗯，他倒有點像，但……但此地若是他佈置的，爲啥未聽他提起？」

「嗯，還有，天法大師等人的足跡，亦是走向此山，他們的足印在半山小亭前突然消失，只因那小亭中另有密道通向此處，他們走入密道，足印自然不見，他們雖未飛上天，卻入了地下。」

「但……但這也不對，以金無望的性子，縱然被擒，被逼，也絕不會把他們帶來這裡，更不會把這密道告訴他們。」

「呀，莫非他們非但未曾制伏金無望，反被金無望所擒，所以金無望便把他們帶來這裡？」

「金無望若在這裡，我也就有救了……有救了。但……但金無望又怎能勝得那四人？這簡直是絕無可能的事。」

她雖叫自己莫要胡思亂想，卻忍不住還是胡思亂想起來，愈想心愈亂，愈想愈不知是憂？是喜？是懼？

忽然間，門外似有人影一閃。

雖只匆匆一瞥，但朱七七已感覺這身影竟是如此熟悉：「是誰？這是誰？是誰有這樣的身影。」

她拚命在千頭萬緒，紛亂如麻的思潮中，捕捉記憶……忽然，她心頭靈光一閃，脫口呼道：「這是李長青。」

那頎長而瀟灑的身影，那在她眼角中匆匆飄過的一拂長鬚，一點不錯，正像是李長青的。

但「不敗神劍」李長青又怎會在這裡。

他若是真的被金無望擒來這裡的，行動又怎能如此自由？他若是威逼金無望把他帶來這裡的，那麼方才早已該和那惡魔對打起來，無論誰勝誰負，總會發出聲響，又怎會未曾聽得絲毫動靜？

莫非他已與這惡魔同流合污？

不，以他的身分，這是絕無可能的事。

但若非如此，他行動爲何又如此鬼祟？

朱七七還是想不通，還是愈想愈糊塗，在這些事當中，當真是充滿了懸疑的，矛盾的，不合情理的問題。

這時，兩個人大步走了進來，打斷了她一切思潮。

前面的一人，身材瘦小，長衫及地，頭上蒙著個黑布罩子，連雙手都縮在袖中，朱七七非但看不出他形貌，甚至根本分不出他是男是女？

後面的一人，身材高大，如同半截鐵塔，濃眉環目，面如鍋底，一看就知道是條空有幾身笨力氣的莽漢。

朱七七雖知道兩人來意不善，但除了那「惡魔」外，她是誰也不認得，當下大喝一聲，道：「你們是誰？幹什麼來的？」

那長衫人道：「我是誰，你管不著，我此來只是問你一句話……」語聲尖銳，簡短，刺

耳，似是故意裝作出來的，又似是天生如此。

朱七七大聲道：「你若不取下面罩，無論你問什麼，都休想得到我一個字答覆。」

她全身雖然癱軟，說話的聲音卻仍不小。

長衫人道：「你真要如此？」

朱七七道：「信不信由你，不信你就……」

長衫人突然冷笑一聲，道：「大黃，上。」

那大漢咧嘴一笑，露出狼狗般的森森白齒，狼狗般一步竄到朱七七面前，一把抓起了朱七七衣襟。

朱七七小雞般被提了起來，嘶聲呼道：「你……你要怎樣？」

那大漢齜牙道：「他問你話，你就回答，知道麼。」

朱七七道：「我……我偏不……」

那大漢嘿嘿笑道：「你不？」五根手指一用力，朱七七前胸衣裳就裂開了，他若再一用力，朱七七胸膛便要露出。

朱七七恨不得把這狼狗般的大漢一腳踢死，但此刻……唉，此刻她卻只有忍住眼淚，咬住牙，顫聲道：「你……你……你問吧。」

長衫人冷冷笑道：「這就是了，又何必自討苦吃……我且問你，你是否願意做我家王爺殿下的第二十七姬妾？」

朱七七大怒道：「放屁，放你……」

那大漢暴喝一聲，道：「你敢。」

朱七七嘶聲道：「朱姑娘既已落在你們手中，要殺要剮，都只有由得你，但是你若要朱姑娘說『願意』，你這是做夢。」

長衫人道：「你真的不願？」

朱七七狠狠瞪著他，再不開口。

長衫人冷冷道：「大黃……」

那大漢咧嘴又一笑，但聞「哧」的一聲，朱七七前胸一塊衣襟，便整個被撕了下來，晶瑩的胸膛，立時露出。

她仰天倒了下去，倒在軟榻上，嘶聲大罵道：「惡賊，惡狗，你……」

那大漢雙手一沉，又抓住了朱七七雙肩的衣服，這時只要他雙手一分，朱七七身子就要變爲赤裸。

長衫人道：「你願不願意？」

朱七七拚命低著頭，想擋住那大漢狼狗般在她前胸搜索的目光，只因她竟已無力抬起來，掩住胸膛。

她流淚道：「我反正已是你們的掌中之物，你們無論要怎樣，我都不能反抗，我願不願意，又有什麼不同？」

長衫人道：「這其中自有不同的。」

朱七七道：「我……我……」

長衫人道：「你究竟怎樣？」

朱七七心一橫，嘶聲大呼道：「我不願意，死也不願意，你叫這惡狗撕光我的衣服，凌辱我，我還是不願意，你們……你們要怎樣，就怎樣吧，反正這身子已不是我的了，但我的心，你們這群惡狗誰也休想碰一碰。」

她口中嘶聲大呼，眼淚早已如雨而下。

那長衫人默然半晌，似乎也被她這種激烈的性子驚呆了——他未發令，那大漢自也不敢動手。

過了半晌，長衫人方自緩緩道：「大黃，送她入地牢，讓她好好想想。」

是地牢，又是囚禁，又是絕望，惡運似乎對朱七七特別多情，總是接連不斷地照顧到她身上。

天下所有的地牢，都是陰森，潮濕，而黝黯的，這山巔華宅的地牢，其陰森潮濕更在別的地牢之上。

那大漢果然全無憐香惜玉之心，在地牢上的洞口就將朱七七重重摔了下去，摔在堅冷石板的地上。

這一摔直摔得朱七七全身骨頭都似被摔散了——她一聲慘呼尚未出口，人已當時暈了過去。

也不知過了多久，她暈迷之中，只覺有個親切而熟悉的語聲，在她耳畔輕輕呼喚，呼喚著道：「七七……七七……醒來。」

這語聲縹縹緲緲，像是極爲遙遠。

這語聲雖因長久的痛苦，痛苦的折磨而變得有些嘶啞，但聽在朱七七耳裡，卻仍是那麼熟悉。

她心頭一陣震顫，張開眼來，便瞧見一張臉，那飛揚的雙眉，挺秀的鼻子，那不是沈浪是誰。

朱七七一顆心似已跳出腔外，她用盡全身氣力，抬起雙手，勾住沈浪的脖子，顫聲道：「沈浪，是你，是你。」

沈浪道：「七七，是我，是我。」

朱七七熱淚早已奪眶而出——這是驚疑的淚，也是歡喜的淚，她滿面淚痕，顫聲地道：「這……這是真的？不是做夢？」

她拚命抱緊沈浪，彷彿生怕這美夢會突然驚醒。

沈浪道：「是真的，不是做夢。」

朱七七道：「我早就知道你會來救我的，我真的早就知道……你絕不會讓我受惡人欺負，你一定會救回我的。」

沈浪默然半晌，黯然嘆道：「但我並未救出你……」

朱七七心神一震，失聲道：「什麼，你並未救我？那……那我怎會見到你，莫非……莫非你也被關在這地牢中了……」

這問題已無需沈浪答覆，只因她此刻已瞧見那岩石砌成的牢壁——沈浪竟早已被人關在這地牢中了。

這發現宛如一柄刀，嗖的，刺入朱七七心裡，沒有流血，也沒有流淚，只因她連血管與淚腺都已被切斷。

她整個人，完完全全，都已被驚得呆在當地。

沈浪嘴角也早已失去他那分慣有的，瀟灑的微笑。

他黯然垂首嘆道：「我實在無能……我……我實在無用，你想必也對我失望得很，早知……唉，我死了反而好……」

朱七七突又淚如泉湧，顫聲呼道：「不，不，不，不，你不能死，你不會死的，我只要能見著你，我已完全心滿意足了，我怎會失望？」

沈浪道：「但……但在這裡……」

朱七七道：「不要說話，求求你不要說話，緊緊抱著我只是緊緊抱著我，只要你緊緊抱著我，我，我……什麼都不管了。」

這是真的，在沈浪懷抱中，她真的什麼都已忘懷。

金無望的體貼，熊貓兒的激情，她真的已全都忘得乾乾淨淨，她甚至也已忘記就在片刻前，她還要跟著熊貓兒一齊死的。

她熱情，她也多情，別人對她好時，她就會不顧一切去回報那人，但那只不過都是一時熱情的激動而已。

但她對沈浪的情感，卻似一根柔絲，千纏百繞，緊縛住她，那真的糾纏入骨，刻骨銘心，掙也掙不開，斬也斬不斷的。

黝黯的地牢，光線有如墳墓中一般灰黯，陰森的濕氣寒氣，正浮漫而無情的侵蝕著人的生命。

但在沈浪懷中，朱七七卻宛如置身天上。

她絮絮的訴說著她的遭遇，她的痛苦，她的思念——彷彿只要能向沈浪訴說，她所遭受的一切便都有了報償。

沈浪卻只是不住長嘆，垂首無語。

此時此刻此地，他又有什麼話好說。

朱七七仰首望著他，在秋霧般慘淡凄迷的光線中望著他，幾番嘴唇啓動，幾番欲言又止。

她終於還是忍不住道：「你……你是怎麼……來的？」

沈浪黯然道：「迷藥，我再也未想到，在那荒林野店裡所喝的一碗豆漿中，也有迷藥，唉！一著失算，大錯便已鑄成，等我醒來時，已在這裡了。」

朱七七流淚道：「你一定受了許多苦，你瞧……就連你的聲音都已被那班惡賊折磨成如此模樣，我恨……我好恨……」

沈浪黯然道：「恨……恨……唉，恨又如何？」

朱七七哽咽道：「告訴我，那些惡賊究竟用什麼法子來折磨你，你究竟受了些什麼樣的苦？告訴我吧，求求你。」

沈浪咬緊牙關，無語。

朱七七道：「我知道，無論受了什麼苦，你都不會說的，你不是會向別人訴苦的人，但是我……你連對我都不肯說？」

沈浪喃喃道：「說……說又如何？」

朱七七嘶聲道：「他們怎樣對付你，我就要怎樣應付他們，我要再加十倍來對付他們，好教他們知道我……」

突然頓住語聲，怔了半晌，放聲大哭道：「我連死都不能死，還說什麼對付他們，還說什麼報仇，我真是呆子，瘋子……我……我真恨自己。」

沈浪柔聲道：「七七，莫哭，仇總要報的。」

朱七七身子一震，頓住哭聲，抬起頭，顫聲道：「你能……」

沈浪緩緩道：「機會，只要有機……」

突然，一道亮光，自上面筆直照了下來。

沈浪抱起朱七七，身子一動，便避開數尺。

那狼狗般大漢的頭，已自洞口露出——這洞口離地至少也有五丈，自下面望上去，他看來更是不像人。

朱七七嘶聲呼道：「看什麼？」

那大漢咯咯一笑道：「你們餓了麼？」

朱七七道：「餓死最好，你快滾！」

那大漢又是一笑，舉手在洞口晃了晃，口中道：「這裡是咱們餵狗的饅頭，要不要，隨便你。」

朱七七怒道：「你才是惡狗，你……」

她話未說完，嘴已被沈浪掩住。

沈浪竟仰首道：「如此就麻煩大哥將饅頭拋下來。」

那大漢狂笑道：「不吃白不吃，到底是你聰明。」

手掌一揚，果然拋了幾個饅頭下來，落在地上，竟發出「嘣，嘣」的聲音，那饅頭硬到什麼程度，自是可想而知。

牢洞闔起，沈浪也鬆開了掩住朱七七嘴的手。

朱七七又氣又急，又驚又怒，道：「你……你真的要吃這饅頭。」

沈浪緩緩道：「縱不吃它，也是有用的。」

朱七七道：「有什麼用？」

沈浪道：「機會來了，便有用了。」

竟將那些饅頭全都拾了起來，放在懷中。

朱七七呆望著他，半晌，突然道：「你氣力還未失去？」

沈浪道：「還好。」

朱七七目中現出狂喜之色，道：「難怪你說你能報仇，只要你氣力未失，縱然將你關在十八層地獄裡，你也是一樣能逃出去的。」

沈浪道：「你真的這麼相信我？」

朱七七道：「真的，真的……」

掙扎著爬了一步，倒入沈浪懷抱中。

過了半晌，朱七七突然又道：「對了，你瞧我有多糊塗，我見到你委實太過歡喜，竟歡喜得忘記將一件最重要的事告訴你。」

沈浪道：「什麼事那般重要？」

朱七七道：「金無望雖將展英松等人送入了仁義莊，但展英松等人一入莊之後，便全都毒發而死，李長青他們只道是你做的手腳，正在到處找你。」

沈浪失聲道：「有這等事？」

朱七七道：「此事乃他們親口說出的，想必不會假。」語聲微頓，又道：「你可猜得出這是怎麼回事？」

沈浪嘆道：「一時之間，我委實還不敢斷言……」

朱七七截口道：「我卻敢斷言，這一定是王憐花搞的鬼，我真不懂，你明知他是壞人，爲何還要和他那般親近？」

沈浪苦笑道：「敵我之勢，強弱懸殊，我已有快活王那般的大敵，又怎敢再與王憐花結仇，無論如何，他總非快活王一路的。」

朱七七道：「哼，依我看來，他比快活王還壞得多，你寧可先暫時放卻快活王，也不能讓他母子太過逍遙。」

沈浪默然半晌，緩緩道：「與他母子作戰，我勝算委實不多。」

朱七七道：「你何必長他人之志氣，滅自己的威風，你那點不比王憐花強，王憐花又憑那點能勝得過你？」

沈浪嘆道：「別的不說，單以財力、物力而論，我便與他相差太遠，唉……我如今才知道，雙方作戰，錢財之力量，有時委實可決定勝負……唉，只恨我昔日對這些銅臭之物，瞧得太過輕賤。」

朱七七道：「錢財又算什麼，我有。」

沈浪道：「你有又如何？」

朱七七道：「我的就是你的，我……」

沈浪微怒道：「我豈是會接受你錢財之人。」

朱七七道：「但……但我有豈非等於……」

沈浪怒叱道：「莫要說了。」

朱七七默然半晌，幽幽道：「就算我的你不能接受，但此次爭戰，我也是有份的，常言說得好，有錢出錢，有力出力，我難道就不能爲此戰盡一份力麼？」

沈浪道：「但我又怎能要你……」

朱七七截口道：「做大事的人，不可拘泥小節，你若連這點都想不通，不如到深山裡去做和尚好了，還談什麼別的。」

沈浪道：「這……這……」

朱七七「噗哧」一笑，道：「還『這』什麼，這一次你總算被我說服了吧……告訴你，我爹爹雖然小氣，但對我卻不錯，因爲我大哥、二姐、三姐、四姐、五姐、六姐，自己也都生財有道，而我卻只是個只會花錢，不會賺錢的沒有用的人……」

沈浪一笑道：「這話倒不錯。」

朱七七嬌嗔道：「你聽我說呀……所以我爹爹就將本該分給七個人的家財，全都給了我，這數目可真不少哩。」

沈浪道：「難怪江湖中人都道朱七小姐乃是女中鄧通。」

朱七七道：「你瞧你，又來刺我了，人家好心好意，你卻……」

沈浪道：「好，好，你說吧。」

朱七七回嗔作喜，道：「這才像話……告訴你，這份錢財，我十二歲那年已可隨意動用，但放在爹爹那裡，我拿著總是不方便，所以我就跟爹爹歪纏，纏到後來，他只有將這份錢財全都交給了我，我就將它們全都存到我三姐夫那裡去。」

她嬌笑一聲，接著：「我三姐夫是山西人，算盤打得嘀呱響，但卻最怕我，我跟他言明在先，我不要他的利息，但我若要銀子使用，我白天要，他就不能在晚上給我，我要十萬兩，他也不能給我九萬九。」

沈浪道：「你三姐夫可是人稱『陸上陶朱』的范汾陽麼？」

朱七七道：「奇怪奇怪，你居然也知道他？」

沈浪笑道：「江湖中成名之輩，有誰我不知道，何況這范汾陽非但長袖善舞，掌中一柄鐵骨扇，招數也不弱。」

朱七七反笑道：「好，算你厲害……告訴你，我爲了方便還和他約定好了，只要我信物一到，便可在他四省三十七家錢舖中隨意提取金銀，認物不認人……」

沈浪搖頭道：「他怎會如此信得過你？」

朱七七道：「嘿，他的錢雖不少，但我的可比他還多，他爲何信不過我？」

沈浪道：「如此說來，你那信物倒要小心存放才是。」

朱七七笑道：「我這信物是什麼，別人做夢也猜不到，更莫說來搶了，這信物終日在我身上，可也沒有被人取走。」

沈浪詫聲道：「就在你身上？」他知道朱七七內外衣裳，都曾被人換過，這如此貴重之物若是在她身上，又怎會未被別人取走？

朱七七卻笑道：「不錯，就在我身上，那就是……」

沈浪道：「你莫要告訴我。」

朱七七道：「我非但要告訴你，還要將它給你。」

沈浪道：「我不……」

朱七七道：「嗯——你莫忘了，你方才已答應了，爲求此戰得勝，將此信物放在你身上又有何關係，你難道又要迂了麼？」

沈浪長嘆一聲，默然無言。

朱七七聲音突然放低，耳語道：「我耳上兩粒珠環，便是信物，這兩粒小珠子看來雖不起眼，但將珠子取下那嵌珠之處，便是印章，左面的一隻是陰文『朱』字，右面的一隻是陽文『朱朱』兩字，憑這兩隻耳環，任何人都可取得摸約七十萬兩……七十萬黃金，不是白銀，這數目想必已可做些事了吧。」

這數目無論在何時何地，當真都足以令人吃驚，就連沈浪都不禁覺得有些意外，口中都不禁發生驚嘆之聲。

朱七七笑道：「我隨身帶著這樣的珍貴之物，只可笑那些曾經將我擒住的人，竟誰也沒有對它多瞧上一眼。」

要知那時女子耳上全都穿孔，是以女子耳上戴有珠環，正如頭上生有耳朵同樣普遍，同樣不值驚異。

只因那是無論貧富，人人都有一副的。

沈浪終於拗不過朱七七，終於將那副耳環取了下來。

朱七七笑道：「這才是乖孩子……但這耳環在你們男子身上，可就要引人注意了，你可千萬要小心些。」

沈浪道：「你不放心我麼？」

朱七七柔聲道：「我自是放心你的，莫說這耳環，就算……就算將我整個人全都交給你，我也是放心得很。」她緊緊依偎著沈浪，真的恨不得將整個人都溶入沈浪身子裡，這時，她反而有些感激那「惡魔」了。

若不是「他」，她此刻又怎會在沈浪懷抱裡。

又不知過了多久，沈浪突然大喝道：「水……水……」

朱七七雖吃了一驚，但已料想出他此舉必有用意。

只聽沈浪呼喝了半晌，那牢洞終於啓開。

那狼狗般的大漢，又探出頭來，怒道：「兔崽子，你鬼吼個什麼勁？」

這廝竟敢罵沈浪「兔崽子」，朱七七真給氣瘋了，方待不顧一切，破口大罵，卻被沈浪悄悄掩住了嘴。

沈浪非但毫不動怒，反而陪笑道：「在下口渴如焚，不敢相煩兄台倒杯水來，在下感激不盡。」

那大漢咯咯笑道：「你要水麼，那倒容易，只可惜人喝的水不能給你，豬槽裡的水倒可分給你一些，你說怎樣？」

沈浪道：「只要是水，就可以。」

那大漢哈哈大笑道：「好，你等著。」

他倒是極爲小心，又關起牢洞，方自離去。

沈浪手一鬆，朱七七便忍不住顫聲道：「你……你怎能受這樣的氣？」

沈浪道：「忍耐些，你等著瞧……」

話未說完，牢洞又開，那大漢伸了根竹竿下來，竿頭綁著個鐵罐子，那大漢咯咯獰笑道：「要喝水的，就湊到這鐵罐子上來，大爺們餵豬，就是這樣的。」

沈浪緩緩站起，突然手掌一揚，一道風聲，直擊而出，「噗」的，打在那大漢伸出來的頭顱上。

那大漢狂吼一聲，一個倒栽蔥，直跌下來，打落他的暗器也掉在一旁，竟正是個又冷又硬的饅頭。

朱七七又驚又喜，只見沈浪隨手點了那大漢的穴道，拾起那根竹竿，突然頭頂上有人喝道：「什麼事？」

沈浪手掌再揚，又是一個冷饅頭，又是一個人跌落下來，沈浪左手挾起朱七七，右手將竹竿一撐。

朱七七但覺耳畔「呼」的風聲一響，眼睛不由得一閉，等她張開眼睛，人已到了牢外平地之上。

上面是間小屋，桌上仍有酒菜，但方才飲酒吃菜的人，此刻已直挺挺的躺在地牢下面了。

朱七七再也忍不住心頭的歡喜之情，狂喜道：「沈浪，你真是……」

沈浪沉聲道：「禁聲，你我此刻還未脫離險境！」

朱七七悄聲道：「是！」

但還是忍不住接了下去，悄笑道：「你真是天下最聰明的人，難怪我這麼喜歡你。」

沈浪卻是面寒如水，此時此刻，他實無半點欣賞她這分撒嬌的情趣，朱七七只有嘟起嘴，不再說話。

只見沈浪扣起了牢洞，輕掠到門前，伸手將門推開了一線，側目窺探了半晌，身子微偏，一掠而出。

外面是條長廊，仍然瞧不見人跡。

朱七七悄聲道：「咱們的運氣不錯，這裡的人像是都已死光了。」

沈浪「哼」了一聲，左轉而行，方自掠出一步，只聽長廊盡頭，竟已有人語腳步聲傳了過來。

只聽一人道：「你怎能將她與沈浪關在一起？」

這人語聲難聽已極，竟是那「見利忘義」金不換的聲音。

另一人道：「地牢只有一間，不關在一起，又當如何？」

這人語聲尖銳簡短，卻是方才那長衫人的。

沈浪早已頓住身形，朱七七雖然瞧不見他的臉，想見他面上已變了顏色，身形一轉，便待退回。

卻聽另一人道：「咱們到地牢去瞧瞧。」

這人語聲雄壯粗豪，正是「氣吞斗牛」連天雲。

沈浪若是退回原處，勢必要撞上這幾人。

他既不能進，亦不能退，神色更是驚惶。

朱七七悄聲道：「怕什麼，和他們拚了。」

沈浪咬一咬牙，雙手抱緊了朱七七，用出全力，衝了過去，身法之快，當真有如離弦之箭一般。

金不換、連天雲等人方自轉彎，瞧見一條人影，箭一般衝來，驚惶之下，不及細想，身形下意識的向旁一閃。

就在這間不容髮的剎那間，沈浪已自人叢中衝了過去，頭也不回，展開身法，向前急奔。

只聽身後叱咤、呼喝之聲大起。

金不換道：「哎呀，那是沈浪！」

連天雲怒喝道：「快追！」

接著便有一陣陣衣袂帶風之聲，緊追而來。

沈浪在別人的房子裡，路徑自然不熟，何況他此刻情急之下，已是慌不擇路，奔出數丈才發現前面已是死路。

幸好盡頭處左邊，還有道門戶。

沈浪想也不想一腳踢開了門，飛身而入。

但後面的人還是窮追不捨，而且愈追愈近，要知沈浪既要留意路途，手裡又抱著個人，身法自不免減緩。

連天雲喝道：「你還往哪裡逃？」

金不換冷笑道：「今日你背插雙翅，也是逃不出的了，還不乖乖束手就縛。」

沈浪自掠入門裡，這呼喚冷笑聲已在門外。

朱七七道：「和他們拚了……拚了……」

沈浪也不理她，眼角瞥見這屋子前面，有扇窗子，左面還另有道門戶，他微一遲疑，突然伸手抓起張椅子，向窗外掄出，自己身形一轉，卻輕煙般向左面那道小小的門戶掠了進去。只聽窗戶「砰」的一震，金不換、連天雲等人已自追來，沈浪閉息靜氣，躲在小門後，動也不動。

外面連天雲怒喝道：「哪裡去了？」

金不換道：「想必已破窗逃出。」

連天雲道：「這廝逃得倒快，咱們追。」

接著，便是衣袂帶風聲，窗戶開動聲。

然後，便什麼聲音都沒有了。

沈浪這才鬆了口氣，悄聲道：「咱們從原路退出，再設法脫身，他們便再也追不著了。」

朱七七悄聲道：「好個聲東擊西之計，這妙計我小時捉迷藏也用過。」

此時此刻，情況如此驚險危急，她卻反似覺得有趣得很，居然還想得起小時捉迷藏的事。

沈浪不禁嘆了口氣，道：「真是個千金小姐。」

朱七七悄悄笑道：「什麼千金小姐，只不過是我只要有你在一起，便什麼危險也不怕了。」

沈浪苦笑一聲，擰身拉門。

那知他們戶方自拉開一線，便瞧見金不換、連天雲與那長衫人面帶冷笑，並肩當門而立。

沈浪這一驚更是不小，竟似已呆住了。

金不換大笑道：「你只當咱們已走了麼……嘿嘿，你這聲東擊西，金蟬脫殼之計，瞞得過別人，卻又怎瞞得過我金不換。」

連天雲厲聲笑道：「你還待往哪裡逃？」

長衫人冷哼道：「還是乖乖的出來吧。」

沈浪又咬了咬牙，卻非但未曾衝出，反而退了回去，「砰」地一聲，緊緊關上門，翻身後掠，那知這間屋子，非但再無其他門戶，連個窗子都沒有，黑黝黝的，除了陳設華麗得多外，與那地牢全沒有什麼兩樣。

只聽金不換等人在門外縱聲大笑，竟未破門追來。

又聽得「噹」一聲，竟將這扇門在外面落了鎖。

那長衫人道：「此屋四壁俱是精鋼所製，比那石牢還要堅固十倍，你們乖乖的在裡面待著吧，再也莫想打脫逃的主意。」

金不換冷笑道：「等你們餓得有氣無力時，大爺們再進去，反正這裡有的是好酒好菜，大爺們多等幾日也無妨。」

於是人聲冷笑，一起遠去。

沈浪一步掠到門前，舉掌拍去，但聞金屬之聲一響，他手掌被震得生疼，長衫人並未騙他，四壁門戶，果然全屬精鋼。

一時之間，他怔在當地，再也不能動了。

朱七七恨聲道：「他們只有三個人，加起來也必定不是你的對手，你方才爲何不和他們拚了，到如今……唉！」

重重嘆了口氣，閉住了嘴。

過了半晌，沈浪方自長嘆道：「我方才若是和他們一拚生死，勝負姑且不論，但……但你……唉。」亦自長嘆住口。

朱七七也半晌沒有說話，卻突然放聲痛哭了起來。

沈浪柔聲道：「七七，別哭，算……算我錯了。」

朱七七嘶聲痛哭道：「你沒有錯，你沒有錯……你處處爲著我，我卻反而怪你，我……我真該死，我真該死。」

沈浪輕撫著她滿頭柔髮，黯然道：「該死的是我，你對我那般信任，而我……我卻無法救你，你本就應當責怪我，罵我。」

可是這屋子看起來竟是間臥房，他輕輕將她放在屋角一張大而柔軟的繡榻上，朱七七滿面淚痕，道：「求求你，莫說這樣的話好麼？你這樣說，我更是傷心，你知道，無論如何我都不會怪你的。」

沈浪垂首道：「我此刻實已身心交瘁，再也無奮鬥之力，這間小小的屋子，只怕已是你和我的畢命之地了。」

朱七七道：「不，不，你還能振作的，你……」

沈浪黯然嘆道：「以此刻情況看來，我縱能振作又有什麼法子能脫得出去，我又何苦再自欺欺人下去。」

朱七七還想說什麼，卻終於只有輕輕啜泣，只因她也看出，在此等情況下，無論是誰也休想逃得出了。

沈浪道：「我不能救你，累得你也死在這裡，你不怪我？」

朱七七流淚道：「我怎能怪你，我怎會怪你，就算我立刻死在這裡，也不是你連累我的，何況……何況……」

她輕輕闔上眼簾，凄然笑道：「何況我能和你死在一起，已是我生平最最快樂的事……」

沈浪默然半晌，道：「但你還年輕，你還……」

朱七七以手捶床，嘶聲道：「不錯，我還年輕，我還不想死，只因我還想和你永遠廝守在一起，過幾十年幸福的日子，但……」

說到這裡，語聲突然頓住。

只因她發現自己身上，氣力竟已恢復了一些，她以手捶床，竟將床打得「噗咚噗咚」的響。

她大喜道：「呀，那惡魔這次用的迷藥，竟和上次不同，這藥力竟會漸漸消失的，此刻我已可站起來了。」

朱七七身子一震，怔了半晌，黯然道：「不錯，已太遲了，我此刻縱能站起，也逃不出去了，也是一樣要死在這裡……」

她的一雙明如秋水的眼波，已凝注在沈浪面上。

也不知過了多久，她輕聲道：「但我還是感激蒼天，讓我此刻能夠動彈……」

沈浪道：「這又如何？」

朱七七垂首道：「我雖已不能和你永遠廝守，但在我們臨死之前，這短短三兩天，總還是……還是屬於我們的。」

她語聲又已顫抖起來。

但那卻非驚懼的顫抖，而是一種銷魂的顫抖。

沈浪道：「你……你……」

朱七七突然伸出雙手，緊緊勾住他沈浪的脖子，沈浪一個站不穩，也倒在那大而柔軟的床上。

朱七七將頭深深埋在沈浪胸膛裡，呻吟般低語道：「你還不明白嗎？你……你這呆子，可恨的呆子，可愛的呆子，在我沒有死之前，我要將一切都交給你。」

沈浪道：「你……你……」

他幾乎除了「你」字之外，別的話都不會說了。

朱七七溫暖的胸膛，自撕開的衣襟中，緊貼著他的胸膛，她發燙的櫻唇，也貼上了他的耳背。

她夢囈般呻吟，低語道：「我們剩下的時候已不多了，你還顧忌什麼，你還等什麼……」

沈浪突然一個翻身，緊緊抱住了她溫暖的、嬌小的，正向上迎合著的，正在不住簌簌不停顫抖著的身子……

四片唇，火熱。

火熱的唇，緊緊貼在一齊。

這是狂熱的時候，是搜索，迎合，體貼的時候。

朱七七身子顫抖著，不停的顫抖著。

她怕，但她還是鼓足勇氣。

她給予，她也承受，她承受著雨點般落在她眼簾上、唇上、耳上、粉頸上、胸膛上的熱吻。

忽然，她感覺一陣奇異而熟悉的熱潮淹沒了她全身，直通過她心底最深處，她心一陣顫抖……

她猛然一口，咬在沈浪嘴唇上，用盡全力，向前一推，將沈浪推得直由床上滾了下去。

沈浪驟不及防，惶然失措，道：「你……你瘋了麼？」

朱七七搶過一床被，緊裹住她的身子，瘋狂般嘶聲大呼道：「你不是沈浪……你不是沈浪……」

沈浪道：「你瘋了，我不是沈浪是誰？」

朱七七嘶聲道：「你這個，畜牲，惡賊……你……你這卑鄙無恥，豬狗不如的東西，我已知道你是誰？」

沈浪道：「我是誰？」

朱七七咬牙道：「王憐花！你這惡賊，你……你……你害得我好苦，幸好我現在已知道，幸好我還……還來得及。」

「沈浪」茫然笑道：「我是王憐花？」

朱七七道：「王憐花，你好狠，你設下如此毒計害我，你……你……你不但騙了我的錢，還想要我的人……」

「沈浪」道：「哦？我騙你？」

朱七七道：「你明知你的易容術雖妙，但因我和沈浪太熟，還是怕我認出，所以只好在黑黝黝的地方見我。」

她牙齒咬得吱吱作響，接道：「你學不像沈浪的聲音，所以才裝出語聲嘶啞的模樣，好讓我以爲你是被折磨得連聲音都變了。」

「沈浪」道：「是這樣麼？」

朱七七道：「你易容之後，不能微笑，就故意裝出沉重之態，哦，天呀，那天我就該知道的，我那沈浪無論在多麼危急的時候，面上總是帶著那分微笑的，我從未見到他有任何時候笑不出來。」

「沈浪」道：「真的麼？」

朱七七道：「還有，你既能想出那法子逃出來，早就該逃出去了，爲何偏偏要等我來了後再用出那法子……」

「沈浪」道：「還有麼？」

朱七七道：「那大漢縱要給你水喝，用繩子吊下來就行了，又何必用竹竿？這明明是早就

安排好的，好教你能用竹竿逃出。」

「沈浪」笑道：「還有哩？」

朱七七咬牙道：「惡賊，你騙了我的錢還不夠，還想騙我……你……你還嫌那地牢不……不好，再用點手段，將我騙來這裡，你……你……」

「沈浪」笑道：「不錯，那地牢陰濕寒冷，在那裡，任何人都不會想到這勾當，我將你帶來這裡要你自己就送上門來。」

直到此刻，他話中才肯承認自己是王憐花。

朱七七嘶聲罵道：「惡賊，畜牲，你的心只怕早已被狗吃了，你想將我完全騙去之後，再想個法子脫身，然後我便會恨沈浪一輩子，我就會不顧一切，找沈浪報仇，這樣你不但害了我還害了沈浪。」

王憐花笑道：「正是，這就叫做一石二鳥之計，你懂麼？」

朱七七道：「除了你這惡賊，還有誰使得出這樣的毒計，普天之下，只怕再也找不出比你更卑鄙更惡毒的人了！」

王憐花笑道：「但我卻還有件事不懂。」

他不等朱七七答話，便接口道：「我這妙計既已瞞了你這麼久，爲何你又會突然識破？」

朱七七恨聲道：「只因我……我……」

語聲微頓，大呼道：「你莫管我是如何識破的，總之我識破了就是。」

她如此嘶呼，只因這問題非但王憐花百思不解，她自己也回答不出——也許是無顏回答出來。

原來她方才與「沈浪」親密時，突然感覺出對方的「行動」，竟是那麼熟悉，竟與那日在地牢中被王憐花輕薄時完全一樣！

她這才能在那千鈞一髮時，識破了秘密。

要知男人在與女子親密時，所做的「行動」常常會有一定的「步驟」，他對象縱不同但這「步驟」卻不會改變。

而女子在這一方面的感覺，又總是特別敏銳。

不知何時，王憐花竟將室中燈火燃起了。

他站在床前，那面容果然與沈浪有九分相似，只是那雙眼睛，那雙盯著朱七七瞧的眼睛，卻是說不出的險惡、淫猥。

朱七七將身子裹得更緊，咬牙切齒，卻不敢回頭望他，她恐慌悲忿的怒火已漸消失，恐懼已漸漸升起。

王憐花笑道：「你很聰明，你很聰明，委實超出我想像之外，但你此刻自以爲什麼事你都已知道了麼？」

朱七七恨聲道：「我還有什麼事不知道，我……」

突然似乎想起了一件事，抬頭一望，便瞧見王憐花那雙惡毒而淫猥的眼睛，她身子立刻爲之一震，失聲呼道：「這雙眼睛……是這雙眼睛。」

王憐花微微笑道：「什麼眼睛？」

朱七七顫聲呼道：「是你，是你，方才害死熊貓兒的，也是你，那……那惡魔也是你改扮成的，是麼？是麼？」

王憐花哈哈大笑道：「不錯，你心目中那惡魔的容貌，本就是江左司徒門人易容而成的，我也曾瞧過一眼，我爲何不能扮成那容貌？江左司徒門下易容之術雖高妙，卻也未必能及得我王憐花王大少爺。」

朱七七嘶聲道：「惡賊，你……你……好……」

王憐花大笑截口道：「我的好姑娘，你雖聰明，卻還是什麼事也不知道的，你可願我將這些事從頭到尾告訴你。」

朱七七身子抖得如風中秋葉，道：「你……你說……說……」

王憐花道：「我在那荒郊外遇見了金不換、李長青等人，他們雖不識我，我卻識他們，便上去和他們搭訕。」

朱七七道：「這些人居然也跟你說話？」

王憐花笑道：「只因我一句話便已把他們說服了。」

朱七七道：「你……你說的可是沈浪？」

王憐花大笑道：「不錯，又被你猜著了，我故作也要尋沈浪算帳之態，他們自然對我大是親近，於是我便指點路途，令他們先到此地來等候於我，他們走的是小徑密道，足印自然平地失蹤，卻害得你與那貓兒疑神疑鬼。」

此點朱七七倒是早已猜到，但另一件事她卻想不出。

她忍不住又問道：「他們又怎會如此聽信你的話，先來此地？」

王憐花笑道：「只因他們急需我這幫手來對付沈浪，只因他們都道我是個仁義英雄，那沈浪卻是個大惡賊。」

朱七七恨聲道：「該死，瞎了眼睛！」

王憐花道：「我自他們口中，得知你也在左近，所以便留在那裡，過不半晌，便瞧見你與那貓兒施施然來了！」

他大笑一聲，道：「到那時我才知道你外表雖裝得三貞九烈，其實卻是水性楊花，竟與那貓兒那般親密，想也做了些不可告人之事。」

朱七七怒罵道：「放屁！我與熊貓兒正大光明，只有你……你這雙髒眼睛，把人家乾乾淨淨的事也瞧髒了。」

王憐花也不理她，自己接道：「你與那貓兒手拉手走在前面，我便遠遠跟在你們背後，你與那貓兒上了山，我靈機一動，片刻間便扮成你心中那惡魔的模樣，抄近路上了山，然後，我略施妙計，不費吹灰之力，便叫那貓兒化做肉泥，哈哈，牡丹花下死，做鬼也風流，他能爲你而死，也算死得不冤了。」

十六　陰狠毒辣

朱七七見王憐花如此說，這才知道「他」爲何對此山路途如此熟悉，也終於知道這莊院中的一切是誰佈置的了，這莊院想必是王憐花的別業。

王憐花道：「我將你送來這裡，立刻趕到後面，改扮成沈浪的模樣，又和金不換等人定下了這一石二鳥的妙計。」

朱七七恨聲道：「金不換且不說他，李長青、冷大這兩人也會幫你來行這無恥的毒計，倒真是令人想不到。」

王憐花微笑道：「冷大已脫力暈迷，李長青已負重傷，這兩人都老老實實躺在那裡，至於那連天雲麼……嘿嘿，只不過是條笨牛，我只是說服了金不換，還怕騙不倒那笨牛，還怕他不乖乖的爲我做事。」

朱七七道：「你……你這樣做事，總有一天不得好死的，活著的人就算奈何不得你，死去的鬼也要扼死你。」

王憐花哈哈大笑道：「若是女鬼，在下倒也歡迎，若是男鬼麼……他活著時我尚且不怕，他死了後我難道還會怕他不成。」

朱七七咬牙道：「你等著吧，總有一日……」

王憐花截口笑道：「我等不及了，我此刻便要……」

朱七七大駭道：「你此刻便要怎樣？」

王憐花道：「我要怎樣，你難道會不知道？」

朱七七是知道的，她瞧見他那雙眼睛便已知道。

她躲入床角，顫聲道：「你……你敢？」

王憐花笑道：「我爲何不敢，我若不敢，也不會將那許多秘密告訴你了。」

朱七七道：「我知道你這許多秘密，你還不殺我滅口？」

王憐花大笑，道：「我名喚憐花，委實名副其實是個憐香惜玉之人，像你這樣嬌滴滴的女子，我怎捨得殺你。」

他微笑著，又走到床邊……

朱七七嘶聲大呼道：「滾，快滾，我寧可死，也不能讓你碰著我一根手指。」

這時外面似乎隱約傳來一陣呼叱撞擊之聲，但朱七七在如此情況下，她是什麼也聽不到的了。

王憐花也只是皺了皺眉頭，還是接口道：「你方才還與我那般親密，此刻爲何又……」

朱七七怒喝道：「狗，我殺了你。」

她怒極之下，便待撲過去和他拚命，但手一動，那絲被便落了下去，她除了拉緊被子，還能做什麼。

王憐花笑道：「動手呀，動手呀，爲何不敢了？」

朱七七顫聲道：「求求你，放了我……甚至殺了我吧，天下的女人那麼多，你……你為何一定要我？」

王憐花道：「天下的男人那麼多，你為何定要沈浪？」

朱七七道：「我……我……唉，沈浪，沈浪，來救我吧。」

王憐花道：「沈浪不就在你面前麼？你瞧，我不就是沈浪，那麼，你就將我當做沈浪吧。」

語聲之中，他終於撲上床去。

朱七七嘶喊著，掙扎著，躲避著，哀求著……

她用盡一切氣力，怎奈她氣力尚未完全恢復，又漸漸微弱……

王憐花喘息著，笑道：「你莫掙扎，掙扎也無用的，從今而後，你就是我的了，你若成為我的，那時……那時只怕用鞭子也趕你不走。」

她只覺王憐花那雙眼睛——那雙險惡而淫猥的眼睛，已離她愈來愈近，他口中噴出的熱氣，也愈來愈近。

終於，她弓起的身子，仆地倒在床上。

終於，王憐花那火燙的唇，已找著她的……

終於，她也無力掙扎，抵抗。

她暈了過去。

朱七七暈迷的這段時候，也許很長，也許很短，但這段時候縱然短暫，也已足夠發生許多事了。

而朱七七自己在暈迷之中，這段時候是長？是短？這段時候裡究竟發生了什麼？她是全不知道的。

總之，她總要醒轉過來——她自己雖然寧願永遠莫醒來，只因她委實不敢，也不能面對她在暈迷中發生的事。

但此刻，她還是醒了過來。

她一張開眼，還是瞧見了那張臉，「沈浪」的那張臉——這張臉此刻正帶著微笑，瞧著她。

這張臉還在她面前，還在微笑。

暈迷中究竟發生了什麼？「他」究竟做了什麼？

朱七七心都裂了，整個人都已瘋狂，再也顧不得一切——以眼前的情況來看，她委實也沒有什麼好顧忌的了。

她拚盡全力，一躍而起，一掌往這張臉上摑了過去，奇怪的是，「他」竟未閃避，也未抵抗——這也是因爲「他」已完全滿足了，挨兩下打又有何妨。

只聽「吧」的一響，她整個人已撲到「他」身上，瘋狂般地踢「他」，打「他」。痛哭著嘶聲道：「你這惡賊……你……你毀了我，我和你拚了……拚了……」

突然，她一雙手卻已被人捉住。

她一掙，未掙脫，回首大罵道：「你們這些……」

突然，她瞧見捉住她手掌的兩個人——捉住她左手的竟是熊貓兒，捉住她右手的，赫然竟是金無望。

朱七七這一驚，可真彷彿見了鬼似的。

她整個人都呆住了，腦海中卻閃電般轉過許多念頭：「呀，他兩人竟未死？……但他兩人怎會未死，又怎會來到這裡？……莫非這又是王憐花令人扮成他兩人的模樣來騙我的？」

她顫聲道：「你們是誰？」

熊貓兒瞪大眼睛，駭然道：「你莫非瘋了，連我們你都已不認得？」

朱七七嘶聲道：「你們都是假的，我知道……我知道，你們再也休想騙我。」她拚命掙扎著，還是掙不脫。

金無望道：「假的？你且瞧瞧我們是真是假？」

熊貓兒嘆道：「她神智只怕已有些不清，否則又怎會打沈兄，沈兄如此辛苦，救了她，她卻說沈兄毀了她。」

朱七七凝目望去，光亮之下，只見金無望目光深沉，熊貓兒滿面激動，這目光、這神情，豈是別人可以僞裝得出。

再聽他兩人這語聲……不錯，這兩人確是真的，千真萬確，再也不假，但……但他們又怎會來到這裡？

再瞧被她壓在下面的那人——目中那充滿智慧與了解的光芒，嘴角那瀟脫的，對任何事都不在乎的微笑。

不錯，這更不會假，這更假不了。

這竟是真的沈浪。

但……但假的又怎會突然變成真的？

這究竟是怎麼回事？

朱七七又驚，又喜，又奇，道：「我……我這莫非是在做夢麼？」

熊貓兒道：「誰說你在做夢？」

朱七七茫然站起來，仆地跪下，流淚道：「我若是在做夢，就讓這夢一直做下去吧，我寧願做夢，我……我再也受不了啦……再也受不了啦。」

沈浪這才站起，目光中充滿憐惜與同情之意，他面上雖已被打得又紅又紫，但嘴角仍帶微笑，輕嘆道：「好孩子，莫哭，你現在並非做夢，剛剛才是做夢，一個噩夢。」

這語聲是那麼溫柔，那麼熟悉，也全沒有故作的嘶啞。

朱七七再無猜疑，痛哭著撲到他身上，道：「是你救了我？」

沈浪輕聲道：「只恨我來得太遲，讓你受了許多苦。」

朱七七痛哭著道：「你救了我，我反而打你……你辛辛苦苦救了我，換來的反是一頓痛打，我真該死……該死……」

她突然回手，自己用力打著自己。

沈浪捉住了她的手，柔聲道：「這又怎能怪你。」

朱七七道：「這要怪我……噢，沈浪……沈浪，你方才為何不抵抗，不還手，你方才為何要讓我打？」

沈浪微笑道：「你受了那麼多苦，我就讓你打兩下出出氣，又有何妨，何況你那雙手根本就打不疼我……」

朱七七瞧著他的臉，流淚道：「打得疼的，你瞧，你的臉，都被我打成如此模樣，而你非但全不怪我，反而……反而……」

她又一把抱住沈浪，嘶聲道：「你對我這麼好，我永遠也不會忘記，我……我永遠也不能寬恕自己，永遠……永遠……永遠……」

她忘了一切，抱著他，親著他的臉——她的眼淚沾濕了他的臉，卻不知她的吻是否能溶化他臉上的疼痛。

熊貓兒、金無望，並肩而立，瞧著這動人的一幕，兩人面上也不知是何表情？心裡也不知是何滋味。

沈浪微笑道：「好了，莫要再哭了，起來吧，莫要叫金兄與熊兄瞧了笑話……好孩子，聽話，快起來。」

朱七七這才想起金無望和熊貓兒就在身旁，她站起身，心中不免有些羞澀，也有些歉疚……

她垂著頭，不敢去瞧他們。

只見一隻瑩玉般的纖細玉手伸了過來，手裡捧著盞茶——白玉的手掌，淡青色的茶盞，碧綠的茶。

一個嬌柔、清脆而嫵媚的聲音，在她耳畔說道：「姑娘，請用茶。」

朱七七猛抬頭，便瞧見一張秋水爲神玉爲骨，花一般嬌艷，雲一般溫柔的面容，她失聲道：「原來是你。」

白飛飛嫣然一笑，道：「是我……」

朱七七盯著她，道：「你也來了？」

白飛飛柔順地應聲道：「是，姑娘，我也來了。」

朱七七道：「沈……沈浪無論到哪裡，難道都要帶著你麼？」

白飛飛垂下頭，不敢答話，蒼白的面頰已紅了，眉宇間微現淒楚，那可憐生生的模樣，當真是楚楚動人，我見猶憐。

朱七七道：「說呀，你怎麼不說話了？」

白飛飛垂首道：「姑娘，我……我……」

她雖然忍著沒有讓眼淚流下，但語聲已有些哽咽。

沈浪道：「飛飛你還是到外面去看著他們去吧，只要他們稍有動彈，你便出聲呼喚。」

白飛飛道：「是。」

這女孩子真有綿羊般的溫柔，燕子般的可愛，到現在還未忘記，向朱七七襝衽一禮，才垂首走了出去。

朱七七瞧著她窕窈的背影，冷笑道：「飛飛……哼，叫得好親熱。」

沈浪嘆道：「她是個可憐的女孩子，你為何總是要這樣對她，她孤苦伶仃，無依無靠，我難道能將她拋下不管麼？」

朱七七道：「她可憐，我就不可憐麼？她孤苦伶仃，無依無靠，我難道就有許多依靠，你為何總是拋下我。」

沈浪道：「你……你總比她……」

朱七七跺腳道：「你總是為她說話，你總是想著他，你……你……你為何要來救我？我永遠也不要見你了。」

沈浪道：「好，好，算我錯了，我……」

朱七七突又撲到他身上，痛哭道：「不，你沒有錯，是我錯了，但是我吃醋……真的吃醋，我沒有辦法，一點辦法都沒有。」

熊貓兒瞧得癡了，喃喃道：「你只知道自己吃醋，可知別人也會吃醋的麼？」

朱七七猝然回首，道：「你說什麼？」

熊貓兒一驚，強笑道：「我說沈兄其實總在想著你，否則又怎會冒險前來救你。」

朱七七破涕為笑，道：「真的？」

熊貓兒垂首道：「自然是真的。」

朱七七跳到他面前，笑道：「你真好……」

轉過頭，望向金無望，接道：「還有你……你們兩人都是對我最好的人，你們若是死了，我真不知要多麼傷心……噢，對了，我還忘了問你們，你們是如何脫險的？」

來。

金無望面上毫無表情——他最大的本事，就是能使任何情感都抑制在心中，絕不流露出

他緩緩道：「你走之後，我力不敵四人，沈兄突如天神飛降，將我救走，那四人非但追趕不及，甚至根本未瞧見沈兄之面。」

朱七七道：「還有呢？」

金無望道：「沒有了。」

朱七七瞪大眼睛道：「就……就這樣簡單麼？」

沈浪笑道：「金兄說得雖簡單，但卻極爲扼要，那些無關緊要的細節，金兄是不會說的，其實也用不著說了。」

朱七七含笑輕嘆道：「他不說，我只有去想了。」

她輕輕闔起眼睛，緩緩道：「那時戰況必定十分激烈，金不換那廝一定在不住笑罵，金大哥頭上想必已現汗珠，眼見已將……將落敗，你便以最快的身法，一掠而來，帶著金大哥，自拳風掌影中衝了出去，金不換那些人，一定大大吃驚，但以他們的武功，又怎能攔得住你，又怎能追得上你。」

她張開眼，嫣然笑道：「我想得可對麼？」

沈浪笑道：「真的比親眼瞧見的還可靠。」

朱七七道：「但後來怎麼，我可想不出了。」

沈浪道：「我先前本不知此中詳情，是以雖將金兄救出，卻不願被那些人瞧見面目，更不

願與他們發生衝突。」

他苦笑了笑，接道：「到後來我才知道那些人竟是爲我而來，也知道展英松等人暴斃之事，於是我便與金兄回頭來找他們，那知他們竟已遠走，幸好雪地上還留有足跡，於是我便與金兄追蹤而來。」

朱七七道：「你可瞧見我和貓兒的足跡了麼。」

沈浪笑道：「自然瞧見了，我與金兄還猜了許久，才猜出那足跡必是你與熊兄的，這發現使得我們更是著急。」

朱七七道：「真的？你真的爲我著急了？」

沈浪避不作答，接道：「我與金兄上山之後，足跡突然中斷，只剩下你與熊兄的足跡，走到絕崖那兒，你足跡仍在，熊兄的卻不見了，然後你足跡在雪地上繞了兩圈，竟也不見了，卻換了另一人足跡，走上了山。」

朱七七恨聲道：「我是被那惡賊抱上來的。」

沈浪道：「當時我也猜出情況必是如此，但熊兄的下落卻費人猜疑，我考慮許久，終於決定先下去探看探看。」

朱七七失聲道：「呀，你下去了，那……那豈不危險得很。」

熊貓兒突然嘆道：「不錯，那下面確是危險得很，這個我比誰都清楚，沈兄確是不該冒那麼大的危險來救我的。」

朱七七道：「我……我不是……不是這意思。」

她臉也紅了，話也說不出了。

只因她突然想起，熊貓兒就是爲了自己，才跌下去的，如今他才自死裡逃生，自己怎能如此說話。

她又羞又愧，又恨自己，眼淚不禁又流下面頰。

熊貓兒也不瞧她，目光直視著前方，接道：「我聽你在上面呼喊，心裡實在著急，怎奈又無法上去救你，等到後來那塊大石擊下，若非那山崖上有尖岩擋了一擋，我險些就被打下去，但我雖未被打下，卻實也無力往上爬了，我只能攀著一根山藤，在那裡等死，只因我身子懸空，根本無法使力。」

沈浪嘆道：「幸好熊兄未曾使力，否則那枯藤早已斷了，唉，熊兄那時情況之危險，實有九死而無一生。」

朱七七早已聽得淚流滿面，咬唇垂首，道：「我……我……」

熊貓兒截口道：「起先我但覺手指有如刀割，全身痠痛不堪，到後我全身都已麻木，腦子也暈暈沉沉，不知有多少次，我想放開手算了，也落得個痛快，但我還不想死，只因……只因我……」突然嘆氣咬牙，住口不語。

朱七七再忍不住痛哭失聲，道：「我對不起你……我對不起你。」

熊貓兒出神半晌，淡淡一笑，道：「那也沒什麼。」

他說得愈平淡，朱七七愈是痛苦，嘶聲道：「其實我那時真想跳下去，陪你一起死了算了，我……全是我害了你，我真不如死了倒好，也可少受些痛苦。」

熊貓兒突然掉轉頭，不讓別人瞧見他面容，但他那顫抖著的身子，還是洩露了他的秘密……

沈浪嘆道：「我以繩縛腰，下到半山，便瞧見熊兄，那知熊兄業已暈迷，但我將他抱上來後，他說的第一句話便是要我救你。」

朱七七身子一軟，倒了下去。

沈浪道：「於是我等三人，便追蹤上山，一入此屋，便瞧見金不換與連天雲正在外面，我三人合力制住了他，唉……白飛飛，幸好我帶她來了，全是她發覺這扇鎖住的門，我們毀鎖而入，才發現你。」

朱七七道：「那惡魔王憐花……」

金無望冷冷道：「他怎逃得了？」

熊貓兒突然回身，大笑道：「那廝倒也乖巧，一見沈兄，便笑道：『真的沈浪來了，假的只有束手就縛。』他明知既打不過，也逃不了，真的束手就縛了。」

就在這片刻之間，這熱情的少年便已恢復了平日的豪邁與灑脫，竟似已將過去發生的那些事，全都忘記。

朱七七見他如此模樣，心下又是高興，又是感動，呆呆的望著他，也不知究竟是何滋味。

嗯，熊貓兒當真是條好漢子。

沈浪笑道：「我見他如此，倒也不好十分難為於他，便請他與金不換等人坐在一起，他更是有問必答……」

朱七七道：「那……我經歷的事，你全都知道了。」

沈浪道：「知道了。」

朱七七突然失聲道：「呀，我的……」

她突然想起自己未曾暈迷前的模樣，但頭一低，瞧見自己身上的衣服，早已又穿得整整齊齊。

她忍不住抬起頭，目光悄悄自這三個男子面上飄過。

沈浪笑道：「這又全虧白飛飛。」

他又瞧破了朱七七的心意。

朱七七的臉，晚霞般的紅了起來，恨聲道：「這惡賊，我，我呀，你可點了他的穴道？」

沈浪笑道：「他那般模樣，我怎好出手。」

朱七七道：「那麼，你綁住了他們？」

沈浪含笑道：「李長青、天法大師俱是前輩英雄，金不換也是成名人物，就算王憐花，我也不便對他無禮。」

朱七七吃驚道：「你既未點他穴道，又未綁住他，卻叫白飛飛守著他們，你……你難道存心要他們逃跑？」

沈浪微微笑道：「我只不過借用了金兄的『神仙一日醉』請他們每人用了一點而已，但想來他們也是無法逃跑的了。」

神仙一日醉的滋味，朱七七是嚐過的，她自然清楚得很，也自然放心得很，這才鬆了口

氣，喃喃地道：「王憐花呀王憐花，你報應的日子已到了……」

突然放步向外奔去。

眾人在後相隨，那知朱七七方自出門，便發出一聲驚呼，眾人加急趕了出去，也不覺都被驚得怔住了。

李長青、連天雲、天法大師、金不換、冷大都還癱坐椅上，但王憐花卻已站起，已將逃了出去。

此刻他一手抓著滿面驚慌的白飛飛，笑道：「各位已談完了麼，好極好極。」

熊貓兒喝道：「你……」

王憐花不等他說話，便已截口笑道：「事情的發展，有些出於各位意料，是麼，但各位雖然吃驚，也還是莫要動彈得好，否則，這位姑娘就要吃虧了。」

沈浪居然也還能面帶微笑，道：「放下她來。」

王憐花大笑道：「放下她？沈兄說得倒容易，但這位姑娘此刻已是在下的護身符，在下怎能輕易放得了手？」

沈浪道：「你放下她，我放你走，也不追趕。」

王憐花道：「真的？」

沈浪道：「是否真的，你自己可作決定。」

王憐花大笑道：「好，這話若是別人說的，在下必然不信，只因在下天性多疑，但這話是沈浪說的卻大大不同了。」

他轉目瞧著白飛飛，接著笑道：「說實話，我真有些捨不得放你，好在我遲早還是見得著你的。」竟在白飛飛臉上親了一親，大笑著轉身而去。

他手一鬆，白飛飛便已跌倒在地，痛哭失聲。

眾人眼瞧著王憐花揚長而去，俱是咬牙切齒。

朱七七頓足道：「我恨……我好恨。」

沈浪微笑道：「你也莫要氣憤，我既能捉住他一次，便能捉住兩次。」

朱七七道：「但願……」

突然驚呼道：「哎呀，不好，我那耳環他可曾還給你？」

沈浪道：「什麼耳環？」

朱七七道：「那耳環乃是我提金銀的信物，被他騙去的，他憑那對耳環，立刻便可提取百萬金銀，這一下他更可作惡了。」

說話間，她便要放足追去。

但沈浪卻一把拉住了她，朱七七著急道：「莫非你，你真的要眼看他走？」

沈浪道：「莫非你要我們做食言背信之徒？」

朱七七怔了半晌，嘆了口氣，突又指著白飛飛道：「都是你，都是你，若不是你，也不會放了他。沈浪，我真不懂你怎會如此輕易放了那十惡不赦的……」

沈浪冷冷道：「莫非你能眼見她死在王憐花手中……」

他面上第一次斂去了笑容，朱七七只有咬著嘴唇，空自生氣，卻終是再也不敢說一句話。

金無望皺眉道：「神仙一日醉，藥力萬無一失，這廝怎能逃走的，我當真不懂。」

白飛飛痛哭著道：「這全要怪我……全要怪我。」

金無望道：「怪你？」

白飛飛道：「方才他本好好坐在那裡，卻突然呻吟起來，像是十分痛苦，我聽得不忍，便問他這是爲了什麼，他說他……他……」

金無望道：「他怎樣？」

白飛飛流淚道：「他說他自幼便有此病，一發便痛苦不止，我就問他可有什麼法子止痛，他便求我替他取出那桌子下暗屜中一個小箱子裡的一瓶止痛藥……」

朱七七失色道：「你……你答應了他？」

白飛飛頷首道：「我見他實在太過痛苦，便……便只好答應了他，那知他服藥之後過了半晌，竟突然一躍而起。」

金無望跌足道：「我早該想到，這廝連江左司徒秘製的迷藥都有解方，又怎會無藥破解這『神仙一日醉』？」

白飛飛伏地痛哭道：「但我那時的確不知道，我……我只是瞧他可憐，我……」

朱七七臉都氣紅了，道：「你……你倒好心得很。」

白飛飛道：「姑娘，求求你原諒我，我……」

朱七七跳了起來，道：「原諒你，就爲了你那該死的好心，我們便不得不眼見這惡賊逃走；眼見他不知要做多少害人的事……」

沈浪嘆道：「這也怪不了她，她本性柔弱仁慈，瞧不得別人受苦……」

朱七七嘶聲大呼道：「這還不能怪她，這難道怪我，你可知道王憐花害得我多麼慘……多麼慘，你可知道我寧可砍斷我自己的雙手雙足來出這口氣，你……你……你可曾為我想一想……」竟也整個人仆倒在地，放聲痛哭起來。

眾人瞧著這兩個伏地痛哭的女子，都不覺為之失措。

突然間，風吹入窗，一股烈焰，隨風捲了進來。

熊貓兒失色道：「不好，火。」

沈浪道：「快衝出去。」

金不換顫聲大呼道：「你們要逃，可不能將我們留在這裡，你們……」

金無望怒叱道：「畜牲，儒夫。」反手一掌，摑在他臉上，但卻終於抱起了他，又挾起了連天雲。

連天雲嘶聲道：「放手，我死也不要你救。」

金無望冷冷道：「我偏要救你，你能怎樣？」

連天雲果然不能怎樣，只有閉起了嘴。

沈浪雙手卻抱起冷大、李長青、天法大師，笑道：「熊兄，你……」

熊貓兒苦笑道：「我知道。」

他只有抱起白飛飛與朱七七，但朱七七卻摔脫了他，道：「我自己走，你放心，我還不想死。」

只見那火焰燒得好快，就在這剎那時間，整個窗戶都已被火燃著，眾人已被煙燻得嗆出了眼淚。

沈浪沉聲道：「沉住氣，跟我來。」

縮腹吸氣，突然一腳飛出，這一腳竟生生將窗邊的牆，踢崩了一角，他身子一閃已衝了出去。

火焰來勢雖兇猛，但沈浪、金無望、熊貓兒，卻無一不是武林中頂尖兒的絕頂高手，朱七七跟在他們身後，自然省力不少。

這幾人竟自火焰中衝了出去——窗外便是個小小的院落，院中雖也有火，但易燃之物究竟不多，火勢終於小些。

幾個人一口氣衝到院牆外，方才駐足，抬頭望見那沖天火勢，低頭望見自己被火星燒焦衣襟，都不覺倒抽一口涼氣。

熊貓兒嘆道：「王憐花好毒……好毒的王憐花。」

沈浪道：「火勢如此兇猛，倒真不知他是用什麼東西起的火……唉！此人之機智毒辣，當真是天下少有。」

突然一陣淒厲的呼聲，隱約自火海中傳出，這呼聲雖然隔得遙遠，十分微弱，但其中所含的驚恐，絕望，淒厲，卻令人聽得毛骨悚然。

熊貓兒高聲道：「有什麼人還在火窟中？」

朱七七恨聲道：「我知道，那也是王憐花的手下，方才……」

她以最簡單的幾句話敘出了王憐花如何用計，如何將那大漢關在地窟中，然後咬牙恨聲接道：「他對自己的門下都這樣狠毒，他簡直不是個人。」

沈浪突然道：「你們稍候，我去救他。」

朱七七道：「你去救他，你可知他也是……」

沈浪沉聲道：「不管他是什麼人，至少他總是個人，只要是人，我便不能眼見他被活活燒死。」他說得斬釘截鐵，絕無猶疑。

說話間他已撕下身上的衣服，在雪地上浸了兩浸。

火窟附近冰雪已溶，那衣服頓時濕了，沈浪便將這件濕了的衣裳，一半披在頭上，一半捲成布棍，不等別人開口，已投身烈焰之中。

沈浪竟然身懷「束濕成棍」的內家絕頂功夫，但見衣棍到處，火舌四裂——但瞬即分而複合，他身影也瞬即消失在火焰之中。

朱七七急得連連跳腳，流淚道；「這人真是個瘋子，竟……竟不顧自己性命，只爲了去救王憐花那惡賊手下的一個走狗，他真是……」

金無望冷冷道：「他真是我金無望平生所見，第一條男子漢，大丈夫，金無望今生能得此人爲友，當真死亦無憾。」

熊貓兒大聲道：「我熊貓兒至今才算佩服了他。」

李長青、天法大師、連天雲、冷大也不禁齊地爲之動容。

李長青嘆道：「不想沈浪爲人，竟如此俠義。」

金不換冷冷笑道：「這也沒什麼了不起，沈浪這小子，最會做作，他這也不過是做給咱們看的，好教咱們……」

連天雲怒道：「放屁，如此捨生忘死，豈能做假？」

天法大師嘆道：「何者爲真？何者爲假，他此舉縱是沽名釣譽，但他肯如此不顧性命的去做，也可算難得的了。」

金不換冷笑一聲，道：「他……」

朱七七突然轉身，怒喝道：「你再說一個字，我現在就宰了你。」

金不換果然乖乖閉起了嘴，半個字也不敢說了，對付這種人，朱七七的法子當真比什麼都有效。

李長青嘆道：「但願吉人天相，沈公子莫要……」

熊貓兒大喝道：「嘿！這區區一把火，又怎燒得死沈浪。」

熊貓兒口中雖說得硬，心裡卻還是爲沈浪擔心的——此時此刻，又有誰不在爲沈浪擔心。

只見火焰愈來愈大，愈來愈猛。

但沈浪卻還未出來，甚至連他的聲音都聽不到。

朱七七顫聲道：「莫非他……他……」

熊貓兒道：「你放心，他立刻就出來了。」

朱七七道：「不錯，他立刻就會出來的……立刻……」

於是又過了半晌。

火勢更大，更猛。

朱七七道：「你……你看他……會不會……」

熊貓兒道：「不會，像他這樣的人，怎會身遭不測？」

朱七七道：「不錯……不會的……不會的……」

一陣風吹來，揚來了一股火焰，一股熱氣。

眾人不由得向後退了幾步。

朱七七道：「好……好大的火，我們在……在這裡都受不了，他……他……」

熊貓兒道：「我們雖受不了，但他可不同，憑他的本事就算到了十八層地獄，也照樣可以闖得出，我放心得很，哈哈……放心得很。」

他竟放聲大笑起來，但那笑聲之中，可全無半點開心的意思，那笑聲簡直比哭聲還要令人難受。

朱七七亦自笑道：「不錯，他這樣的人，連鬼見了都要害怕……」她雖也在笑，可是眼淚早已不覺流下了面頰。

放眼望去，眼前什麼都看不到了，只有火……火……

沖天的火勢，已將蒼穹燒得血紅。

朱七七道：「他……他……他……」

她再也說不出第二個字來，轉首去瞧熊貓兒。

熊貓兒鐵青著臉，閉緊了嘴，那些安慰別人，也安慰自己的話，他也實難再說得出口來。

金無望雙拳緊握，指甲俱都嵌入肉裡。

朱七七瞧瞧他，瞧瞧熊貓兒，終於大哭起來。

白飛飛更早已泣不成聲。

這樣的大火，若說還有人能活著從裡面出來，有誰相信，沈浪雖強，究竟不是鐵打的金剛呀。

何況，縱是鐵打的金剛，也要被火燒化了。

猛烈的火勢，必難持久。

這山莊孤零零地矗立在山巔，與樹林間還隔著一大片地，後面便是山岩，是以火勢並未連綿。

突聽李長青道：「呀，火小了。」

朱七七嘶聲道：「不錯，火小了……他可以出來了。」

她雖然明知任何人也無法在火焰中逗留這麼久，雖然明知沈浪已無生望，但口中卻絕不肯說出絕望的話。

強烈的火勢，終至尾聲。

眾人瞪著眼睛瞧，眼睛都瞧疼了。

沈浪呢？瞧不見，連影子都瞧不見。

人人心中，都早已絕望了，再也沒有一個人還認爲沈浪能出來，只是誰也不敢提起一個字。

金無望突然大聲道：「有所不爲，寧死不爲，有所必爲，雖死無懼，古之義俠也不過如此，沈浪，你……你且受金無望一拜。」

他冷漠的面容上，竟已有了淚痕。

他竟真的跪了下去。

這冷如冰山的人，竟會流淚，竟會跪倒——他自己實也不信自己這一生中還會爲人流淚，爲人下跪。

熊貓兒這：「你何必如此，他還不見得真的……」

突然仆地跪下，熱淚奪眶而出——他要哭，便放聲痛哭，絕不會無聲流淚，這殺了頭也不流一滴眼淚的男兒漢，便真的放聲痛哭起來，這哭聲中所包含著的是何等巨大的悲痛，這悲痛中又包含著何等深厚的敬愛。

李長青喃喃道：「沈浪呀沈浪，你今日能得這兩人爲你流淚……你……你縱死也算無憾了，你死得總算不差。」

天法大師道：「義士之死，重逾泰山。」

這兩人雖本對沈浪不滿，此刻竟也不覺熱淚盈眶。

連天雲已淚流滿面，大聲道：「沈浪，連天雲若是早知你是這樣的人，打破頭也要交你這個朋友，只恨……只恨連天雲昔日錯看了你。」

只有冷大，仍咬緊牙關，不說話，但嘴角卻已咬得沁出了鮮血——每一滴鮮血中所含的悲痛，都勝過千言萬語。

白飛飛泣不成聲，道：「沈……」

她用盡氣力，才說出一個字。

她方自說出一個字，朱七七已痛哭著嘶聲喝道：「你哭什麼？沈浪就是被你害死的，你還哭什麼？若不是你，王憐花怎會逃走，怎會起火，若不起火，沈浪又怎會……怎會……」

白飛飛顫聲道：「不錯……是……是我……我……我也不想活了！」突然掙扎著爬起，向那猶未完全熄滅的火窟中奔去。

但她方自奔出兩步，已被金無望與熊貓兒挾住，她又怎能掙得？她唯有痛哭，哭出的不但有淚，還有血。

朱七七癡癡自語道：「好，你不想活了……我難道還想活麼……」

突然展動身形，奔向火窟。

她身形較之白飛飛何止快了十倍，才拉住白飛飛的金無望與熊貓兒，那裡還能拉得住她。

等到兩人奔出時，朱七七身子早已投入火窟之中。

火勢雖已衰微，但餘焰仍足燎人，若有人決心要死，在這火焰中尋死，委實不知有多麼容易。

金無望失色道：「七七，回來。」

熊貓兒更是面色慘變，呼道：「七七，你死不得，死不得！」

呼聲雖響，但再響的呼聲，卻也攔不住決心要死的人。

朱七七簡直連頭都未回，便縱體入火！

眨眼間，她衣裳、頭髮都已被燃著。

她竟一頭向那猶自燒得通紅的框木撞了過去。

熊貓兒嘶聲大呼道：「七……」

突然間，一條人影飛也似的躍了出來，恰巧擋住了朱七七——朱七七一頭竟撞入這人懷裡。

這人是誰?除了沈浪還有誰。

只見他肩頭扛著條大漢，這大漢滿身濕淋淋的，像是方自水中撈起，沈浪面上，也滿是汗珠。

這沖天的大火，竟真的燒不死沈浪。

眾人這一驚，一喜，俱是非同小可。

朱七七退步，抬頭，又抬頭，揉了揉眼睛，再揉了揉眼睛，終於縱體入懷，放聲大哭起來。

沈浪拖住她一掠而出，眾人俱都圍了上去。

白飛飛又哭又笑，道：「沈相公……你……」

金無望手足顫抖，道：「你……可……好?」

熊貓兒仰天大呼道：「老天……噢，老天……」

沈浪微微笑道：「各位莫非都當我死了？」

熊貓兒道：「奇蹟，簡直是奇蹟。」

朱七七卻捶打著沈浪的胸膛，流著淚笑道：「你沒有死……你沒有死……你真的沒有死。」

沈浪道：「雖未被燒死，卻快被你打死了。」

朱七七「嚶嚀」一聲，嬌嗔著笑道：「你還說俏皮話，你可知人家爲你多麼著急，你若真的死了，我……我……」淚痕未乾初笑，笑容未斂眼淚又流下面頰。

沈浪面上也不禁現出感動之色，喃喃道：「幸好我早出來一步……」

金不換眼珠子轉了轉，突然大聲道：「沈相公，你可知道方才要爲你死的，可不只朱七七一個人，那位白姑娘，可也是要爲……」

眼角瞥見金無望冰冷的目光，再也不敢往下說了。

沈浪道：「在下累得各位擔心，抱歉抱歉。」

朱七七道：「只就抱歉就算了麼？」

沈浪笑道：「你還要我怎樣？」

朱七七眼波流轉，輕輕道：「我要你……」

附在沈浪耳畔，又說了幾個字，衆人都已聽不見了。

這驚喜與激動平靜之後，金無望道：「那般大火，你……你怎脫身的，這端的令人想不透。」

沈浪笑道：「我尋著地窟，救起此人，火勢已十分猖狂，我已無法闖出，心念一轉，便想到了那間救命的屋子。」

朱七七奇道：「什麼屋子能救命？」

沈浪笑道：「就是困住你的那間屋子，我早已瞧出那四壁乃是精鋼所製，烈火也難傷人，當下便躲了進去。」他說得倒也輕鬆，但眾人卻也知道當時情況之嚴重。

熊貓兒嘆道：「除了沈浪外，若是換了別人，只怕早已被燒死了。」

金無望道：「不錯，在那般危急情況中，四面大火，若是換了別人，早已慌得不知所措，那裡還能想到這一著。」

熊貓兒笑道：「若換了我……嘿，我根本就未瞧出那屋子四壁是什麼，到時縱不驚慌，可也不會躲將進去。」

金無望嘆道：「因此可見，所謂奇蹟，大多也都是要依靠自身的智慧與力量，絕非僥倖取巧可以得來的。」

沈浪笑道：「但在那間鐵屋子裡，罪可也不好受……四面大火之中，那鐵屋當真有如煨在火爐上的鐵一般。」

七七「噗哧」笑道：「那你莫非就是鍋裡的鴨子了。」

沈浪大笑道：「不錯，當時我那模樣倒當真有幾分和掛爐烤鴨相似，又有些像是太上老君煉丹爐中的孫悟空，房門一關，這位老兄就再也喘不過氣來，到後來索性暈了過去，倒也受了些活罪。」

眾人雖都不禁失笑，但想到那鐵房中的焦熱，悶氣，又不禁暗中感嘆，真不知沈浪是如何捱過來的。

只見沈浪雖是滿頭大汗，卻仍神采奕奕。

朱七七笑道：「倒也虧得你，還未被煉成火眼金睛。」只要沈浪不死，她能把所有的不幸忘掉，一時之間，但聽她唧唧呱呱，又說又笑，全聽不到別人的聲音，就連熊貓兒都實在插不進口去。

那大漢終於醒了過來，四望一眼，目光便眨也不眨，直瞧著沈浪，生像沈浪臉上長滿了花似的。

沈浪微笑道：「如何？」

那大漢嗄聲道：「我在等著瞧。」

沈浪笑道：「瞧什麼？」

那大漢道：「瞧你要將我怎樣？」

沈浪失笑道：「你說我要拿你怎樣？」

那大漢厲聲道：「你雖救了我的性命，但我卻絲毫也不感激你，你若想要我說出什麼來，那你卻是做夢。」

朱七七、熊貓兒，面上都已現出怒容，齊聲叱道：「你這不知好歹的畜牲，你……」

那大漢道：「我就是不知好歹，隨便你要拿我怎麼樣都無妨，你方才雖然救了我的性命，但此刻不妨再殺了我。」

沈浪微微一笑，揮手道：「你走吧。」

那大漢怔了一怔，道：「走……你要我走？」

沈浪道：「不錯。」

那大漢滿面驚詫，道：「你……你不逼我說……」

沈浪笑道：「我爲何要逼你？」

那大漢道：「那……那你爲……爲何要救我？」

沈浪道：「我之所以救你性命，只不過是爲了要救你性命而已，全沒有別的原因。」

那大漢更驚奇，道：「就……就只這麼簡單。」

沈浪笑道：「本就簡單得很。」

那大漢不信，又不得不信，站起來，走了兩步，瞧見果然沒有人攔他——他反而站在那裡，動也不動了。

沈浪笑道：「你爲何還不走？」

那大漢道：「施恩不望報的事，我雖未見過，倒也聽過，但像這樣全不爲半點原因，便冒了生死危險去救人，而且是素不相識，甚至是對頭的人……這樣的事我卻連聽都未曾聽過。」

朱七七笑道：「但如今你卻親眼瞧見了，便有些奇怪是麼，告訴你，這位沈相公的行事，奇怪之處還多著哩。」

那大漢道：「我的確有些奇怪，我……我……」

突然跪下，垂著頭道：「我不想走了。」

沈浪道：「快快請起。」

那大漢道：「水往低處流，人往高處走，鳥棲暗林，人擇明主，我楊大力雖是條莽漢，但這幾句話卻還懂的。」

他喘了口氣，接道：「我楊大力瞎眼活了幾十年，直到今日遇著沈相公，才算睜開眼睛，我楊大力跟著王憐花，只重世上就只有人吃人，人騙人，直到今日，才知道世上也有些光明磊落的人，專做光明磊落的事。」

朱七七笑道：「你說了半天，到底要怎麼？」

楊大力道：「我只求沈相公收容我，從此我就算是沈相公的奴才，但從此我也就可以睜開眼睛，挺起胸膛做人了。」

沈浪笑道：「這……這……」

楊大力道：「無論相公怎麼說，我都跟定相公了。」

朱七七望著沈浪笑道：「你就答應他吧。」

沈浪道：「這……這……也罷，你就站起來吧。」

楊大力大喜道：「多謝相公。」

他徐徐站起，笑道：「小人昨日是王憐花的奴才，只知對王憐花忠心，今日成了沈相公的奴才，相公無論要問什麼，小人知無不言。」

沈浪笑這：「我若問你，豈非成了……」

楊大力道：「相公縱不問，小人也要說的。」

他微一尋思，道：「王憐花的母親，便是昔日雲夢仙子的妹妹，他父親是誰，卻沒有人知道，王憐花的一身本事，全是向他母親學的，但他母親的武功是那裡學來的，可也沒有人知道了，小人只知道有許多武林早已經失傳的功夫，他母子兩人全會。」

朱七七恍然道：「呀！不錯，紫煞手……那日在古墓中，被紫煞手害死的幾個人，想必就是王憐花的手腳。」

楊大力也不管她說什麼，只是接道：「這座房子，不過是他母子的密窟之一，據小人所知，他母子約摸總有五六十處類似的密窟，遍佈江南江北。」

熊貓兒動容道：「五六十處，此人好大的野心。」

楊大力道：「他母子兩人究竟有何野心，小人也不知道，只知道他們的確搜羅了許多成名的人物收做部下。」

他瞧了朱七七一眼，道：「方才和我一齊去拷問你的，那頭上蒙了一塊布的青衫人，就也是武林中一位成名人物。」

朱七七急問道：「他是誰？」

楊大力道：「他好像叫做……叫做什麼金魚……」

朱七七變色道：「可是『無鱗金魚』白宋三。」

楊大力拍掌道：「不錯，就是他，聽說此人總是行走高貴人家，受人奉養，就好像金魚似的……金魚不也總是被高貴人家養著的麼，至於那『無鱗』兩個字，就是他身法滑溜，就像是沒有鱗的魚，誰也抓不著，就拿今日來說，他豈非就早已溜了。」

朱七七怒聲道：「難怪王憐花想到打我的主意，難怪他不敢以真面目見我……」

熊貓兒道：「他認得你？」

朱七七道：「他也是被我家老頭子養著的武師之一，對我家什麼事都熟悉得很……其實他對江南一帶的豪富人家，每一家都熟悉得很，王憐花之所以收買他，想必就是要從他身上，來打那些富戶的主意。」

熊貓兒道：「不想此人竟如此處心積慮。」

金無望卻瞧著李長青，冷冷道：「這些話你可聽到了麼？」

李長青笑道：「我雖未聽見這些話，但瞧見沈相公之為人行事，也足夠了，我弟兄昔日，當真是錯怪了他。」

沈浪笑道：「往事再也休提，今日麼，今日在下卻當真對三位前輩多有失禮，但望三位莫要恨我才好。」

此時此刻，還有誰會怪罪於他？

李長青道：「展英松等人，暴斃之事，委實令人難以了解，此刻冷三猶自在看守著他們的屍體，不知沈相公可否去瞧個究竟？」

連天雲怒道：「反正是王憐花下的手，還瞧什麼？」

李長青笑道：「話雖如此，但……但世界上竟會有那樣的毒藥，我委實難以相信，想來此中必定還有些隱秘。」

沈浪道：「前輩說得不錯，此中定有隱秘，但瞧那屍身，也未見能瞧出端倪，要揭破隱秘，需得自根本著手。」

李長青道：「但……但不知沈相公要從何著手？」

沈浪道：「這……不瞞前輩，在下此刻委實尚無一定之計劃，唯有見機行事，是以『仁義莊』，在下一時間只怕是無法分身前去了。」

李長青笑道：「江湖大亂眼見又將起風波，放眼江湖能赴此難，能挑起這副重擔的，除了沈相公，實無他人，沈相公之辛勞，老朽自可想見，但願沈相公此去，能有所斬獲，老朽兄弟在『仁義莊』中靜候佳音。」

他轉目望向金無望，口中雖未說話，但意思自然是要金無望快快解了他體內「神仙一日醉」的藥力。

這意思金無望自然知道，但「神仙一日醉」他雖能使用，卻不能解。李長青的意思，他也只有裝作不知。

李長青乾咳一聲，道：「今日老朽就此別過，但……」

沈浪只得苦笑道：「神仙一日醉，一日自解，但未到一日時，在下與金兄，都……唉！但請前輩多多恕罪。」

李長青怔了一怔，道：「這……」

熊貓兒瞧了瞧朱七七，瞧了瞧沈浪，突然笑道：「在下反正無事，不如由在下相送兩位前輩回返『仁義莊』，也免得兩位前輩久等不便。」

沈浪喜道：「如此最好……大力可攙扶天法大師與冷兄下山，然後便在天法大師處，等候於我，就此也可自大師處得到些教訓。」

楊大力心中雖想跟著沈浪，但口中只有發聲道：「是。」

天法一直默然不語，此刻方自沉聲道：「沈浪，貧僧敬的只是你仁義心懷，以及你武功絕技，你我昔日恩怨，雖可一筆勾消，但我與花蕊仙的事，你也莫管。」

沈浪躬身道：「是。」

天法道：「只是，你也可放心，貧僧絕不乘人於危，花蕊仙武功未復之前，我天法絕不會動她半根手指。」

沈浪道：「多謝大師。」

金不換突然冷冷道：「我呢？誰送我？」

金無望冷冷道：「我來送你。」

金不換忍不住打了個寒噤，道：「你……你……李兄，李老前輩，你們可不能丟下我不管呀，你們……」語聲突頓，只是金無望已卸下了他的下巴。

李長青瞧了他一眼，搖頭苦嘆，終未言語。

於是熊貓兒扶起李、連，楊大力扶起天法、冷大。

朱七七突然掠到熊貓兒面前，道：「你……你就此走了麼？」

熊貓兒扭轉頭，不敢瞧她，口中卻笑道：「走了……已該走了。」

朱七七垂首道：「你……你……我……」

熊貓兒仰天大笑道：「今日別過，後會有期……沈兄，救命之恩，貓兒不敢言謝，日後……日後……」笑聲語聲突然齊頓，扶著李、連兩人，頭也不回地大步走下山去。

朱七七望著他的背影，喃喃道：「貓兒……我對不起你……對不起你……」

語聲未了，泣下數行。

金無望道：「這貓兒，倒是條好男兒。」

沈浪嘆道：「能被你稱讚的人，自是好的……」

朱七七突然頓足道：「咱們爲何還不走?這裡莫非還有什麼値得留戀之處?」

沈浪道：「我留在這裡，一來只因還要在火場中搜尋搜尋，再者……金兄也可乘此時候，在這裡處置了金不換。」

朱七七道：「如何處置?」

沈浪道：「如何處置，全由金兄了。」

金無望恨聲道：「如此惡徒，我恨不得將之碎屍萬段!」跺了跺腳，一把抓起金不換，自山岩後飛掠而去。

請續看【武林外史】第三部

古龍精品集 17

武林外史（二）

作者： 古龍
發行人：陳曉林
出版所：風雲時代出版股份有限公司
地址：10576台北市民生東路五段178號7樓之3
電話：(02) 2756-0949 傳真：(02) 2765-3799
封面原圖：明人出警圖（原圖爲國立故宮博物館典藏）
封面影像處理：風雲編輯小組
執行主編：劉宇青
行銷企劃：林安莉
業務總監：張瑋鳳
出版日期：古龍80週年紀念版2019年1月
ISBN：978-986-146-351-3

風雲書網：http://www.eastbooks.com.tw
官方部落格：http://eastbooks.pixnet.net/blog
Facebook：http://www.facebook.com/h7560949
E-mail：h7560949@ms15.hinet.net
劃撥帳號：12043291
戶名：風雲時代出版股份有限公司

風雲發行所：33373桃園市龜山區公西村2鄰復興街304巷96號
電話：(03) 318-1378 傳真：(03) 318-1378
法律顧問：永然法律事務所 李永然律師
北辰著作權事務所 蕭雄淋律師

行政院新聞局局版台業字第3595號 營利事業統一編號22759935

定價：240元 **版權所有 翻印必究**

國家圖書館出版品預行編目資料

武林外史／古龍作. -- 再版. -- 臺北市：
風雲時代, 2007〔民96〕
冊； 公分.
ISBN: 978-986-146-350-6（第1冊：平裝）
ISBN: 978-986-146-351-3（第2冊：平裝）
ISBN: 978-986-146-352-0（第3冊：平裝）
ISBN: 978-986-146-353-7（第4冊：平裝）
ISBN: 978-986-146-354-4（第5冊：平裝）
857.9 96002016